我们从北京来

献给为一江清水北送

作出牺牲和贡献的人们

蓝天子 著

长江出版传媒 | 长江文艺出版社

图书在版编目（CIP）数据

我们从北京来 ： 献给为一江清水北送作出牺牲和贡
献的人们 / 蓝天子著. -- 武汉 ： 长江文艺出版社，
2024. 12. -- ISBN 978-7-5702-3836-1

Ⅰ. I25

中国国家版本馆 CIP 数据核字第 2024LN0618 号

我们从北京来 ： 献给为一江清水北送作出牺牲和贡献的人们
WOMEN CONG BEIJING LAI ： XIANGEI WEI YI JIANG QINGSHUI
BEISONG ZUOCHU XISHENG HE GONGXIAN DE RENMEN

责任编辑：杨　阳　　　　　　　责任校对：程华清
封面设计：沈　妄　　　　　　　责任印制：邱　莉　丁　涛
封面插图：杨　悦

出版：长江出版传媒 | 长江文艺出版社
地址：武汉市雄楚大街 268 号　　　　邮编：430070
发行：长江文艺出版社
http://www.cjlap.com
印刷：湖北金港彩印有限公司

开本：640 毫米×970 毫米　　　　1/16　　印张：24.25
版次：2024 年 12 月第 1 版　　　　　2024 年 12 月第 1 次印刷
字数：174 千字

定价：48.00 元

为了一江清水送北京，南水北调中线水源区的人民作出了巨大牺牲和贡献。如果有人问：水源区人民为南水北调所作的牺牲和贡献，北京人民知道吗？我会告诉他：北京人民知道水源区人民作出的牺牲和贡献，北京人民没有忘记他们。当年有一群来自京能集团（全称北京能源投资集团）的北京人饮水思源，怀着感恩的心来到鄂西北秦巴山区十堰，与汉江集团（原水利部丹江口水利枢纽管理局）一起满腔热忱地帮助水源区人民发展经济、摆脱贫困。

目　录

第一章

2007 年 1 月 19 日早上 8 时，孟总走进办公室，开始一天的工作。按照习惯，他每天早上一上班都要打开电脑浏览前一天发布的国家宏观经济和电力能源行业新闻报道。作为京能集团总经济师兼董事会秘书，孟总分管集团战略规划、重大投资项目策划、经营计划、预测分析工作和董事会日常工作。因工作需要，他经常跟踪了解电力能源行业发展动态和政策，筛检出重要信息编成周报自用，同时发给京能集团其他领导和部门负责人参考。

突然，《南方周末》记者曹海东写的文章《能源富豪触礁凸显水电行业风险》映入孟总眼帘。文章报道了民营企业湖北宏林集团在湖北省十堰市汉江流域投资开发建设水电站，因短贷长投、银行收紧银根而发生资金链断裂，不得不转让拟建、在建水电项目，当地政府正在协助企业融资、引入新投资者的情况。是时，正是民营企业在全国各地"跑马圈水"建设水电站的高潮，文章提醒政府和银行注意民营企业水电开发投资中的巨大风险。

孟总知道，水电资源是宝贝。京能集团水电装机规模很小，但与水电的历史渊源很深。其唯一持有的水电站是北京官厅水库水电站，发电装机容量3万千瓦，建于20世纪50年代初，是新中国建设的第一座水电站，早已作为工业遗产停机封存。官厅水库水域面积230平方公里，总蓄水量22亿立方米，库区跨河北怀来和北京延庆两县，由永定河库区和妫水河库区组成。官厅水库库区形状及功能类似丹江口水库，是根治永定河及海河流域水患的大型控制性工程，曾是首都北京主要供水水源之一。后来因为水质污染和上游来水偏少，官厅水库几乎弃之不用了。水电是清洁能源中的稀缺资源，除了偏远之地，全国水电资源几乎瓜分殆尽，难得此时在华中腹地的鄂西北汉江流域还有这样一片水电资源没有开发。难道天上掉馅饼了？

他知道，为了应对全球气候变化，要减少碳排放，国家鼓励发电企业发展清洁能源发电，不断提高清洁能源发电比重。作为2004年底才组建的京能集团，根据国家发展清洁能源的规划和政策，正在边远的川藏地区、云南中缅边境地区寻找水电投资机会。但他觉得悬，因为作为北京市属国企必须投资北京或外地与北京经济发展相关的项目，否则不能得到市政府批准。京能集团当时在外地投资的电站都在煤炭储量丰富的山西、内蒙古两个省区，所发电能通过西电东送专线直送相邻的北京，这些项目都是在李凤玲董事长主持下通过两地政府间安排的合作项目。之前京能集团没有在京外投资的电源项目，集团内部有许多领导不赞成到京外投资建电厂。

他知道，北京市政府对市属国企京外投资有严格限制。当前经济高涨，资本不足，各地政府为发展本地经济，一方面大力招商引资，另一方面严格限制本地国企去外地投资。北京市这样规定并无不妥，北京市属国企理应把对北京的经济社会责任放在首位。但北京市域面积小、能源资源缺乏、市场容量有限、环保要求高，一些企业只能去外地寻找发展机会。京能集团就属于这种情况。集团董事长李凤玲一直在积极推动京能集团到京外资源富集地区开发电源项目。他认为北京的电力供应不能靠在本地建电厂，本地电源只起到支撑电压的作用，大部分电量需求还是要通过电网从京外输入来满足。在全国电网联网的情形下，在京外周边省区或更远省区建电厂等同于在北京建电厂，京外电厂发出的电进入电网这个大池子后会有一定比例的电量被送达北京。

他知道，举世瞩目的南水北调中线工程正在全线展开，位于鄂西北十堰市和豫西南南阳市交界处的丹江口水库是南水北调中线水源地。中国淡水资源贫乏，人均淡水资源量2100立方米，是世界人均水平的1/4。华北地区人均淡水资源量350立方米，北京市人均淡水资源量100立方米，分别是全国人均水平的1/6和1/21，远低于联合国认定的极度缺水标准——人均淡水资源量500立方米。而且中国南北方降雨量极不平衡，北方降雨量小、干旱缺水严重；南方降雨量大、洪涝频繁，严重影响和制约了社会经济发展。因此在新中国成立之初，毛主席高瞻远瞩，提出了一举两得的解决办法：兴建南水北调工程，既能缓解北方干旱缺水，又能减少南方洪涝灾害。毛主席以诗人的浪漫语气说道："南方水多，北方水少，如有可能，借点水来也是可以的。"这是中国第一次有人提出将南方的水"借"到北方来。毛主席的这句话为半个世纪后的南水北调工程定下了基调。

他知道，南水北调规划了东、中、西三条线路，其中中线输送的是饮用水，送往河南、河北、天津、北京，主要满足沿线城镇上亿人口的生活用水需要，因此对水源地的水质有更严格的要求。为保一江清水送北京，丹江口水库大坝以上汉江中上游流域全都被划成了水源保护区，当地产业发展受到限制，当地人民为建设水源丹江口水库、保护水源水质作出了很大牺牲和贡献。

他想到，位于南水北调中线水源保护区的十堰市，虽地处贫困落后的秦巴山区，但那里江河纵横，有丰富的水电资源。京能集团去十堰投资开发水电资源既能促进当地经济转型、发展绿色产业、帮助当地摆脱贫困，又能改善当地生态环境、涵养水源、保护水质，确保一江清水送北京，还能借机发展京能集团的清洁能源业务，满足国家对企业清洁能源发电比重的要求，是一举三得的好事。

他想到，南水北调中线工程建设事关华北和首都人民的生活和经济社会可持续发展，北京人、北京市属国有企业理应饮水思源、知恩图报，积极参加水源保护区经济建设，帮助水源保护区人民过上幸福生活。京能集团去水源保护区投资肯定会得到北京市委、市政府支持。想到这里，他觉得有必要进一步了解情况。

孟总当即打电话询问十堰市发展和改革委员会，工作人员答称，在十堰市政府协调下，相关民企的水电项目已经转让给了本地国有企业汉江集团。他又上网浏览汉江集团网站，了解到汉江集团全称汉江水利水电（集团）有限责任公司，是由水利部丹江口水利枢纽管理局改制而来的，是汉江流域最大的水利水电企业，南水北调中线水源工程——丹江口水利枢纽就是汉江集团建设、管理和运营的。汉江集团控股南水北调中线水源公司，正在进行丹江口大坝加高工程建设，以提高水位，使汉江水能够全程自流到北京。他过去没听说过汉江集团，但早就知道丹江口水库，原来汉江集团前身就是水利部丹江口水利枢纽管理局。到外地投资，和当地企业合作，是规避风险的有效途径。京能集团新进水电领域，能和当地水电企业合作是最好的选择。孟总没想到一出马就撞上了汉江的"龙王"、南水北调中线水源工程的业主，这让他感到放心，双方都是国企，级别相同，是理想的合作方。

他了解到，汉江集团的资产规模和利润额没有京能集团大，相当于京能集团的八分之一。他知道，水电开发单位投资是火电的两倍甚至更高。他判断，同时开发这么多水电项目对汉江集团的资金压力会很大，而这些水电项目又不能拖延开工，汉江集团有引入外部投资的需要。重要的是，这些项目位于南水北调中线水源区，汉江集团控股南水北调中线水源公司。他想，如果京能集团能和汉江集团联手开发这些水电项目，不仅可以进入水电领域，还可以进入南水北调中线工程，服务北京发展，经济效益和社会效益巨大，是理想的战略切入点。想到这里，他决定将了解到的情况写成报告、附上《南方周末》的文章送给集团董事长李凤玲审阅。

李董事长原来是清华大学电机系教授，后来到北京市工作，担任过区长、经济开发区管委会主任。2004年年底北京电力开发投资公司和北京综合投资公司合并成立北京能源投资集团时，他被北京市委、市政府委派为集团党委书记、董事长。这是一个专业造诣很高、有情怀、有抱负、做事理性、做人正派、待人坦诚、作风民主、内敛自律的学者型领导。孟总本人曾经在天津大学管理学院当过教师，2000年年中从美国留学回来，长期从事企业管理教学、研究和实务工作，与李董事长的企业经营理念相同，相处融洽。

他们在2004年6月筹备成立京能集团时相识。当时，李任北京电力开发投资公司党委书记、董事长，担任筹备组组长；孟是北京综合投资公司副总经理，是筹备组成员，负责起草合并重组方案。2004年年底，京能集团成立，李是党委书记、董事长；孟是总经济师兼董事会秘书，在企业发展战略规划和重大战略投资策划、决策方面直接服务董事长和董事会。同时孟作为总经济师，还是经营班子成员，在重大战略投资决策实施过程中协助总经理，时常在董事长、董事会与总经理、经理层之间进行沟通协调。

京能集团成立伊始，按照现代企业制度建立了董事会决策、经理层执行、监事会监督、党委会统筹的治理结构。如何确定公司发展定位、梳理整合业务板块、选择业务发展战略和区域布局战略、建立有效的公司组织架构和业务流程，如何实施发展战略规划，是当务之急。为了公正处理两个公司合并重组中的公司治理权责、人事与业务问题，孟总建议请国际知名咨询机构和投资银行协助制定方案。此前他从美国留学回来到中信集团中国国际经济咨询公司工作，有相关咨询工作经验。战略意识很强的李董事长和董事会同意了他的建议，聘请国际知名管理咨询公司麦肯锡和国际知名投行摩根大通担任顾问，成立了领导小组和联合工作组，李董事长担任领导小组组长，他担任联合工作组组长，负责具体工作。

经过一年多的艰苦工作，到 2006 年年初，集团党委和董事会批准了集团发展战略、业务整合方案和资本运作规划，以及依据新战略制定的集团"十一五"发展计划。在这个过程中，因为涉及原公司业务前景、员工前途以及党委、董事会与经理层权责划分，分歧和矛盾在所难免，最终在李董事长的努力下大家达成共识，确定了企业定位、愿景、使命、价值观、发展战略、业务整合方案和实施计划。

京能集团是北京市政府电力能源的投资建设运营主体，担负着首都电力能源项目投资、建设与运营，以及节能环保技术开发等重任。这个定位是出资人北京市政府赋予京能集团的。京能集团的愿景是：以企业价值最大化为目标，致力于为社会提供高效环保的能源，致力于能源节约，努力成为行业领先、国内一流、国际知名的能源投资经营集团。京能集团的使命是：追求能源开发、经济效益和环境保护的协调统一，为经济社会的可持续发展提供充足的动力。京能集团的核心价值观是：以人为本、追求卓越。愿景、使命、核心价值观反映京能集团领导和员工的追求。京能集团一成立就注入了优秀基因，树立了远大志向和高尚的道德标准。

京能集团成立时，业务范围几乎涉及国民经济各个行业，主要分布在北京市域及周边山西、内蒙古等省市自治区。经过业务重组后保留了电力能源、节能环保与高科技、房地产及园区建设、金融投行等四大业务，电力能源是主业。总体业务发展战略是"电力能源为主、适度多元、产融结合、协同发展",总体业务布局战略是"立足北京、依托华北、发展全国、走向世界"。京能集团将在这个清晰明确的总体业务发展战略和业务布局战略指导下进行业务整合,走出去寻找投资发展机会,进行投资经营决策。

为此,京能集团领导层制定了雄心勃勃的"十一五"计划:五年内总资产、净资产、营业收入、利润、发电装机容量等主要经营指标翻一番,到 2010 年建成主业鲜明、核心竞争力突出的能源投资经营集团,资产规模迈入千亿级企业集团行列。尤其是清洁能源发电装机容量要翻两番;其时,除了少量燃气发电外,水电、风电、光伏发电装机容量几乎为零。这个目标实现的难度很大,取决于未来五年能有多少发电项目核准、建设、投产。国家规定,5 万千瓦及以上大容量发电项目都要列入国家发展规划并由国家发展改革委审批。一个发电项目通常要筹备多年才能列入规划,得到审批。

是时,国民经济进入高速发展阶段,电力能源需求急剧扩大,国家全面推开电力投资体制改革,放开了发电端竞争。中央企业除了原国家电力总公司发电资产一分为五成立的五大发电公司外，还有其他八家中央企业涉足发电业务。全国各省市自治区都在整合资产、组建自己的电力能源投资集团，以保证本地经济发展所需的电力能源供应。此外，还有许多外资、民企进入发电领域。一时间，全国范围内对电力能源建设项目的争夺瓜分进入白热化。京能集团刚一成立就赶上全国电力能源项目抢建的热潮。

李董事长为首的领导层把目光投向了全国。因为北京地域狭小、能源资源短缺，为环保而限制本地火电建设，所需电力能源主要靠外部供应。只有走出京外发展，才能实现集团"十一五"计划目标，才能发展壮大京能集团，才能满足首都电力能源需求。尤其在国家为应对全球气候变暖、不断提高清洁能源发电比重的要求下，要发展水电、风电、光伏发电等清洁电力只能到资源丰富的外地去投资。另外，因为京能集团地处首都，虽然是地方国企，但人员构成和其他地方国企有很大不同，与中央企业一样，其领导层和员工来自五湖四海，有以天下为己任、走出去发展的抱负和动力。

1月22日星期一，早晨一上班，孟总就走进李董事长办公室汇报自己的发现和想法。孟总的报告和《南方周末》的新闻报道引起了李董事长重视。孟总问道："我们是否向汉江集团提出合作意向？"李董事长说："机会难得，不应错过；去外地投资水电符合集团清洁能源发展战略，董事们不会反对；项目在南水北调中线水源区，和北京经济发展有关，能得到市政府支持；汉江集团有项目但资金不足，我们去谈合作有成功可能。"李董事长言简意赅的表态让孟总信心大增。看到李董事长胸有成竹的样子，孟总觉得他似乎到过那里。

1月23日上午，李董事长批示由集团分管电力能源投资建设的U副总经理去了解详细情况，洽谈合作事宜。孟总亲自将李董事长批示和新闻报道交给了U总。等了十天没有回音，孟总着急了，报纸上的消息满世界都知道，机不可失呀。他跑去问U总联系得怎样。U总回道："我很忙，如果你觉得这是个机会，你去联系吧。"

一直以来，电力能源项目都是由国家电力能源管理部门统一规划，由国家发展和改革委员会审批。通过地方政府渠道寻找项目、列入国家电力能源发展规划、得到国家发展改革委核准开工，是电力能源项目开发建设的标准流程。在电力能源行业里跑投资项目，企业的行政级别和政府关系很重要。京能集团是正厅级地方企业，争不过中央企业。所以孟总想试试走市场的路子，关注市场信息，到市场上找机会，去竞争。他觉得，在改革开放确立了社会主义市场经济模式后，发电企业应该两条腿走路，既跑政府，也跑市场，闯出电力能源发展的新路子。

孟总转身将 U 总的话转告了李董事长，他没想到布置给分管副总的工作会被推掉。孟总问道："怎么办？就这么算了？"李董事长想了一下，说："既然 U 总很忙，你去和汉江集团联系，以我的名义给汉江集团领导写封信。"李董事长做事讲原则，要孟总以他的名义去联系，是考虑到孟总不是业务分管领导，但负责集团战略规划和重大投资项目策划，可以介入重大项目前期工作，孟总以他的名义联系，别人不会说啥。2 月 5 日上午，孟总将写给汉江集团董事长徐尚阁、总经理贺平的信送给李董事长审阅后寄出，信中叙述了写信的缘由，介绍了京能集团概况，盛赞汉江集团和十堰市为一江清水送北京所作的贡献，强调南水北调将十堰与北京、将汉江集团与京能集团联在一起，表达了饮水思源、知恩图报的情怀和参与南水北调中线水源区经济建设和环境保护、与汉江集团共同建设十堰水电项目的意愿。

信发出后，孟总一直忐忑不安地等待回复，觉得自己是不是有些莽撞。在自己对汉江集团、十堰市政府、汉江流域水电项目开发条件、技术经济指标和投资环境一无所知的情况下，就冒昧高调表态，如果实际情况与想象的差得很远，就麻烦了。他希望汉江水电项目是好项目，既能帮助水源区发展，又能挣大钱，名利双收。他又担心，万一这些水电项目指标很差，但是扶贫脱困效果很好，怎么办？做还是不做？一不小心就可能把自己和京能集团推入道德困境中。就如同给一个素不相识、从未谋面的姑娘写了一封情真意切的求爱信，既担心人家拒绝，又担心人家答应，更担心见面后的感觉和最初想象相差甚远，不好收场。信已经发出，他只能硬着头皮往前走了，但愿李董事长的判断和自己的直觉没有出错。

2月9日下午，孟总接到了汉江集团副总经理胡军打来的电话。胡总在电话中说："来信收到，徐董事长和贺总看了来信后立即叫我打电话和你联系，非常愿意和京能集团谈合作开发十堰水电项目。贺总2月11日路过北京，想和你见面谈。"孟总的左眼当时因患结膜炎发生严重粘连，刚做了眼科手术，眼球血肿、不能见光，正在家中休养，就说："我现在刚做了眼科手术，不便见贺总，请你把项目资料传过来，我们可以在电话中谈。"他没想到汉江集团这么快就给了回复，而且贺总还要亲自和他面谈。接到胡总的电话，他非常高兴，汉江集团接了京能集团抛出的绣球，他们很积极。此后两天，他在电话中和胡总就合作内容、合作方式多次交流磋商。

2月11日下午，胡总将总装机容量116.3万千瓦、总投资100亿元的5个水电项目资料发给孟总。5个水电项目中，有白河、孤山两个项目分布在十堰市郧县、郧西县汉江干流上，有潘口、小漩、龙背湾3个项目分布在十堰市竹山县汉江支流堵河上。胡总很坦诚，和盘托出，表示这5个项目指标不如西南地区水电项目，单位投资大、回报期长，但有自身的优势：一是上网电价高，西南地区上网电价一般每度电0.25元左右，但湖北一般可在 0.36 元以上，调峰电价更高；二是电力送出条件好，发出的电可以就近上网，最近的小漩电站只有 1 公里，最远的潘口电站约 90 公里；三是远景看好，南水北调中线二期引江济汉工程有可能带来较大增效空间；四是能借助汉江集团现有管理运行、技术、人力资源、养护维修方面的优势，大幅度减少项目建成后的运行成本。此外，从方案设计上还有优化改善空间，从长远看还是不错的，适宜大资金长期投资持有。因此汉江集团决定从民企手中接收这些位于汉江及支流堵河上的水电项目，这是汉江集团基于自身利益判断所作的决策。

胡总谈道，2005 年汉江集团收购了民企浙江纵横集团持有的竹山县堵河潘口、小漩、龙背湾等 3 个水电项目，2006 年又收购了民企湖北宏林集团持有的汉江孤山水电项目，白河水电项目还在谈。这些项目都规划了很多年，十堰市政府为加快发展，迫切希望汉江集团尽快同步开工建设拟建电站。汉江集团压力很大，这两年在水利部长江委和十堰市政府协助下四处联系融资，寻找投资合作方，正好遇上京能集团主动上门，他们非常高兴。京能集团是实力雄厚的北京市属国企，有南水北调饮水思源的情怀，他们感觉这是最理想的合作方。他们愿以最大诚意将 5 个拟建水电站拿出来与京能集团合作，考虑到京能集团希望进入水电领域，采取双方交叉持股方式，3 个由汉江集团控股、京能集团参股，两个由京能集团控股、汉江集团参股。胡总邀请京能集团派人立即去汉江集团考察面谈。

孟总兴奋地报告李董事长："我们在十堰抓住了重大战略机遇！"

2 月 14 日是情人节，情人们会在这一天送花求爱。上午，孟总收到了汉江集团的邀请函，虽是巧合，却寓意美好。李董事长要孟总带领集团战略投资办公室、电力能源投资建设部、新能源公司负责人去汉江集团考察，春节后启程。下午，孟总选好了考察人员、拟了考察行程和考察内容，送给李董事长审批。再有 4 天就是春节，此刻孟总心情很好，只是担心自己的眼睛，他祈盼着能早日康复。医生嘱咐他要停止工作，让眼睛休息，否则眼疾再次发作会有失明的危险。

孟总告诉胡总，他将带领京能集团战略投资办公室主任唐鑫炳、主管梁江，电力能源投资建设部副主任冀立、项目经理杨春风，新能源公司总经理张凤阳等一行6人，组成考察组，于2月26日至3月3日赴丹江口访问汉江集团。此次考察的主要任务：一是考察汉江集团，与汉江集团领导会面座谈，参观丹江口水利枢纽、下属企业；二是现场考察白河、孤山、龙背湾、潘口、小漩等5个拟合作开发水电项目的建设条件和环境；三是向水利部长江水利委员会了解汉江流域水电开发规划，向长江勘测规划设计研究院、湖北省水利水电规划勘测设计院了解拟开发水电项目的设计和技术经济指标；四是向十堰市政府了解当地水电资源、移民安置政策和投资环境。回来后向京能集团董事会提交考察报告并提出建议。具体行程请胡总安排。

孟总带的人都是京能集团相关部门的负责人和业务骨干，其中唐主任是他的下属，人民大学管理学硕士，湖北荆州人，在江汉平原农村长大，曾在湖北省政府部门工作过，当过集团办公室主任，精明强干，综合协调沟通能力强；梁江，清华大学管理学博士，擅长投资分析；冀立，东南大学电力建设专业硕士，优秀的火电工程建设专家，常年在外跑项目，通常出任电力项目公司董事；杨春风，武汉水利电力学院硕士毕业，只有他学过水电、搞过水电，但是还没有做过完整的水电工程。因为电力项目开发建设归口在电力能源投资建设部，所以派冀立、杨春风参加；水电项目投入运营后归新能源公司管理，新能源公司正在内蒙古开发风能、在青海开发太阳能，未来可能涉足十堰风光资源开发，所以派张凤阳参加。孟总在选择考察人员时，还考虑了将来派驻十堰开展工作的领导骨干和各部门工作衔接问题，唐鑫炳、冀立、杨春风都是合适人选。

至于孟总，他是产业投资和战略专家，长期从事产业投资和企业战略的教学、研究和实际操作，1994年出版的专著《技术经济分析实务》是国内第一批工商管理硕士教材。因为这本教材，美国圣母大学录取了他，还给了奖学金，他们好奇中国也在搞MBA教育，而他如此年轻就编写了MBA教材。当初教育部选择9所国内顶尖高校试办工商管理硕士教育，模仿美国MBA案例教学模式，首先要编写中国案例教材，其中由清华大学教授牵头编写的《技术经济分析实务》，分给他两章内容编写。当时大家都不知道如何编写案例，他在工厂工作过，就按自己想法去写，三个月后他按时完成任务，找教授交稿时得知，除了他，其他人都没有动笔。教授说他写得不错，既然别人都没写，这本教材就由他全部完成。他高兴极了，原以为白做了，没想到获得了独自编著国家级研究生教材的机会，这本专著助他升了高级职称，还敲开了留学之门。后来，他离开天津大学到企业，带领团队做了十多个成功的产业投资项目，理论加实践使他对产业投资有了较好的直觉和眼光。这一次去十堰，虽是他第一次做电力项目，但有精兵强将相随，他信心很足。

走之前，孟总要战投办通过各种渠道广泛收集有关十堰市情、地图及水电技术、建设、投资政策的资料。后来还找到一本刚出版的报告文学作品《大江北去》。这本书是著名的十堰籍作家梅洁女士写的，她出于对故土乡亲的热爱，用饱含深情的笔触记述了丹江口库区人民几十年来为修水库和南水北调工程作出的巨大牺牲和在当地政府领导下为改变贫穷落后面貌所作的艰苦努力，感天动地，引起了广泛关注。书中有当地政府借南水北调中线工程举办联谊招商活动、邀请沿线城市参加，结果无一前来，落个寂寞、受到讥讽、自己热闹自己的情节，给了孟总很深的印象。他想："大江向北京去，我们从北京来，天意使然，上天会保佑我们成功，我们决不让十堰人民失望。"

第二章

2007 年 2 月 26 日，春节后上班的第二天下午，孟总带着考察组上路了。他们乘飞机在襄阳刘集机场降落，汉江集团副总经理胡军亲自到机场迎接。当时十堰还没有民航机场，也没有通高铁，只有普通公路和 20 世纪 70 年代初为三线建设配套修建的襄渝铁路（襄阳至重庆）穿过，乘特快列车也要 16 个小时才能到，还要在列车上过夜。他们选择乘飞机到襄阳，再乘车去丹江口。

孟总和胡总一见如故，他们是同龄人，都是在恢复高考后同年考上大学的，性情气质相近，这些天来经常电话交谈，如今见面如同久别重逢。胡总为人坦诚、开朗热情、坚持原则又有灵活性，是一个好打交道、好相处的人。在他们有分歧时，胡总不会去争辩，而是缓和一下口气，换个说法。胡总是具有强烈事业心、想方设法要把事情做成的人，和他共事一定能成事。胡总负责汉江集团水电项目开发建设，这次他将全程陪同孟总一行考察，今后主要是他和孟总洽谈合作事宜。胡总也是孟总的启蒙老师，告诉了他很多水利水电知识。胡总后来兼任双方合资的汉江水电开发有限公司总经理，孟总兼任副董事长。再后来胡总接任汉江集团总经理、董事长。

胡总带孟总一行从襄阳刘集机场出发去丹江口，途经老河口市时，顺路去参观汉江集团管理运营的王甫洲水电站。胡总介绍，这是一个以发电为主，兼有航运、灌溉、养殖、旅游等综合效益的大型水利工程，对丹江口电站起反调节作用，缓和丹江口水库下泄水流的波动。这里位于老河口市区下游 3 公里处，上距丹江口水利枢纽 30 公里，是汉江干流 16 个梯级开发中的第 10 个梯级。水库正常蓄水位 86.2 米，库容 1.5 亿立方米。电站为低水头径流式电站，装有 4 台奥地利制造的发电机组，总装机容量 10.9 万千瓦，年发电量 5.81 亿度，主要给湖北省襄阳地区供电。船闸可通过 300 吨级轮船，水库可自流灌溉 2 万亩农田。1995 年汉江集团代表水利部与湖北省政府合资兴建王甫洲水电站，2000 年建成，每千瓦造价达 18000 元，出现严重亏损。2004 年汉江集团收购湖北省政府出资份额，独资经营，当年盈利，目前已是盈利能力很强的优质资产。说到这，胡总很自豪。孟总不明白他们是怎么做到扭亏为盈的，他想里面应该有许多门道吧，这是企业的 Knowhow（秘诀），说明汉江集团的水电管理运营能力很强。这么多年来再一次来到汉江边，这是孟总见过的第一个水电站，而他们对汉江集团和汉江流域水电资源的考察就从这个水电站正式开始了。在电站职工餐厅吃过晚饭后，他们前往丹江口市。

丹江口市被誉为"中国水都"。丹江口因丹江在此汇入汉江而得名，又因在丹江口建设水利枢纽而建市，如同三门峡市因在黄河三门峡修建水利枢纽而建市一样。丹江口市位于鄂西北鄂豫交界处、汉江中上游、江汉平原与秦巴山区接合部，地处襄阳、十堰、南阳"小三角"的正中央，距武汉、西安、郑州均在 400 公里左右，自古就是南来北往、东进西出的交通要冲。丹江口建置历史悠久，秦代设武当县，隋唐改称均州，民国改为均县。均州古城因修建丹江口水库被淹没在水下，新城已迁至丹江口水利枢纽所在地。1983年，湖北省撤均县设省辖县级市——丹江口市，委托十堰市代管。

丹江口市总面积3121平方公里，其中455平方公里被南水北调中线工程淹没，占全市总面积的14.6%、占整个库区面积的43.3%。市内名胜古迹众多，有世界文化遗产、国家5A级风景区、中国道教圣地——武当山，有国家森林公园——丹江口国家森林公园，有国家级水利风景名胜区、亚洲最大的人工淡水湖、南水北调中线工程核心水源区——丹江口水库，有南水北调中线水源工程——丹江口水利枢纽等。丹江口市有中国北缘最大的优质柑橘生产基地，有武当蜜橘与武当榔梅、武当道茶、丹江口翘嘴鲌、丹江口鳡鱼等国家地理标志产品。丹江口市主城区依丹江口大坝坝下沿汉江两岸而建，因丹江口水利枢纽建设发展起来，汉江集团就坐落于此。

在茫茫夜色中，孟总一行抵达丹江口龙山宾馆。刚下过雨，湿润的空气中弥漫着樟树散发出来的清新香味，这是孟总小时候熟悉的味道。香樟叶清热解毒，醒脑安神。他还记得，小时候在大热天，学校会用樟树叶煮茶给学生解渴消暑。香樟味驱蚊防虫，人们熟知的樟脑丸就源自樟树提取物。可能是因为南方蚊虫多，江汉平原等南方地区广泛种植樟树。樟树还是十堰市树，是十堰市大力推广的绿化树种。孟总喜欢樟树的味道，他在洛阳居住的小区院子里也种了一棵。自从有了这棵樟树，满院清香，蚊虫少了许多。

汉江集团总经理贺平带着副总经理姚树志和何晓东、办公室主任程家华、发展计划部主任曾凡师、水电项目部主任王仕民、办公室副主任张明钢、发展计划部副主任王军、报社主任刘铁军等人已在这里迎候，对孟总一行到来表示了最热烈的欢迎。双方一一握手寒暄后，孟总说明了来意，介绍了京能集团的概况，表达了京能集团李董事长的问候以及对双方合作成功的期待。贺总、姚总比孟总年龄大许多，说话从容、温厚稳重、谦和大度，如同兄长，让人感到踏实可靠。姚总后来兼任双方合资的汉江水电开发有限公司董事长。何总身材高大，30 岁出头就担任分管汉江集团多经产业的副总经理，还是湖北省人大代表，很年轻，有大将风度。何总后来接替胡军担任汉江集团总经理、董事长。程家华、曾凡师、王仕民后来都出任了汉江集团副总经理。他们都具有水利人常年在野外工作环境里养成的吃苦耐劳、豁达乐观、淳朴热情的特质。

2月27日上午，贺总等领导首先陪同孟总一行参观龙山宾馆走廊荣誉墙，墙上挂满了记录丹江口水利枢纽建设过程和历任党和国家领导人视察的珍贵照片。丹江口水利枢纽工程是功在千秋、利在万代的工程，当年10万建设者在缺衣少食的情况下，自力更生、艰苦奋斗，成就了今日中国水利水电建设的奇迹，令人景仰。这是国家的荣耀，也是汉江集团的荣耀。贺总豪情满怀地对孟总他们述说起汉江集团的发展历程。

汉江集团是伴随丹江口水利枢纽工程的建设和管理成长起来的，为发展新中国水利水电建设事业作出了卓越功勋，是水利水电建设的先驱者和清洁能源领域的领航者，其前身最早可以追溯到1958年6月12日在武汉成立的汉江丹江口工程局。

1958年9月1日，丹江口水利枢纽工程开工，来自湖北、河南的 10 万建设大军云集丹江口，手推肩挑背扛，展开了征服汉江的伟大壮举。为适应高速度施工和大兵团人海战术的需要，汉江丹江口工程局更名为汉江丹江口水利工程总指挥部。1961 年 8 月，汉江丹江口水利工程总指挥部更名为水利电力部汉江丹江口工程局，由于国家压缩基本建设规模和机械化施工水平提高，施工队伍精简到 3 万人。此后因出现重大质量问题，经历了停工、整改和再复工。1969 年 4 月，汉江支流堵河上的黄龙滩水电站开工，汉江丹江口工程局组建了黄龙滩工程指挥部，抽调大批人员参加建设。1969 年 12 月，出于战备需要，水利电力部汉江丹江口工程局改为水利电力部第十工程局。

1970 年 7 月，丹江口大坝全线达到设计高程 162 米，工程基本完工。此时，国家决定兴建长江第一坝——葛洲坝水利枢纽工程（又称"330 工程"），拉开了治理开发万里长江的序幕。水利电力部第十工程局成立了葛洲坝工程指挥部，抽调 1 万多人参加葛洲坝工程建设，后来这些人又参加了三峡工程和长江上游梯级水电站建设。孟总听他父亲讲过，当年所在部队参加了葛洲坝工程，一些战友转业留在了宜昌，其中有一个战友叫胡震。有一年胡叔叔回乡探亲，顺路看望他父亲。他父亲正在午睡，听到脚步声，大叫着"胡震"，从屋里冲出来迎接。孟总惊奇，分别这么多年了，他父亲竟然还能听出战友的脚步声。胡叔叔留给他一本英国历史小说《艾凡赫》，这本小说描述中世纪骑士艾凡赫匡扶社稷、行侠仗义的事迹，这是他看的第一本西方文学名著。

1978 年 4 月，水利电力部第十工程局更名为水利电力部丹江口水利枢纽管理局，由工程建设为主转为管理运营为主。1988 年 12 月，又更名为水利部丹江口水利枢纽管理局。1992 年 9 月，水利部丹江口水利枢纽管理局经国务院批准跨入全国特大型企业行列。1994 年，水利部丹江口水利枢纽管理局被国务院确定为全国百户现代企业制度试点企业之一，开始向现代企业过渡。1996 年 7 月 5 日，水利部丹江口水利枢纽管理局改制成汉江水利水电（集团）有限责任公司，成立董事会、监事会，同年 10 月 18 日正式挂牌运行，并同时组建以汉江水利水电（集团）有限责任公司为核心企业，由丹江口水力发电厂、铝业公司、铁合金公司等 10 余家成员企业组成，拥有近万名职工的跨行业、跨地域大型企业集团——汉江集团。

了解了丹江口水利枢纽工程，随后，孟总一行去参观丹江口水电站、水库大坝和大坝加高工程。然后，他们乘船考察库区，前往东北岸陶岔村，那儿是南水北调引水渠渠首闸所在地。在船上，孟总看见岸边有一排大厂房伸出几根很粗的管子从库里抽水，一问才知这是某饮用水公司的瓶装水厂，这儿水质很好，可直接抽水罐装，抽一方水只交 0.13 元。船行到一个水面宽阔、四面都望不到边的地方停了下来，贺总说这儿叫"小太平洋"，是丹江口水库水面最开阔、水最深、水质最纯净的地方，这里的水是一级水质，可以直接饮用。贺总舀上一桶水叫孟总他们品尝，孟总喝着贺总舀上来的江水，看着这一望无际的清澈水面，想象着几年后"一江清水送北京"的情景，心潮起伏，思绪万千。他在想，冥冥之中他这一生注定要和这一条江、这一方土、这一群人难舍难分。

孟总告诉贺总："我是空降兵子弟，我父亲所在部队就是当年那个在朝鲜血战上甘岭，出过战斗英雄黄继光、

汉江集团刘铁军　摄

邱少云的部队。我在江汉平原出生长大，后来回到老家洛阳伊川，伊川离丹江口水库北岸的淅川不远，隔着伏牛山。当年我父亲所在部队驻扎在汉口附近的汉江边上，那时候一到夏季汉江就会发大水，我父亲都要带部队抗洪守堤，直到丹江口大坝建成后才解除了洪水威胁。我是唱着'一条大河波浪宽'，喝着汉江水，吃着汉江鱼，看着纤夫拉着帆船长大的。我从小就知道丹江口，为修建丹江口水库建设的汉丹铁路就从我家居住的部队营区附近通过。现在我定居北京，从没想到将来有一天会在北京再次喝上汉江水。"贺总说："我听出你说的普通话有汉口口音，汉江集团和空降兵部队很熟，他们一直对口支援丹江口水库防洪抢险，每年汛前，我们都要会面制订防洪抢险方案。"

在船上，贺总详细介绍了汉江水文情况、丹江口水利枢纽和南水北调中线工程的规划建设情况。

汉江，又称汉水，为长江的最长支流，河长 1577 公里，源头在秦岭南麓的陕西省汉中市宁强县境内，干流流经陕西、湖北两省。源自陕西商洛、流经河南南阳的丹江在丹江口汇入汉江干流。在丹江口以上为上游，河谷狭窄，间有若干小盆地，长约 925 公里；丹江口至钟祥为中游，河谷较宽，沙滩多，长约 270 公里；钟祥至汉口为下游，长约 382 公里，流经江汉平原，在汉口龙王庙汇入长江。汉江中下游两岸筑有堤防，河道蜿蜒曲折逐步缩小，愈往下泄洪能力愈小，愈容易溃口成灾，是长江支流中洪灾最严重的一条。汉江流域面积 17.4 万平方公里，涉及鄂豫陕川渝四省一市。汉江年径流量 557 亿立方米，与黄河相当。汉江水系水能理论蕴藏量 1093 万千瓦，可开发量 614 万千瓦。汉江干流规划 16 个梯级开发，有 7 级在陕西省境内，9 级在湖北省境内（白河枢纽为鄂陕共建，系陕西省境内第 7 级、湖北省境内第 1 级）。其中湖北省境内干支流水能理论蕴藏量为 389.3 万千瓦，可开发量为 246.6 万千瓦。

丹江口水库是国家南水北调中线工程核心水源地、国家一级水源保护区、中国重要湿地保护区，是 1973 年丹江口大坝下闸蓄水形成的。丹江口大坝初期坝高 162 米、坝长 2494 米，位于丹江口市境内的汉江干流与其支流丹江汇合口下游约 800 米处，控制流域面积 9.52 万平

方公里。丹江口水库正常蓄水位 157 米，相应库容 174.5 亿立方米，在湖北省十堰市丹江口市和河南省南阳市淅川县之间形成水面面积 840 平方公里，分汉江库区和丹江库区（淅川称丹阳湖）两部分，是亚洲最大的人工湖。丹江口水库水源来自于汉江中上游及其支流丹江，多年平均入库水量为 388 亿立方米。

丹江口水利枢纽由丹江口拦河大坝、陶岔引水渠渠首闸、水力发电厂、升船机等建筑物组成，是治理汉江水患、开发利用汉江水资源的关键性控制工程，也是南水北调中线的水源工程。丹江口水利枢纽是新中国成立后第一座自行勘测、设计和施工的大型综合水利枢纽，以防洪为主，兼具发电、灌溉、航运、养殖功能，被周总理称赞为"五利俱全"的水利工程，是国内综合效益最大的水利工程。

新中国成立前，汉江中下游江汉平原水患严重，"三年两溃、十年九淹"，给两岸人民带来了深重灾难。新中国刚成立，政府就启动了汉江综合治理开发工作，1950 年 7 月在汉口成立了汉江治本委员会。1952 年 10 月毛主席视察黄河时首次提出南水北调的设想。1953 年 2 月毛主席巡视长江，与时任长江水利委员会主任林一山讨论南水北调水源地时，在地图上丹江汇入汉江的"丹江口"画下圆圈，丹江口水利枢纽工程建设正式提上日程。1958年3月中央批准兴建丹江口水利枢纽初期工程，1958年9月1日初期工程正式开工，10万建设者来到工地，湖北省省长张体学担任总指挥。1959年12月26日实现截流，1967年11月下闸蓄水，1968年10月首台机组发电，1970年7月大坝建设至162米高程，1973年9月总装机90万千瓦的6台机组全部建成投产，同年11月300吨级升船机工程建成、引水灌溉渠首完工，1974年2月初期工程全面竣工。至此，在毛泽东、周恩来、李先念、董必武、王任重、张体学等老一代国家领导人和省领导的关怀和指导下，广大建设者发扬"自力更生、艰苦创业、顾全大局、勇于开拓"的丹江口人精神，奋战15个春秋，建成了防洪、灌溉、发电、航运、水产养殖五利俱全的丹江口水利枢纽。

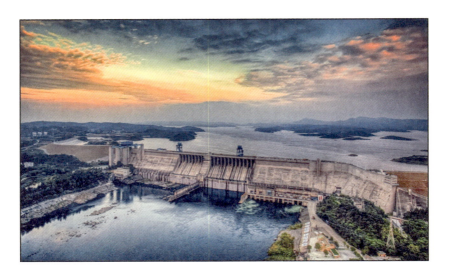

资料照片　来源：汉江集团

防洪是丹江口水利枢纽初期工程的首要目标。在防洪方面，初期工程建成后通过蓄洪错峰将江汉平原防洪标准提高到二十年一遇，大大减轻了汉江中下游的洪水灾害和长江中下游的防洪压力，使得襄阳、武汉等沿江城市和上千万人民、1800万亩耕地得到保护，让"沙湖沔阳洲，十年九不收"的历史一去不复返。在农田灌溉方面，建设了陶岔500立方米/秒、清泉沟100立方米/秒两个取水口，年均提供灌溉水量约9亿立方米，灌溉农田面积达360万亩，使得南襄盆地、鄂西北成为国家重要的商品粮基地。在发电方面，工程利用丹江口水库大坝落差建设了装机90万千瓦水电站，后来扩机到105万千瓦，年均发电40亿度，促进了华中电网形成，是华中电网主力电站，对保障华中电网安全平稳运行起了重要作用，不仅解决了武汉、襄阳、十堰等城市的工农业用电，还为豫西南的南阳地区提供了大量工农业用电。有了丹江口水电站的电力保障，国家在十堰建起了第二汽车制造厂，在襄阳建起了一批三线军工企业，在武汉建起了武钢170轧机，在郑州建起了电解铝厂。在交通航运方面，因丹江口水利枢纽工程形成了430公里环库公路网，建设了汉丹铁路、襄渝铁路，连接了华中与西南的交通；300 吨级升船机使水库上下 1000 公里河道全年可通航 300 吨级船舶，其中从武汉到襄阳由原来的季节通航变为全年通航，大大改善了鄂西北、豫西南地区水上交通条件。在水产养殖方面，丹江口水库有鱼类 70 多种，840 平方公里的水库水域和众多的库汊为发展淡水鱼类人工网箱养殖提供了优越条件，年产商品鱼达 6 万吨，丹江口水库野生鱼已经成为闻名全国的水特产。其中，鳡鱼和翘嘴红鲌是丹江口水库的两大"招牌鱼"，因肉质细嫩鲜美被评为国家地理标志产品。

丹江口水利枢纽巨大的综合效益背后是数十万库区移民的巨大牺牲。孟总看见在库岸山坡上有零星分布的低矮民房，贺总告诉他那些是从外地回流的移民。兴建丹江口水利枢纽工程，受益的是中下游江汉平原，受损的是河南、湖北两省库区。"文革"结束后，国家开始反思丹江口水库建设工程中的移民安置问题，采取了许多补救措施解决移民遗留问题，在其后新建的水利水电工程中规定移民要成为受益方，要把移民费用纳入工程投资预算，要大幅提高征地补偿和移民安置补偿标准，以保障移民搬迁后生活水平高于搬迁前。拟建的潘口水电项目投资中移民费用几乎占一半。贺总的话令孟总惊讶，也感到歉疚。孟总只知道当年丹江口水库建成后，住在江汉平原的他不再每年跑大水了，没想到库区移民承受了这么大的牺牲。这库水中不仅饱含建设者的汗水，还有库区移民的泪水。现在为南水北调加高大坝，刚刚安定下来的库区百姓又要抛家舍业再次搬迁，国家和工程受益地区欠库区人民的。

向北方供水是丹江口水利枢纽第二期建设的主要目标。在初期工程时，建设者们按照毛主席"南方水多，北方水少，借点水来也是可以的"指示，已经考虑了南水北调的远景目标，按调水规模建成了陶岔渠首和长达8公里的首段引水干渠。20世纪90年代初，南水北调工程实施再次提上了国家议事日程，把南水北调与西气东输、西电东送、青藏铁路并列为中国跨世纪的4项骨干工程。经过数十年研究，2000年12月国务院通过了《南水北调工程总体规划》，南水北调工程总体格局定为西、中、东三条线路，分别从长江流域上、中、下游调水，多年平均年调水总规模448亿立方米，其中东线148

亿立方米，中线 130 亿立方米，西线 170 亿立方米，建设时间约为 40~50 年。南水北调工程东线、中线、西线建成后将与长江、淮河、黄河、海河相互连接，构成我国水资源"四横三纵、南北调配、东西互济"的国家水网总体格局，改善水资源分布不均的局面。

2002 年 12 月 27 日，南水北调东线工程率先启动，计划于 2013 年通水，主要向江苏、山东两省提供生产用水。2003 年 12 月 30 日，南水北调中线一期工程开工，计划于 2014 年通水，主要为河南、河北、天津、北京提供生活用水，初期年均调水 95 亿立方米。南水北调东中线工程一期可行性研究报告总概算投资 2546 亿元。和计划经济时代水利工程全部由国家出资不同，南水北调工程定位于准公益性工程，兼具公益性和经营性，实行政府主导、市场化运作、企业化管理、用水户参与的建设运营模式，融资多元化，中央、地方政府和国家水利工程建设基金占 65%，银行贷款占 35%。国家欢迎社会资本参加南水北调工程建设。工程建成后通过受水区支付水价补偿运营成本、付息还本，根据输水距离远近不同，水价也不相同。考虑到受水区居民的承受能力，最终确定的当地口门水价不会高。这意味着投资回报率不会高，投资回收期会很漫长。

2005 年 9 月 26 日，南水北调中线水源工程——丹江口大坝加高工程开工，为此水利部专门成立了南水北调中线水源公司，由汉江集团控股，汉江集团董事长兼任南水北调中线水源公司董事长。丹江口大坝将加高至 176.6 米、加长到 3442 米，水库水域面积将达 1050 平方公里，蓄水量达 290.5 亿立方米。丹江口水利枢纽的功能将转变为以防洪、供水为主兼具发电、航运、旅游。大坝加高后，江汉平原的防洪标准将进一步提高到百年一遇，将彻底根除汉江水患。预计南水北调中线工程全线完工后，每年将向沿线的河南、河北、天津、北京 4 个省市的 19 座大中城市、100 多个县（县级市）的 1.2 亿人口提供生活用水 95 亿立方米，中远期规划每年调水量将达 130 亿立方米，将有效缓解中国北方严重缺水问题。

为达到中线中远期调水 130 亿立方米目标，中线还将实施二期工程，即"引长江水补充汉江"的引江补汉工程。汉江支流堵河是南水北调中线二期引江补汉工程

丹江口大坝加高工程施工场景　汉江集团刘铁军　摄

备选通道，堵河梯级水电开发不仅可以增强南水北调中线水源调蓄能力，防止洪水冲下泥沙污物影响水源水质，还可以为南水北调中线二期补水工程做准备。

当天中午，孟总一行乘船到达丹江口水库东北岸陶岔，上岸参观南水北调中线引水渠渠首闸。这儿位于河南省淅川县九重镇，是两道山岗之间的豁口，是建设南水北调引水渠渠首的理想地点。初期工程在这里修建了高 162 米、宽 100 余米渠首闸坝和 8 公里长引水渠。如果说丹江口水库像蓄水池，陶岔渠首就像水龙头。南水

南水北调中线渠首工程开工前全景　来源：汉江集团

1976年陶岔渠首工程全部完工时情景　来源：汉江集团

北调中线工程将在这里建设新的渠首闸坝，坝长 256 米，闸顶高 176.6 米，闸底高 140 米，分 3 孔，孔口尺寸宽 7 米、高 6.5 米，设计流量 350 立方米/秒，加大流量可达 420 立方米/秒。南水北调中线工程将从这里开挖全长 1227 公里干渠，汉江水从渠首流出，穿越连接伏牛山脉和桐柏山脉的山口方城垭口，沿京广铁路西侧北上，在郑州经隧道穿过黄河，沿华北平原中西部太行山边缘全程自流到北京颐和园团城湖调蓄池。午饭后，他们乘车从陶岔渠首返回丹江口，顺道参观了汉江集团下属电解铝厂、铁合金厂等企业，分管多种经营业务的何晓东副总经理介绍了汉江集团多种经营发展情况。

汉江集团很早就依托水电主业开展多种经营。20 世纪 70 年代初，丹江口水利工程完建后，为扶持库区淅川、丹江口、郧阳三县发展，库区建了独立电网，由丹江口水电站按全国最低价供电。80 年代丹江口水电站上网电价每度 0.028 元，到现在才每度 0.168 元，仍然是全国最低的电价。丹江口水利枢纽管理局在工程完工后的一段时间过得很艰难，国家不再拨付工程建设经费，只靠发电业务，根本解决不了上万职工收入和数万家属就业问题。无奈之下，只得搞多种经营，利用廉价充裕的电力相继兴建了丹江铝厂、铁合金厂、电石厂、碳化硅厂等一批高耗能企业，走出了"一业为主、多种经营、建管结合、全面发展"的水利企业发展之路，成为全国水利系统模范。

1996年以来，为适应日益加剧的市场竞争，丹江口水利枢纽管理局以建立现代企业制度为契机整体改制为汉江集团，建立起母子公司体制，立足丹江口，走出丹江口，以市场为导向，以改革为动力，彻底摆脱旧体制机制束缚，实现了由政府事业单位向企业的转变，形成了"以水电为基础，以铝业为龙头，沿产业链向外稳健扩张"的经营模式。从有经营收入的1974年算起，创造了连续33年盈利的奇迹。汉江集团通过多种经营不仅提高了职工收入，还解决了职工家属子女就业问题，对企业稳定和发展起了重要作用。贺总是汉江集团首任总经理，在他的带领下，汉江集团多元化发展路子越走越宽，造就了一支擅长多元化经营的队伍。

2003年，国家电力供应持续紧张，不少地方出现"电荒"。汉江集团把发展目标定位在以"流域梯级开发，提升整体效益"上，决定建立新的清洁能源基地，再造一个丹江口水电站。在对全国30多个水电项目考察论证后，最终把目标锁定于南水北调中线水源区——湖北省十堰市汉江流域及支流堵河流域。2005年初，汉江集团在十堰市政府的支持下，先后拿下了堵河流域的潘口、小漩、龙背湾和汉江干流的孤山4座水电站开发权。规划在未来10年内，投资100亿元开发堵河潘口、小漩、龙背湾和汉江上游孤山4个水电站，总装机容量近100万千瓦，相当于再建一个丹江口水电站。

这一路看下来、听下来，孟总一行对汉江集团及其建设、管理的丹江口水利枢纽有了直观而深刻的认识："这是一个为国家为地方作出突出贡献、在国计民生中发挥重要作用的企业，是一个在卓越团队领导下、资产优良、竞争力强的企业，是一个名声好、守信用、值得信赖的企业，我们和汉江集团合作不会有问题。"对汉江集团，孟总有一种对故土乡亲才会有的天然好感，过去他住在江汉平原，受益于他们建设的丹江口大坝免除了水灾威胁；现在他住在遥远北方，未来将因他们建设的南水北调中线水源工程免除口渴之苦。他毫不掩饰对这个企业、这个地方的感激之情，他对贺总说：一定尽力促成京能集团与汉江集团的合作，想方设法帮助这里发展。

当天下午3时，胡总陪孟总到了十堰市茅箭区，这儿是十堰市委、市政府及市直机关所在地，也是商业中心，市长陈天会、负责招商引资的副市长高勤、负责水电开发建设的市长助理李新祥、市发展改革委主任李君琦、市政府副秘书长乔冰等接见了孟总一行。李新祥是副市长级的市长助理，大家都习惯称他李副市长。孟总没想到陈市长会亲自出面，感到意外。这说明十堰市政府对他们的到来非常重视，也说明汉江集团在十堰市影响力很大。

十堰市位于湖北省西北部。鄂西北与豫陕渝毗邻，斜倚于大巴山余脉，汉江干流自西向东贯穿其中，狭义的鄂西北指十堰市，广义的鄂西北还包括襄阳市与神农架林区。十堰市东与湖北省襄阳市的保康、谷城、老河口3县市接壤，东北与河南省南阳市的淅川县相连，北与陕西省商洛市的商南、山阳、镇安3县相接，西与陕西省安康市的白河、旬阳、平利、镇坪4县毗邻，南与重庆市的巫溪县和湖北省神农架林区交界。十堰处于中国版图雄鸡心脏部位，位于华中、西南、西北三大经济板块接合部，是四省市交界地区的区域性中心城市，自古有"南跨荆襄、北枕商洛、东抚南阳、西掖汉中"之誉，有"南船北马、川陕咽喉、四省通衢"之称。十堰市域前身是湖北省原郧阳地区，总面积2.37万平方公里，人口320万。原郧阳地区辖六县，由西北向东南沿汉江走向排成两列，其中北三县郧西县、郧县（原郧阳地区专署驻地）、均县（后来改称丹江口市）地势低，位于汉江谷地，有汉江干流穿过；南三县竹溪县、竹山县、房县地势高，西南依大巴山、神农架，东接武当山。

十堰市原是郧阳地区管辖的县级市，是因国家三线建设而新建的城市，就像当年四川的攀枝花市、贵州的六盘水市一样。1969年9月，从全国调集的10万大军，包括来自北京的建筑工人，来到郧县十堰乡建设第二汽车制造厂，即后来的东风汽车公司。整个工厂分布在二十几条山沟里，孟总当年从原南京航空学院毕业到贵州011基地工作时也是这种工厂布局，靠山、分散、进沟，而且更加偏僻、分散，每个车间占据一条山沟或山洞，车间之间运输靠马车，他时常坐着马车运零部件。三线建设是一段不能忘怀的历史，在中西部广袤山区播下了现代化的种子，奠定了今日内地发展的工业基础。因为孟总在三线军工厂工作过，所以对十堰甚感亲切。

这儿是秦巴山余脉的低山丘陵地带，距离汉江、堵河干流20多公里，只有两条小支流穿过，因当地村民为引水浇地修了十道堰得名十堰（堰是为了抬高水位引水灌溉而在河上修筑的可以过水的低坝，如著名的都江堰）。第二汽车制造厂建成后，十堰从郧县分出、建省辖十堰市，辖张湾、茅箭两区。城中有许多小山包，难得见到几平方公里的平地，每条沟里都挤满了建筑物和道路，需要扩展城区时就削平几个小山包，把沟谷填满，弄出一块平地。改革开放后，国家推行市管县体制，十堰市与郧阳地区合并，成立省辖地级市十堰市，辖张湾区、茅箭区等2区和丹江口市、郧县、郧西县、竹溪县、竹山县、房县等6县市。张湾区、茅箭区是主城区，有二汽和依托发展起来的汽车零配件企业及商业服务业，其他六县市以农业、林业、养殖业、旅游业为主，后来郧县改为市辖郧阳区。

陈市长说："非常欢迎你们到十堰来考察投资，非常希望京能集团与汉江集团合作成功。这几年为开发十堰水电资源，我们四处招商引资都成效不大，今天你们能主动从北京来，我们非常高兴！汉江集团和京能集团都是国有企业，门当户对，我看好你们双方的合作，需要市政府做的工作，我们一定全力以赴做好。这些年因为南水北调中线工程开工，整个十堰市域都成了水源保护区，十堰的经济发展受到很大影响：丹江口大坝加高、增加库容，十堰有 18.2 万人需要搬迁安置；为保护水质不受污染，十堰市许多产业都不能发展，水库不能搞网箱养鱼了，山上不许开矿、砍树了，田里不能施化肥、洒农药了，农民生计受到严重影响；城镇居民生活垃圾、污水和工业废水、废气、废物都必须严格处理达到环保要求，需要大量环保投资，成本提高了，竞争力下降，许多工厂外迁，包括因车建市兴市的东风汽车公司总部也迁到武汉了。我们错过了国家经济高速发展的大好时机，发展慢了许多，未来十堰只能走低碳、绿色、环保的生态经济发展道路。十堰处在秦巴山国家级连片贫困区，除了城区，下辖 6 县市都是国家级贫困县。这里有2.37 万平方公里土地、320 万人民，本来就穷，当年修丹江口水库就作过一次牺牲，数十万百姓搬迁，数十万亩良田被淹，现在为了一江清水送北京要再次作出牺牲。作为地方政府，要顾全大局、坚决履行中央赋予的政治责任，同时还要想方设法为一方百姓谋幸福、谋发展。

"十堰山高坡陡，河流纵横，地表水资源总量 522 亿立方米，其中本地年均降水量 211 亿立方米，汉江干流过境流程 216 公里，年均入境水量为 265 亿立方米。十堰市域汉江干流及支流堵河流域是湖北省'一江两翼'水电开发的北翼主战场和秦巴山集中连片贫困区脱贫攻坚主战场，大力发展水电产业是十堰经济转型、消除贫困、改善生态、促进环保、确保一江清水北送的重要抓手，是自身发展的需要，是南水北调的需要。截至 2006 年底，十堰在建和已建成水电项目 140 多个，总装机容量 200 万千瓦。全市待建拟建项目 50 多个，总装机容量预计 140 万千瓦，设计年发电量 37 亿度，设计总投资 140 亿元。其中最大的堵河潘口水电站，装机容量 50.3 万千瓦，已经规划了 30 多年，具备开工条件，已报到国家发展改革委，只要投资到位，就可审批开工。你们来的正是时候，项目审批的事我们市政府包了，下个月高副市长去国家发展改革委挂职，她会帮着跑审批，李副市长和市发展改革委具体负责和你们对接项目建设服务。移民搬迁补偿，我们政府会承担一部分，最大限度降低你们的投资成本。京能集团是北京市属国企，相信你们是真诚的，我们可以毫无顾虑地给你们支持，有问题有困难直接找我，希望你们早做决断。"

陈市长开诚布公的一席话和殷殷期待的表态，让孟总真切感到十堰目前所面临的压力和对加快发展的急切心情。他所关心的，陈市长都说到了。他觉得，一个地方有什么样的市长就会有什么样的投资环境，有这样一心为地方、为百姓谋发展的市长挂帅，有他领导下的市县政府大力支持，京能集团和汉江集团在十堰合作投资建设汉江及堵河水电项目肯定会顺利。

孟总对陈市长表态："非常感谢陈市长百忙之中接见我们，我代表李凤玲董事长和京能集团领导班子向十堰市政府和人民致以最高的敬意！京能集团和汉江集团一样，都是党领导下的国有企业，建设国家、造福社会、为人民服务是我们的宗旨，我们饮水思源，从北京来十堰寻求与汉江集团合作开发本地丰富的水电资源，不是为了牟取暴利，是为了回报十堰人民为一江清水送北京所作出的巨大牺牲和贡献，我们是发自内心的，所以我们主动从北京来了。可是，我们作为国有企业也要参与市场竞争，在履行社会责任的同时也必须赢利，也要发展壮大。汉江集团已经告知我们潘口、龙背湾、孤山这几个水电项目经济指标不太理想，我相信有十堰市政府和人民大力支持，有汉江集团通力合作，我们充分发挥聪明才智、想方设法优化设计方案，一定能够确保做到促进十堰经济发展的同时取得良好投资效益，绝不给十堰留下一个投资亏损的企业。我所说的代表了李董事长的意思，也是京能集团领导班子的想法。"

陈市长最后说，过几天他将去北京参加全国两会，他计划在会议期间和水利部长江委蔡其华主任、汉江集团贺平总经理一起拜访京能集团李董事长和领导班子，希望京能集团尽快表明态度。

会见中，孟总看见李副市长主动和唐主任打招呼，就问："你们认识？"李副市长说："我们是老朋友了，以前我在郧西县当县委书记，唐鑫炳在省供销社工作，派到郧西挂职扶贫一年。"孟总对李副市长说："太好了，我这里具体工作都由唐主任操办，今后他会常来甚至派驻到十堰，请您多指导、多关照。"他对唐主任半开玩笑、半是认真地说："藏得挺深呀，你怎么不告诉我以前你来过这里，是怕派你来？看来你当年的扶贫工作没做好，所以上面才再次派你来这里，以后你就留在这里继续扶贫，啥时候这里的百姓脱贫了，啥时候回北京。"唐主任一听孟总这么说，急了："你不知道这儿的山区有多穷、条件有多差，脱贫哪有那么容易。"孟总说："你来最合适，你是湖北人，你来过这里，又和李副市长相熟，他会给你帮助的，我也会全力支持你的，以后你要把李副市长当成直接领导，主动向他请示报告，请他给予帮助。"

　　唐主任是孟总最得力的下属，从内蒙古扶贫开发项目上回到北京时间不长，孩子正在中考冲刺阶段，他有难处，难怪他不告诉孟总以前来过十堰，如果不是撞见老熟人李副市长，估计他永远都不会说。孟总于心不忍，按理说不应该再派唐主任到外地项目上工作，况且集团内部一些工作也需要他做，但是十堰投资合作项目非常重要，如果谈成了，在一段时间里推进十堰投资合作项目将是战投办的中心工作，为确保开局顺利，没有谁比他更适合派到这里主持工作了。唐主任来自江汉平原农村，能吃苦耐劳，以前来过这里，了解这里的风土人情，和当地领导熟。开局头三脚难踢，攻坚克难非他莫属，只能辛苦他了。李副市长性格沉稳，说话做事一板一眼，他长期分管十堰市电力能源工作，是十堰市水能资源开发领导小组组长。后来，孟总和李副市长工作对接很多，和十堰市政府沟通合作非常顺畅。李副市长对唐主任和京能集团派驻十堰的同志关照很多。

会见结束后，孟总问李副市长："城区里有热电厂吗？"来时，李董事长嘱咐他全面了解十堰电力能源资源和供需情况。如果十堰有上大热电项目的机会，集团内部支持投资十堰水电项目的人会更多。另外，汉江集团说过现有十堰水电项目指标都不太好，指标好的水电项目早就建完了，例如堵河上的黄龙滩水电站和松树岭水电站。在十堰扩大投资范围寻找回报更高的热电项目可以弥补水电项目回报的不足，这是做加法。孟总觉得李董事长就是这样想的。

李副市长告诉孟总，十堰城区有两个小热电厂，一个是东风汽车公司热电厂，另一个是十堰市自建的热电厂，是他负责建设的。孟总请李副市长带他们先去东风热电厂参观，然后去十堰市热电厂参观。在参观过程中，李副市长介绍道："东风热电厂是 1969 年建设二汽时配套建设的自备热电厂，3 台 5 万千瓦热电机组，供热面积约 300 万平方米，为厂区生产提供蒸汽热水，冬天还为职工供暖。当年建设二汽的干部职工有很多来自北方，习惯了冬天供暖的生活，我们本地人都很羡慕他们冬天有暖气。十堰城区地处秦巴山余脉、靠近汉江，冬天潮湿阴冷，冬季长达 3 个半月，平均气温不到 4 度，最低温度能达到零下 14 度，冬天没有暖气会很难受、很难熬。我们也想建个热电厂，但是国家规定在秦岭淮河以南地区不允许建设大型集中供暖设施，很多市直单位企业自建小锅炉分散供热，能源浪费和环境污染严重，还存在较大的安全隐患。1993 年，市委、市政府决定市直单位自筹资金建设小热电厂，总装机 2.5 万千瓦，开工后不久因为缺乏资金停建了一段时间，最终用了 10 年时间才全部建成，供热能力 160 万平方米，仅能满足一部分市直单位冬天采暖需要，大多数市民在冬天还是用不上暖气。"

孟总问李副市长："冬季供暖影响着市民生活质量和城市档次，难道你们没有想过向国家申请建设大型热电厂吗？"他回答："不是我们不想，一来，按国家现行规定，秦岭淮河以南地区不允许建设大型集中供暖设施，国家不会批准十堰建设大型热电厂；二来，大型热电厂投资大，市政府财政紧张，拿不出那么多钱；三来，大型热电厂用煤量大，本地缺煤，从外省运煤存在铁路运力问题。"孟总接着问："十堰不产煤吗？"他接着回答："20世纪六七十年代为配合二汽建设，国家集中力量在这里找煤，在郧县、竹山县、竹溪县发现了大量石煤矿藏，在郧县鲍峡建设了胜利煤矿，有4000多矿工，十堰市热电厂部分用煤就来自那里。但是因为石煤燃值不高，污染重，只能少部分掺烧，后来襄渝铁路修通后用河南煤，本地煤矿都关闭了。"听了李副市长的回答，孟总转向冀立、张凤阳问道："你们的看法呢？"他俩答道："国家为鼓励节能减排，出台了'上大压小'政策，允许发电企业用高参数、低煤耗的大容量发电机组取代效率低、污染大的小发电机组，可以试试走'上大压小'

政策争取上大热电项目。"孟总对李副市长说："这个地方有建设大热电厂的需要，无论是为了满足城市居民冬季供暖需要，还是为了满足工商业发展对蒸汽热水需要、平衡冬季水电出力下降保障电网安全，都应该建设大热电厂，我们可以利用国家'上大压小'政策，向省发展改革委提出关停两个小热电厂换取建设大热电厂的设想。如果省发展改革委认为可行，我们可以拟定建设方案正式上报立项。"

2月28日早上，在胡总、王仕民、王军、王洪正、占学道等陪同下，孟总一行离开十堰城区走G316公路经郧县（今十堰市郧阳区）鲍峡镇到郧西县涧池乡、夹河镇考察汉江干流上的孤山、白河两个水电项目。孤山项目原来由十堰本地民企宏林集团持有，目前已经转让给汉江集团，正在办理交接。白河项目由陕西安康市政府持有，目前正在和中国广核集团（又简称中广核）、汉江集团两家谈转让。汉江发源于陕西省宁强县，流经汉中、安康至白河县进入湖北省。汉江上游干流梯级开发规划8级，前7级在陕西省境内，其中前5级已建成，第6级在建，还有第7级、第8级未建，即白河、孤山水电站。

郧县、郧西县位于十堰市西北部。郧西县是在明代从郧县分出来的，这儿地处汉江中上游两岸河谷。郧县旧称郧阳，曾有汉中之称（西周至春秋，楚在此置汉中郡；秦破楚，汉中名西移）。郧阳为楚文化的发源地、汉文化的摇篮之一。自古以来，郧阳以控扼汉水、势连秦巴、毗连四省之地利，关乎国之大局，历史上为防范流民聚集造反，曾在此地单设过省级行政区。明朝成化十二年（1476 年）设置郧阳抚治，驻郧阳府郧县（现十堰市郧阳区），掌管鄂、豫、川、陕毗邻地区的 5 道 8 府 62 县，包括汉中、安康、商洛、南阳、襄阳、荆州、川东地区，直到清朝康熙十九年（1680 年）裁撤，长达 204 年。郧阳抚治涵盖了汉江中上游流域和三峡库区左岸渝东北地区，正是南水北调中线水源保护区和补水区范围。新中国成立后设立湖北省郧阳地区，行政公署设在郧县县城，老县城因建丹江口水库被淹没而另建新县城。在设十堰市之前，这里一直是鄂西北和周边地区的政治、经济、文化中心。郧阳与周边同属秦巴山区的南阳、襄阳、安康、渝东北交往密切，同属一个地理单元。

孟总知道这个地方是因为 20 世纪 80 年代在这里的汉江北岸台地学堂梁子发现了 100 万年前的"郧县人"头盖骨化石，轰动了世界。这个发现填补了东亚古人类发展缺环，证明了中国也是早期人类的发祥地之一，为人类起源多中心论提供了依据。发掘"北京猿人"化石的贾兰坡教授高度赞誉郧县南方古猿化石的发现，称其意义堪比"北京猿人"的发现。"北京猿人"遗址已列入世界文化遗产，"郧县人"遗址也有列入世界文化遗产的可能。另外，在郧西县还发现了距今 50 万年的"郧西人"牙齿化石，和"北京猿人"同时期，两者之间有关联吗？如果有，两者都应该是"郧县人"的后代。

　　在这个地方及房县还发现了 10 多处起源于黄河流域的仰韶文化、马家窑文化、龙山文化遗址。这儿聚集了这么多的旧石器时代古人类和新石器时代史前文化遗迹，从猿人到智人再到现代人，有一条清晰的发展进化脉络，说明上百万年来这里一直就是人类生活的家园。20 世纪 90 年代，在郧县及相邻的南阳市淅川县、西峡县发现了上百万枚白垩纪恐龙蛋化石，数量之大、种类之多、保存之好举世无双，尤其是在郧县发现了世界上独一无二

学堂梁子"郧县人"遗址考古发掘现场　来源:《十堰日报》

的"龙蛋共生"化石。为什么会有这么多恐龙聚集到这里下蛋?据说是恐龙在大灭绝前逃到这里为保留后代所为,秦岭东段伏牛山南坡、汉江及支流丹江一带是恐龙最后的避难所。来到这里,看到这些,你会有强烈的历史时空感,人生百年不过一瞬,永生不得,唯有传承。

　　经过郧县鲍峡镇时,孟总见到襄渝铁路正在建设复线铁路桥,复线建成后襄渝铁路运力将成倍增加,这将解决建设十堰大热电所需煤炭运输问题,河南产的煤炭可以通过襄渝铁路大量运进来。G316 公路从鲍峡镇这里开始沿汉江支流将军河边走,到了胡家营镇将军河村时,就进入了秦岭、大巴山夹峙的汉江河谷。这里气候适宜油桐、油茶、木瓜、黄姜、杜仲、烟叶等经济作物生长，产量高，品质好，是国家地理标志产品。尤其是郧西县桐油产量全国第二，被命名为"中国桐油之乡"。桐油的防水防腐性能好，曾用作舰船、车辆、防雨用具涂料，是重要的战略物资和出口换汇产品。第二次世界大战中，苏美用军火换取中国的桐油，70吨桐油能换一架战斗机。这里的桐油为中国抗战胜利和新中国经济建设作出过特殊贡献。

在将军河村这里，汉江自西向东流，北岸（即左岸）是秦岭，南岸（即右岸）是大巴山。因山里河道蜿蜒曲折，难辨东西南北，搞水利的通常按河流下游方向说左岸、右岸。走G316公路沿汉江边溯江而上可达陕西白河、安康、汉中，襄渝铁路也沿汉江河谷穿行。越往上游，山越高、谷越深、河道越窄，是筑坝建水电站的理想河段。这儿以汉江为界，江对面北岸是郧西县。在这儿右转过将军河大桥，沿汉江北岸下行不远就到了郧西县涧池乡孤山村。

只见江中有一座狭长、前高后低、形似鲸鱼的小山，高约 50 米，长约 300 米，小山上长满灌木和茅草。车停了下来，胡总指着说，这就是孤山，往上一公里就是孤山水电站的坝址。春节刚过，汉江还处在枯水期，阴沉的天空飘着细雨，江水清浅、露出片片黑色石滩，苍黄的小山肃立其间，如同遗世独立的女神凄婉地望着远方，好像在说："我在这里等了万年，你为何还不来？"到了夏季丰水期，江水上涨，翠绿的小山下部没入水下、上部劈波斩浪，如同身姿婀娜的姑娘昂首在水中畅游。孟总想起《诗经·周南·汉广》的诗句："南有乔木，不可休思；汉有游女，不可求思。汉之广矣，不可泳思；江之永矣，不可方思。"伫立汉江北岸，凝视孤山，眺望南山，看一江春水东流隐入天际，这首诗很贴切地表达了他此时的心境。

孟总记得，在安徽、江西交界处的长江上也有个小山，叫小孤山，一峰独峙，亭亭玉立，风姿绰约，是长江上一大美景，他曾乘船路过。山上有庙，许多文人墨客登临吟诗、作画、赏景，当年毛主席乘军舰巡视长江时也曾兴致勃勃地靠近观赏。孟总对胡总说："孤山独秀，景色别致，如果因建电站被淹被毁，就太可惜了，

汉江孤山水电站坝址下游右岸孤山景观　汉江集团刘铁军　摄

将来在孤山顶上建观景亭，往上游看是大坝，往下游看是江水奔流，可以做旅游。"他说："有考虑，从这儿往上一公里处就是孤山水电站坝址，选在那里建坝，可以利用孤山将汉江中分成两个河道，一侧作为通航河道，另一侧发电泄洪。孤山水电站建成后，游客可以从大坝上经通航段和泄洪段之间的分隔墙走到孤山脚下赏景。"他接着说："我们搞水利水电建设的有做旅游的传统，每建一座水库就会形成大片山水、岛屿、森林湿地景观，水利水电建设都会结合旅游景点开发进行，汉江集团就有旅游开发公司和旅行社。"

郧西县、郧县领导和长江设计院（即长江勘测规划设计研究院）设计师已经提前来到这里等孟总一行。设计师展开规划设计图纸介绍道，孤山水电站是汉江上游干流梯级开发规划的第8级，位于十堰市郧县及郧西县交界处，上距规划的白河（夹河关）水电站34.9公里，下距丹江口水利枢纽坝址179.5公里，控制流域面积60440平方公里，多年平均径流量245亿立方米，年均流量774立方米/秒。孤山水电站是一座以发电为主兼顾航运的综合枢纽工程，设计装机容量16万千瓦，2台8万千瓦发电机组，多年平均发电量5.8亿度。水电站由拦河坝、泄水闸、电站厂房、船闸、鱼道和左右岸非溢流坝等建筑物组成。拦河坝采用混凝土重力坝型，坝高40米，坝长640米。水库正常蓄水位177.23米，总库容2.33亿立方米，为日调节水库，水库淹没耕地1683亩，迁移人口4750人。工程静态总投资21.9亿元，总工期4.5年，发电工期3年。目前该电站处在可行性研究阶段。

看完孤山坝址，孟总一行掉头往回，过桥后右转走G316公路前往陕西省白河县麻虎镇。那儿是白河水电站

汉江孤山水电站坝址（位于孤山上游）　汉江集团刘铁军　摄

坝址处，江对面是郧西县夹河镇金銮山，山上有一座漂亮的道观。金銮山是鄂西北名山。传说真武大帝早年去武当山修行途经此山，日暮打坐休憩，梦见自己置身于金銮宝殿，由此而得名，后人在此建盘龙观以做纪念，香火很旺，被誉为"小武当"，如今仅有灵官殿留存。因金钱河与汉江交汇，位居其间的金銮山像利剑斜插入汉江，锋刃没入水中，形成"三山夹两河"的自然景观，古时在金钱河入汉江口处设有关卡，故名夹河关。与金銮山一河之隔的夹河关镇依金钱河而建，清一色的吊脚楼，酷似湘西的凤凰城。这里过去是由鄂入陕的重要码头和通道，来自东南的货物溯汉江西行到夹河关，再通过支流金钱河北上上津、漫川关翻过秦岭运抵关中。这里商业繁荣，店铺林立，有"小汉口"之称。因为电站坝址一半在陕西省安康市白河县，一半在湖北省十堰市郧西县，所以在陕西那边叫白河水电站，在湖北这边称为夹河关水电站。这儿发的电要上湖北电网，要淹没部分郧西县土地，因此建水电站需要陕西安康、湖北十堰两省两市协商。

白河（夹河关）水电站位于陕西省白河县麻虎乡（右岸）和湖北省郧西县夹河镇（左岸）之间的汉江干流上，坝址在夹河口上游约 800 米处，是汉江上游干流梯级开发规划的第 7 级水电站，距上游在建的蜀河水电站 39.8 公里。白河水电站控制流域面积 53346 平方公里，坝址处多年平均径流量 224 亿立方米，多年平均流量 710 立方米/秒。水电站由拦河坝、泄水闸、电站厂房、排沙孔、船闸、鱼道组成。拦河坝为闸坝型混凝土坝，最大坝高 58.15 米，坝轴线长 398 米。水库正常蓄水位 193.73 米，总库容 2.87 亿立方米，为日调节水库，

汉江白河水电站坝址右岸上游陕西省白河县麻虎镇　　汉江集团刘铁军　摄

汉江白河水电站坝址左岸下游湖北省郧西县夹河关　　汉江集团刘铁军　摄

70

库区淹没耕地 1157 亩，迁移人口 2897 人。电站设计装机容量 27 万千瓦，年均发电量 6.5 亿度。工程静态投资 18 亿元，总工期 5 年。目前该电站处在初步可行性研究阶段。

胡总说，孤山水电站和白河水电站都是发电为主、兼顾航运的综合枢纽，因为国家交通运输部门要求汉江上游干流从丹江口到汉中要保障 300 吨级船舶通航，每座电站都要建设 300 吨级过船设施。因为要考虑水运通航，又受襄渝铁路高程限制，安康以下河段，采用航电结合的低水头枢纽。白河水电站发电水头有 16 米，孤山水电站水头仅有 7 米，所以孤山水电站比白河水电站指标要差一些。虽然孤山水电站装机比白河水电站小，但投资却多了不少。一是因为孤山水电站淹没耕地、搬迁移民比白河水电站多；二是因为孤山库区沿岸 G316 公路地势低，因建坝淹没需要在高处复建。

看完白河水电站坝址，孟总一行原路返回，在白河县城吃过午饭后，赶往竹山。下午 3 时，在郧县鲍峡镇通往竹山县的 S236（现 G242）公路岔路口遇见了竹山县县长沈学强，他是专程过来迎接的。他说，竹山县县委书记董永祥在县界欢迎，要他前出 100 里迎接。按旧例，县官迎送上级官员只到县界。沈县长跑出县界 100 里迎接，以表示竹山县盛情。沈县长身板很直，待人诚恳，说起话来气势很足、滔滔不绝，让你感到很有信心，很适合做招商引资工作。随后，沈县长带着孟总一行前往竹山县。到了竹山县界，县委书记董永祥带领一众县领导夹道欢迎。董书记戴着眼镜，文质彬彬，看似文弱，内心却很有韧性，他和沈县长都极具干事热忱，此后他俩让孟总见识了什么叫豁出一切干事业。到了县城，董书记叫沈县长和县长助理唐泽斌陪孟总一行去看县城附近的小漩、潘口水电项目坝址，他去准备晚上和孟总的会谈。唐助理兼任县水电产业办公室主任，负责专门为水电项目投资提供全方位保姆式服务，他言语不多，但做事细心、积极主动、任劳任怨，很适合做这项工作。

竹山县城位于堵河河谷左岸台地上，面积不大，贴着堵河左岸，依山傍水而建，形如楔子嵌入堵河。堵河宽约百米，呈 V 字形流入流出，正对楔尖处有支流霍河从右岸汇入。县城建筑以低矮老旧平房为主，街面干净，行人不多，穿着朴素，石板路老街两边店铺摆满了腊肉

72

第一次相逢　汉江集团刘铁军　摄

腊肠和山货特产、廉价日用商品。县城周边环境很好，空气清新，四周都是绿色，出门就可以到河边散步观景，过河就是茂密的山林，未来计划沿着河边建水榭廊道，建成带状河滨公园。河对面右岸山坡上有村庄、菜地、农田和林地，沿上游看也是个楔子，与左岸咬合成 N 字形。在楔顶有一块台地，叫悬鼓洲，台地上建有 220 千伏安变电站，是十堰市南三县（竹溪、竹山、房县）供电负荷和电力外送的核心支撑。堵河流域各个梯级水电站所发的电力可从这里送入湖北电网。这儿离小漩水电站坝址 3 公里，离潘口水电站坝址 13 公里，离龙背湾水电站坝址 93 公里。

孟总一行沿着河边大道绕过县城，沿着堵河左岸去上游的小漩、潘口水电站坝址考察。沈县长说："这条大道叫纵横大道，是为了感谢几年前来竹山投资水电的浙江民企纵横集团命名的。2005 年 10 月纵横集团资金链断裂，将持有的潘口、小漩、龙背湾水电项目转让给了汉江集团。尽管纵横集团退出了，但是他们把堵河水电开发推进了一大步，我们不能忘记他们。"孟总问道："要是将来汉江集团、京能集团合作把潘口、小漩、龙背湾水电站全都建成了，你们是不是也该命名一条汉江大道、京能大道？"他回答："当然。"

潘口水电站位于竹山县境内堵河干流上，下距竹山县城 13 公里，坝址处控制流域面积 8950 平方公里，占堵河流域总面积的 72%，年径流量 51.7 亿立方米，多年平均流量 164 立方米/秒。因此处有潘口河汇入堵河，故名潘口。水电站坝址选在两山之间的隘口处，早在 1970 年就选定了这个坝址，因为各种原因迟迟没有开工建设。水电站装机总容量 51.3 万千瓦，设计水头 83 米，多年

畅言宏伟愿景　汉江集团刘铁军　摄

平均发电量 10.5 亿度。项目总投资 44 亿元，其中，地方政府补助 3.6 亿元，项目业主承担 40.4 亿元，工程总工期 43 个月。潘口水电站属于大型一等水利工程，主要枢纽建筑物包括：坝高 114 米、坝顶长 292 米的混凝土面板堆石坝，左岸引水式地面厂房，右岸开敞式溢洪道，以及右岸泄洪洞。水库正常蓄水位 355 米，总库容 23.5 亿立方米，调节库容 11.2 亿立方米，为完全年调节水库。水库库区淹没耕地 24600 亩，迁移人口 35426 人，涉及竹山、竹溪两县 10 个乡镇，用于征地补偿和移民安置的资金 22 亿元，占总投资的一半。目前该电站已经完成可行性研究阶段设计，已报国家发展改革委申请核准开工。

潘口水电站建成后，不仅能优化电源结构，提高防洪能力，而且还可以改善生态环境，消除贫困，服务南水北调。电站建成后，作为湖北电网重要调峰调频电厂，可有效缓解湖北电网的调峰、调频压力，优化系统的电源结构，降低火电机组煤耗，提高电网安全稳定运行水平；电站建成后，竹山县城关的防洪标准将由 20 年一遇提高到 50 年一遇；电站建成后，将形成 61 平方公里库区水面，有利于改善库区气候和生态环境。潘口库区水土流失严重，是湖北省水土流失重点治理区之一，库区人口大量迁出将结束毁林开荒、伐木取火，直接减少人为因素对生态的破坏。库区 3.5 万贫困人口通过搬迁可以极大地改善生产生活条件，是湖北省最大的扶贫工程。此外，潘口水库形成后，可增加有效调节库容 11.2 亿立方米，可增加南水北调中线工程调水量，有利于保证供水安全。

小漩水电站坝址位于潘口水电站下游约 10 公里、竹

潘口水电站坝址（堵河支流潘河入口处）　汉江集团刘铁军　摄

山县城上游 3 公里处，下游 98 公里处为已建的黄龙滩水
电站。堵河水从狭窄的潘口冲出后，河道变宽，水流变
缓，在小漩村这儿形成很多涡状洄流，故名"小漩"。
小漩水电站是潘口电站的反调节电站，对潘口水电站调
峰发电的不稳定水流进行再调节，可使下泄水流均匀稳
定，满足河道下游河段的工农业用水及河道整治工程安
全要求，充分发挥潘口水利枢纽综合效益。水电站控制
流域面积 9040 平方公里，占堵河流域面积的 72.3%。水
电站坝址处多年平均流量 167 立方米/秒，年均径流量

52.7亿立方米。水电站装机总容量4万千瓦，年均发电量1.2亿度，总投资4.3亿元，建设期4年。水库正常蓄水位265米，总库容0.367亿立方米，为日调节水库。小漩水电站建设涉及库区小漩村328人搬迁，淹没耕地1371亩。这是河川台地上的一整块良田，油菜花开得正旺。孟总对胡总说，山区土地贫瘠，难得有这么大块的良田，淹掉可惜了。胡总告诉孟总，建设小漩水电站不仅要移民，还要移土，打算把这块地上的表层黑色腐殖土挖走，运到高处覆盖平整出来的生地。目前小漩水电站已完成项目预可行性研究。

堵河小漩水电站坝址（下游县城方向）　汉江集团刘铁军　摄

晚上在竹山宾馆会议室，县委书记董永祥、县长沈学强以及沈明云、梅欣、刘集华、唐泽斌等县领导与孟总一行会谈，县水电产业办公室副主任贺昕、罗淳等同志列席。董永祥书记首先致欢迎辞，介绍竹山县的历史沿革和人文自然地理概况。

竹山县隶属湖北省十堰市，位于鄂西北秦巴山区腹地，北属秦岭余脉武当山，西南属大巴山。竹山县东邻房县，北接郧县（郧阳区），西北邻陕西省白河县，西交竹溪县、陕西省旬阳县，南接神农架林区、重庆市巫溪县。竹山县城东北距十堰市城区158公里，东南距武汉市638公里。竹山县版图呈"7"字形，北宽南窄，全县面积3586平方公里，80%以上是山地，交通基础设施落后，生产生活条件较差，人口30余万，外出打工的有10万左右。竹山县全境都属堵河流域，地势西南高、东北低，堵河干流自西南向东北流过。

竹山古称"上庸"，西魏废帝元钦因境内茂林修竹、山清水秀而改称"竹山"。竹山历史悠久，可追溯到3000年前建都于此的古庸国。庸国地处秦、楚、巴国之间，曾经很强盛，据载曾随同周武王伐纣，为"牧誓八国"之首，地位很高，疆域最大的时候一度北抵汉水，西跨巫江，南接长江，东越武当。庸人精巫术草药、喜饮茶歌舞，因善于冶铜制器而被称为"镛人"，又因善于筑墙建城而被称为"墉人"。境内巫溪产盐，堵河是重要的运盐通道。庸国用盐控制周边小国依附于它，有"附庸"一说；秦国、楚国攻打庸国主要是为了食盐。后来庸国攻打楚国反被楚国联合秦国、巴国灭掉，"庸人自扰"源出于此。楚灭庸后，庸人逃至湘西北定居，因怀念故国遂将境内溪河命名为"大庸溪"，定居地即后来的大庸县，后因境内张家界砂岩峰林景观成为世界自然遗产，更名为张家界市。因此，竹山、竹溪一带古称"上庸"，张家界一带称"下庸"或"大庸"。

上庸成了楚国属地后，这里成了秦楚争霸的前线，楚国在此修建了楚长城，抵御秦国侵略，至今还存有遗迹。当地百姓为了生存，在早晨秦军攻过来时赶快换上秦人服装，在晚上楚军打回来时赶快换回楚人衣衫，被讥讽为"朝秦暮楚"，其实这是百姓在战乱中为求自保的无奈之举。汉语中与"庸"有关的词语很多，对汉文化影响很大，其中儒家的"中庸之道"作为中国人安身立命的处世哲学最为有名，是中华文明持续五千年的秘诀。只有秉持中庸之道，持中守正、不走极端，拿捏分寸恰到好处，才能与自己内心和谐、与他人和谐、与世界和谐、与自然和谐，才会有和谐社会，人类文明才可以永续。因"庸"字有一些负面含义，竹山县领导们都不愿多说。孟总以为大可不必。他认为，如果没有"庸"字，孔孟之道的魂就没了，中华文化也将因为没有"庸"字而少了许多光彩。

说起竹山，董书记、沈县长最喜欢讲的是史书记载竹山是女娲炼五色石补天的地方，这儿有女娲山，这儿盛产的绿松石就是女娲炼五色石留下的。古时天塌地陷，天河水下泄冲到人间泛滥成灾，民不聊生，尸横遍野，女娲不忍，砍断鳌足化作山将天撑起来，炼五色石将天河堵起来，从此人间重归太平，所以才有堵河一说。孟总以为，女娲补天只是个传说，为了提高知名度、发展旅游、拉动经济，各地政府都在挖掘历史文化资源，有多地引经据典称是女娲补天的地方。他觉得，董书记、沈县长将堵河、绿松石、女娲山的来历附会在女娲补天的传说上，很有说服力。

绿松石又名"松石"，因形似松球、色近松绿而得名。绿松石从古至今都是珍贵的宝石，远古时就被人们用于装饰身份地位。2004 年在洛阳二里头夏朝都城遗址墓葬发掘出一件超级国宝——绿松石龙形配饰，长 64.5 厘米，由 2000 多片绿松石打磨方片拼接制成，号称"中华第一龙"。因物主当属国王级别，这一国宝成为夏朝都城存在的佐证，把中华文明史前推了 470 年。绿松石在中国的佛教文化中有着重要的地位，是佛教七宝之一，被称为"天国之石"，在佛教徒心中是神明的象征，能够给人们带来好运与平安幸福。中国的绿松石主要出产于鄂、豫、陕交界处，其中以竹山县储量最大，世界第一。洛阳二里头那条"中华第一龙"身上的绿松石片很有可能来自这里。孟总没想到竹山绿松石矿藏储量这么丰富，而且等级高，品相好。原来董书记、沈县长家里有矿呀，他们怎么会缺钱呢?

孟总在进入竹山县境的公路旁看见过"女娲补天"塑像和"竹山人民欢迎您"横幅，就问李副市长："这是真的吗?"李副市长回答："'竹山人民欢迎您'是真的;'女娲补天'是个神话，有好几个地方说自己是女娲补天的地方，都想借女娲的名声招商引资。"

随后，沈学强县长介绍竹山县经济社会发展概况和水电资源开发情况，还播放了介绍竹山县情和水电开发的专题片，其中涉及的潘口库区人民的贫困状况令人震惊。孟总没想到，竹山这么一个山清水秀、气候温暖、雨量充沛、光照充足、物产丰富、盛产珍贵宝石的地方，竟然是国家级贫困县；即使因为交通不便，也不至于如此贫穷。现在他清楚了，这一切都是因为堵河。堵河纵贯竹山，支流众多，遍布全县，人口主要居住在河川岸边，因长期毁林开荒、伐木取火导致严重水土流失。堵河落差大，降雨集中且强度大，易发山洪和泥石流，冲毁沿河两岸庄稼和村庄房屋。长此以往，茂林修竹不再，生态环境越来越坏，人们的生活越过越穷。竹山的贫穷其实是大自然对人类无节制掠夺的报复。

为了改变贫困落后面貌，摘掉国家级贫困县帽子，竹山县委县政府把目光盯到了堵河丰富的水能资源上，期望通过水电开发，变水害为水利，修复生态，改善民生。仅建设潘口水电站就能帮助 3.5 万贫困人口脱贫，效果巨大，是湖北省最大的扶贫工程。

堵河古名"庸水"，又名"陡河"，有说是因其水流落差大，形陡而名。堵河有西、南两源。西源汇湾河（亦称泗河）发源于川陕交界的大巴山北境云盘山，海拔2603米；南源官渡河发源于湖北神农架大九湖，海拔3052米。神农架号称"华中屋脊"，因炎帝神农氏搭架采药得名，为长江中游唯一存在的原始森林区，因生物多样性丰富后来成为世界自然遗产。西、南两支源流于竹山县"两河口"汇合，自此往下称堵河，再由西南流向东北汇入汉江。其在汇入汉江时，在河口处有一沙洲——韩家洲，据说是当年汉军统帅韩信驻军练兵、北上与楚霸王项羽决战出发的地方，因其堵在河口，故得名"堵河"。堵河名称很怪，关于名称来历有多种说法，此说比较可信，但是许多河流汇流处也有沙洲，所以不确定。之前，孟总查看十堰报道，有一条新闻标题是"武警战士奋不顾身堵河救人"，他很诧异，下水救人还需要把河堵起来吗？细读才知，堵河是河名。

　　堵河是汉江右岸第一大支流，地跨陕西、湖北两省，全长354公里，总落差500多米，经郧县方滩汇入汉江。堵河流域总面积12430平方公里，流域平均海拔高度

1034 米，年均降雨量 990 毫米。堵河下游干流平均流量190 立方米/秒，径流量 62 亿立方米，占到丹江口水库来水的五分之一，是南水北调中线工程的主要水源来源之一，送到北京的汉江水有五分之一来自堵河。2005 年5 月编制的《南水北调中线核心水源区竹山县生态移民规划》把竹山县列为南水北调中线核心水源区和重要水源涵养地。建设堵河梯级水电站不只是为了发电效益，还为了改善生态、涵养水源、纯净水质，防止洪水和污物冲入丹江口水库，并为了增强南水北调中线水源调蓄能力，为南水北调中线二期引江补汉准备预选通道。所以说京能集团投资竹山县堵河水电开发就是参与南水北调中线工程是有根据的。

竹山县地处亚热带湿润性季风气候区，雨量充沛，年均降雨量 990 毫米左右，河流密布且河道落差大。堵河干流自西南向东北直穿而过，境内众多河流源出边缘山地，汇入堵河，为水上运输主要航道。众多的河流，丰沛的降水，使竹山水能资源可开发量达 116.5 万千瓦，富甲鄂西北。至 2006 年底，竹山县已建各类水库 60 座，总库容 2.62 亿立方米，全县建成及在建水电总装机容量只有 9.6 万千瓦。在竹山县境内，堵河从上游至下游规划了 4 个梯级水电站，分别为官渡河上的龙背湾水电站（正常蓄水位 520 米、库容 8.25 亿立方米、装机 18 万千瓦）、松树岭水电站（正常蓄水位 385 米、库容 0.575 亿立方米、装机容量 5 万千瓦），堵河干流上的潘口水电站（正常蓄水位 355 米、库容 23.5 亿立方米、装机容量 51.3 万千瓦）、小漩水电站（正常蓄水位 265 米、库容 0.367 亿立方米、装机容量 4 万千瓦）。其中待建的潘口、小漩、龙背湾 3 个水电站装机容量合计 73.3 万千瓦，是十堰市水电开发建设的重点项目，由市长主抓。

堵河干流水电开发起步于 1969 年 4 月开工、1976 年底竣工的黄龙滩水电站。该电站装机容量 17 万千瓦，后来扩容至 51 万千瓦，是堵河干流下游第 5 级电站，位于十堰市张湾区，是丹江口水电站完工后派出队伍施工建设的，建成后由湖北电网公司管理。从黄龙滩水库建有 20 多公里长的输水管供应十堰市区生活和生产用水。

竹山县水利水电开发起步于 1977 年 10 月开工的霍河水库。霍河水库位于县城附近的堵河支流霍河上，具有防洪、发电、灌溉、养殖功能。竹山县举全县之力，组织 4 万民工肩挑背扛，历时 4 年建成该水库。霍河水库坝高 67 米、坝顶长 442 米、顶宽 7 米、总库容 1.03 亿立方米，缓解了洪水对县城的威胁，满足了县城饮用水需要，同步修建了坝后式水电站，装机容量 9100 千瓦。

1985 年 11 月，水利电力部会同湖北省计委审查堵河流域规划及潘口水电站、黄龙滩水电站扩建方案，于 1986 年 3 月批复同意。1994 年，引入外部投资的邱家榜水电站开工建设，装机容量 1.02 万千瓦，以此为标志，竹山县掀起第一轮水电开发高潮。

1999 年竹山县委县政府提出"开发优势资源，构建特色产业"的发展思路，将竹山发展的方向定位在优势资源开发上。1999 年 12 月，十堰市委、市政府成立市水能资源开发领导小组，市长助理李新祥任组长。2000 年 12 月，十堰市政府下发《关于加快汉江堵河流域水能资源开发的决定》，鼓励外部资金和民营企业参与水电开发建设。此后外部资本和民营资本开始大量进入堵河流域小水电开发。

2003 年竹山县委县政府提出"走一主三化之路，建生态水电大县"的发展思路，力求以水能资源的大开发带动其他资源的大开发，以民营为主，走农村工业化、产业化、城镇化之路，推进竹山县域经济大发展。2003年1月，装机容量5万千瓦的松树岭水电站开工建设。松树岭水电站是堵河干流开发第2级，竹山县水电开发开始从堵河支流转入堵河干流，竹山县掀起第二轮水电开发高潮。

2003年8月，十堰市、竹山县政府与浙江纵横集团签订堵河流域水能资源开发框架协议，浙江纵横集团拟投资58亿元建设总装机容量76万千瓦的潘口、小漩和龙背湾3座水电站。2003年11月，《湖北堵河潘口水电站项目建议书》通过评审并上报国家发展改革委。2004年1月，竹山县政府通知停止在潘口、小漩和龙背湾等3座水电站淹没区内新上基础设施项目建设。

2004年2月，竹山县水电产业领导小组成立，县长沈学强担任组长，县长助理唐泽斌担任县水电产业办公室主任，全力服务潘口、小漩、龙背湾水电站前期工作。2004年11月，为改善竹山水电开发送出条件而兴建的220千伏安竹山变电站开工。

2005 年 5 月，《南水北调中线核心水源区竹山县生态移民规划》编制成稿。2005 年 6 月，《十堰市地方水电工程建设征地补偿及移民安置管理办法》发布。2005 年 10 月，浙江纵横集团资金链断裂，汉江集团接手堵河流域水电开发前期工作。2005 年 12 月，湖北堵河潘口水电发展有限责任公司股东变更完成。

2006 年 3 月 6 日，潘口水电站可行性研究报告及移民安置规划报告通过审查批复。2006 年 3 月 14 日，潘口水电站项目正式报请国家发展改革委审查核准。从此潘口水电项目进入艰难的核准阶段，同时，汉江集团也在为潘口水电项目开工四处筹措建设资金。

潘口水电站投资达 40 多亿元，巨额资金如果不能落实到位，国家发展改革委是不可能核准开工的。这么多年来，当地几届政府和几任业主前后接力奋斗，终于把项目推进到核准阶段。库区人民期盼通过水电开发摆脱贫困，已经停止基础设施建设、准备搬迁，项目临建工程已经开工，潘口水电项目再因资金不能开工，谁都承受不起。正在他们焦急万分的时候，京能集团从天而降。对他们来说，真是及时雨，他们自然会以万分的热情欢迎京能集团，留住京能集团。董书记、沈县长对孟总一行说："京能集团到竹山投资开发堵河水电，啥都不用管，只需负责拿钱建设，项目审批、移民搬迁、施工保障所有的工作，我们政府全包了。"对京能集团来说，来得正是时候，前期大量艰巨复杂的工作都已经完成，就要结硕果的时候来了，何况当地政府还要当"保姆"，包办一切，何乐而不为呢?!

听完介绍、看完专题片，竹山人民艰苦奋斗、百折不挠的水电开发历程令人动容，山区百姓贫困恶劣的生活处境令人辛酸；在潘口库区要搬迁的3.5万人中，极度贫困的就有1.44万人。这儿是二七大罢工领导人施洋的故里，也是辛亥革命武昌首义领导人张振武成长的地方。孟总明白了：对竹山来说，堵河水电开发是水利工程、扶贫工程，不改变这儿贫穷落后的面貌，对不起牺牲的先烈；对南水北调来说，堵河水电开发就是水源保护工程，不恢复这儿的生态环境，就没有一江清水送北京。孟总明白了：水电就是水利，搞水电一定要把水利放在前面，在贫困山区搞水电一定要把扶贫脱困放在前面，搞水电开发建设的目的就是改变贫困落后的面貌。

孟总的眼睛湿润了，他对县领导们表态："你们已经做了很多了，既是为了竹山人民过上好生活，也是为了一江清水送北京，下面该我们来为你们做点什么了。竹山是南水北调中线水源保护区，堵河梯级水电开发不仅关系到一江清水送北京，更关系到竹山人民脱贫致富，项目开发条件好，投资环境好，在十堰市、竹山县政府和汉江集团共同努力下潘口项目已推进到核准阶段，我会把这儿的情况带回北京，相信集团董事会一定会给你们一个满意答复。"

3月1日早饭过后，沈县长陪同孟总一行前往龙背湾水电站坝址考察。龙背湾距离县城93公里，前往龙背湾的道路G242前身是古代运盐的小路；抗日战争中当地民众为运送抗战物资扩建成骡马大道，经竹溪县、巫溪县通往重庆，堪称鄂西北的"滇缅公路"，为支援抗战作出过特殊贡献；20世纪70年代为战备改建为能开汽车的砂石公路。G242公路沿堵河岸边建在半山腰上，一路上不时看到山洪泥石流冲毁的痕迹，还有塌方和滚落下的石块。他们在途经潘口水电站库区移民最多的田家坝镇（现名上庸镇）停了下来。

田家坝是古庸国的都城上庸所在地，坐落在堵河两岸的台地上。这儿称河岸边台地为坝。田家坝分北坝和南坝，这里四河交汇，是周边山区最大的物资集散地和水运码头。自古商业繁荣、商贾云集，镇上有保存完好的"黄州会馆"，附近村子有富商豪宅"三盛院"。黄州会馆是明朝来此经商的湖广行省黄州府商人所建，会馆中有一株千年丹桂，树冠巨大，花开时节香飘十里。因为建设潘口水电站，田家坝镇将整体搬迁到高处重建，水库蓄水后将在这里形成最开阔的一处水面。孟总问沈县长："黄州会馆连带千年丹桂都是老祖宗留下的宝贝，是否考虑要一起搬迁？"沈县长说："国家有规定，涉及水库淹没区古建文物搬迁、抢救性考古发掘工作正在做。"后来，胡总还专门到田家坝去游览了一次，拍了许多照片作留念。

他们继续前行，到了堵河西、南两条支流汇合处的"两河口"。自此以上南支流称官渡河。沿官渡河往上游走到官渡镇，进入著名的武陵峡。峡谷全长33公里，深达千米，平均宽度5米左右，是华中地区最长、最深、最窄的大峡谷，处在著名地质学家李四光命名的青峰断

田家坝镇及黄州会馆里的千年丹桂

裂带上。峡谷出口处建有松树岭水电站，是堵河梯级开发的第 2 级，由中央企业国电集团下属湖北长源电力公司投资，装机容量 5 万千瓦。从松树岭水库往下游到官渡镇 20 多公里峡谷河道曲折、滩险流急、风景秀丽，是开展漂流运动的好去处。

武陵峡　汉江集团刘铁军　摄

过了松树岭水电站往上游是 5 公里长的驴头峡，由驴头山和松树岭对峙而成。这里山更高、谷更深、林更密，是武陵峡景色最幽美的一段，堪称画廊。因松树岭水库蓄水可乘船游览，峡谷里有古盐栈道和传说中的桃花源。出了驴头峡南口再往前约 8 公里就是龙背湾，这里距离两河口约 45 公里，距离竹山县城 93 公里，从县城开车 3 个小时才到了这里，再往前走都是砂石路，路基较低，沿着河边。这里更靠南、气温也更高，河边长满茅草，山坡上有野生的芭蕉和棕树，山上植被不高，间杂块状坡田，这里盛产烟叶。官渡河在这儿绕过一个高约 200 米的 S 形山脊做 U 形拐弯，山脊曲线优美如同龙背，像巨龙俯身伸入河中喝水，故名"龙背湾"。

龙背湾水电站位于竹山县柳林乡，为堵河南支流官渡河上第一级电站，下距松树岭水电站坝址约 13 公里，松树岭水电站库区回水与龙背湾水电站坝下水位相衔接。龙背湾水电站坝址以上流域面积 2155 平方公里，多年平均降雨量 1055 毫米，占官渡河流域面积的 72.8%，坝址多年平均流量为 45.3 立方米/秒，平均年径流量 14.3 亿立方米。龙背湾水电站属Ⅱ等大（2）型水利工程，开

龙背湾　汉江集团刘铁军　摄

发任务为发电。龙背湾水电站设计为坝后式电站，主要由大坝、发电洞、厂房、变电站等组成。水库大坝为混凝土面板堆石坝，坝顶海拔高程524.3米，最大坝高158.3米，坝顶长度465米。水库正常蓄水位520米，死水位480米，总库容8.25亿立方米，调节库容4.66亿立方米，具有多年调节性能。电站设计装机容量18万千瓦，年利用小时2328小时，年均发电量4.36亿度。拟以一回220千伏出线接入潘口水电站500千伏安中心变电站。项目总投资17.2亿元，总工期4年。目前该水电站已经完成预可行性研究设计，尚未审查。

龙背湾水电站作为堵河流域龙头水电站，从整个流域梯级开发综合效益最大化出发，规划成高坝大库。水库淹没耕地4651亩，迁移人口5207人。此外，龙背湾水电站工程将淹没公路48公里。为此，交通复建工程需完成40余公里公路改线工程，建设大小桥梁20座、隧道21座，设计标准为二级公路。这意味着项目总投资中用于搬迁复建的比重较大，而投资效益主要外溢给了下游的松树岭水电站，相当于给松树岭水电站增加了水库库容和发电量。理想的做法应该是松树岭水电站和龙背湾水电站由同一个业主投资开发。但是，松树岭水电站已经在两年前建成投产，由中央企业国电集团下属湖北长源电力公司投资运营管理。如果松树岭水电站全部或者部分股份能够转让，投资龙背湾水电站的效益将改善许多。

过了龙背湾，再往前就是老码头，继续前行至白河口，来自南面神农架的阴峪河与来自西南面的公祖河（又称凉台河）在这里汇合后进入龙背湾，这里是堵河源自然保护区。白河口是柳林乡政府驻地，往南沿河走

S283 公路、沿阴峪河或洪坪河可直上堵河源头神农架大九湖；从白河口往西南走 G242 公路，沿公祖河向上游，经竹溪县向坝乡十八里长峡，翻过阴条岭垭口就是重庆市巫溪县白鹿镇，在白鹿镇沿大宁河至巫溪县城，大宁河经巫山县汇入长江三峡。

胡总说，阴条岭是长江支流大宁河与汉江支流堵河西源的分水岭，这条 G242 公路走向也是南水北调远期规划中引江补汉大宁河补水方案的走向，利用大宁河将三峡水库长江水调往龙背湾，经堵河进汉江、入丹江口水库。如果实施引江补汉——大宁河补水入堵河龙背湾方案，整个堵河梯级水电站装机容量和发电量可以大幅增加，投资效益将非常好。龙背湾水电站装机可扩增到 72 万千瓦（较现规划装机增加 54 万千瓦），年均发电量为 21.02 亿度（较现规划增加 16.66 亿度）；潘口水电站装机可扩增到 76 万千瓦（较现规划装机增加 24.7 万千瓦），年均发电量为 20.14 亿度（较现规划增加 9.67 亿度）；小漩水电站装机可扩增到 15 万千瓦（较现规划装机增加 11 万千瓦），年均发电量为 3.03 亿度（较现在规划增加 1.8 亿度）。汉江集团正在通过水利部长江委积极推动这个调水方案的可行性研究。

因为时间紧，孟总一行从龙背湾调头往回走。大家在松树岭水电站停下来参观了一会儿，中午在官渡镇吃饭，然后回竹山县城。在县城附近堵河边上，沈县长带他们参观一处煤矿。竹山县石煤资源丰富，有 3 亿吨储量，但是石煤燃值低、灰分高、污染重，为保护堵河水质已关闭这个煤矿。沈县长想知道是否有高效环保利用石煤发电的技术。冀立告诉他："目前石煤主要还是与高燃煤掺烧发电，十堰市热电厂就是这样做的，但是因污染严重，掺烧比例不能高。中国南方石煤资源丰富，正在研究利用大型循环流化床燃烧石煤发电技术。"随后，沈县长领着他们来到县城附近的一个山洞。这里是当年三线建设时期部队开挖建设的山洞发电厂，非常隐秘，洞室很大很高。当时工程建设者打算安装一套 5 万千瓦发电机组，利用当地石煤燃烧发电，后来形势变化放弃了这个工程。这里目前被当地老乡租用来种蘑菇。

3 月 2 日早饭过后，告别董书记、沈县长等一众县领导，孟总一行走房县前往武汉拜访汉江集团上级单位水利部长江水利委员会。路过武当山下时，胡总说："我

官渡古镇渡口　汉江集团刘铁军　摄

堵河边坡上封闭的煤矿　汉江集团刘铁军　摄

们上武当山许个愿吧？很灵的，尤其是从北京来的。"孟总说："早知道武当山是世界文化遗产、道教名山、太极剑术发源地，难得今天路过，那就上山去看看。"山下油菜已经开花，但山上还是冰天雪地，远看天柱峰紫金城，白雪映衬下的红色宫观，琼楼玉宇，宛如天宫。树枝上的冰挂因风吹成长刀片状，走过石板小径如同穿过冰刀霜剑的战阵，他们一步一滑，爬上了天柱峰金顶。金顶上有黄铜构造的真武大帝神殿，因为金属构件容易招引雷击，铜殿不会生锈，一直保持金色，故名金顶。

武当山是皇家道场。当年修建武当山是皇家工程，如同今日的南水北调是国家工程。史载，武当山上道教宫观是明成祖朱棣发令修建故宫的工匠所修，巍峨壮观超过故宫，有"北故宫、南武当"一说。因为武当山号称是真武大帝的居所，真武大帝在此修炼42年飞升成仙，被玉皇大帝封为镇守北方的玄武神；而朱棣镇守北方，从北京发兵夺取皇位后又定都北京，自认是真武大帝化身，所以不惜耗天下物力财力，派遣30多万工匠军民，用时12年，大修武当山道教宫观。朱棣还抬高武当山地位，封其为高于五岳的"大岳"、道观之首，将其作为保护朱家王朝的皇家道场。

真武大帝不仅是北方之神，还是水神，北方缺水要找南方借水，其实就是真武大帝找自己借水，就是他自个家里的事。当地有官员戏称当年朱棣修武当山就是为现在的南水北调，所以有当今南水北调中线工程将武当山下的汉江水与首都北京再次相连。在中国，罕有地方像这里与首都北京关系如此密切、如此特殊。

下午到了武汉，这是孟总自小离开后再一次来到这里。武汉坐落在汉江与长江交汇处，武汉三镇成品字形夹在两条大江之间，夹在汉江两岸的汉口、汉阳与长江南岸的武昌对望，气势磅礴。城市变化很大，除了还记得几个地名外，几乎都认不出来了。整个城市都在大搞建设。孟总小时候住过的王家墩军用机场已经搬迁，正在建设中央商务区。长江上架起了好几座大桥，长江两岸硬化变成了水泥砌筑的大渠。因为三峡水库和丹江口水库消除了长江、汉江水患，江边变成了戏水广场，已不见堆满货物的码头和密密麻麻的轮船。夏夜里曾经摆满竹床、能听见蚊虫嗡嗡叫的静谧街道变成了灯红酒绿的喧嚣食肆，空气中曾经弥散着的蚊香味变成了炒菜的油烟味，白日奔忙的人们到了夜晚都成了饕餮客。

武汉地处鱼米之乡，有九省通衢之称，是天下美食荟萃的地方，当地的名吃很多而且不贵，除了武昌鱼、热干面外，老通城饭庄的三鲜豆皮也很有名，毛主席曾去吃过。孟总小时候离开湖北时父亲专门带全家去吃三鲜豆皮，那是江汉平原给他留下的最后、最美好的味道。孝感米酒成了他家的家传。他在美国留学期间，时常在周末请美国同学喝他做的米酒，他们在喝前会祷告，感谢上帝让孟给他们做美食吃。孟不信教，上帝可命令不了他。武汉，这个曾在中国近代史上掀起革命、推翻两千年帝制、引领时代的城市，这个毛主席常来横渡长江、有火炉之称的城市，正在一路向前狂奔。

孟总一行来到水利部长江水利委员会，见到了长江委副主任兼汉江集团董事长徐尚阁。他说："欢迎你们，长江委主任蔡其华对京能集团与汉江集团合作一事很重视，专门召开委主任办公会研究此事。长江委非常支持汉江集团与京能集团合作，都是有情怀、想干事的国有企业，南水北调将我们连在一起，我们愿以最优惠的条件谈合作。"谈到合作方式时，他表示："考虑到京能集团希望进入水电开发领域，双方可以采取交叉持股的合作方式。除白河项目开发权目前还在争取外，汉江集团实际控制4个项目，3个（孤山、潘口和小漩）由汉江集团控股，京能集团参股；1个（龙背湾）由京能集团控股，汉江集团参股。为了开发建设运营上述水电项目，今年1月汉江集团成立了全资子公司——汉江水电开发有限公司，京能集团可以增资扩股方式进来，具体参控股比例可以灵活。因为潘口水电项目已报到国家发展改革委等待核准，希望双方早日达成合作协议。蔡主任现在外地，她过些天要和陈市长一起去北京参加全国人大、政协会议，打算一同去拜访京能集团领导。"

随后，徐副主任陪孟总一行参观了长江委规划展览馆，了解长江委历史沿革和长江、汉江流域水利规划建设情况。

长江委即水利部长江水利委员会，是水利部派出的副部级流域管理机构，成立于1950年2月。当时新中国为了治理江河水患、开展水利建设，在长江、黄河、淮河、海河、珠江等大江大河流域设立专门管理机构。长江委按照法律法规和国家授权，在长江流域和澜沧江以西（含澜沧江）区域内行使水资源管理、水资源保护、水土保持、采砂管理、河湖管控、行政许可服务与监督执法等水行政管理职责。长江委成立以来，以规划编制为先导、以涉水管理为手段、以工程建设为基础、以科技创新为支撑，全方位开展长江治理与保护工作。3次编制修订了长江流域综合规划，构建了覆盖全流域的水文、水质、水生态、水土保持综合站网体系，积累了丰富完整的流域水文泥沙、地质勘查、河道观测、涉水工程、地理信息、生态环境、社会经济等基础资料，设计了丹江口、荆江分洪、葛洲坝、长江三峡、南水北调中线等举世瞩目的水利工程。

长江委受水利部委托管理汉江集团，通常由长江委指定一名副主任来兼任汉江集团董事长，长江委一直在大力扶持汉江集团使其成为汉江流域水利水电开发建设主体，经常出面协调汉江集团与地方省级政府、中央部委的关系。有关京能集团与汉江集团投资合作的重大决策都要经长江委研究同意并报给水利部审批。

3月3日上午，孟总一行参观了汉江集团在武汉拟开发的一个房地产项目，当时全国都处在城市大发展阶段，许多国有企业涉及房地产开发业务。京能集团控股一家房地产上市公司，汉江集团也希望在房地产开发上与京能集团合作。当时成立京能集团时，北京市国资委想把房地产业务划出去。考虑到对电力主营业务支持、改善投资期限结构，京能领导据理力争，保留住了这块业务。

3月3日下午，孟总一行顺利完成全部考察任务离开武汉，乘机返回北京。说起武汉，孟总有一段铭心刻骨的经历。1967年夏天，他家随部队来到武汉，住在王家墩军用机场里。有一天母亲带着他和姐妹们去中山公园玩，出园后在中山大道遇上游行队伍，他被冲散了，见不着妈妈和姐妹，他哭了。这时从游行队伍中走过来一个年轻人，问他："哭么事?"他说："妈妈不见了。"年轻人接着问："你爸爸是做么事的? 在哪上班?"他当时小，不懂那么多，就说："爸爸是当兵的，不知道他在哪儿。"年轻人又问："你爸爸是么事兵?"他说："爸爸穿绿衣服、蓝裤子。"年轻人说："你爸爸是空军，是毛主席派来的，我带你找爸爸。"母亲发现他不见了，吓坏了，望着潮水般涌来的人群不知所措，只得带着其他孩子赶紧回家去告诉他的父亲。父亲立即找警备区首长说："我儿子在中山大道走丢了。"警备区马上通知岗哨和部队去中山大道寻找。这时，那个年轻人背着他，沿着中山大道走了好长一段路，来到一个岗哨。年轻人对哨兵说："这个孩子是空军的，在中山大道上和妈妈走散了，你能帮助打听一下吗?"哨兵一看他就说："我们已经得到通知找孩子，就是他，谢谢你!"那人没有说自己是谁，转身就走了。在那个年代，孟很幸运遇到了好人，使他又回到了父母身边。孟很感激出手相救的那个人，孟不知道他是谁，他住在哪里。但孟知道，那个人就在武汉，他就是武汉。从此，孟对这个城市一直怀有深深的感恩之情。

第三章

　　3月5日上午，孟总回到公司上班。他向李董事长报告了考察情况，带回了长江委蔡其华主任、十堰市陈天会市长、汉江集团徐尚阁董事长、贺平总经理对与京能集团合作的表态以及他们要在全国两会期间一起拜访京能集团的要求，还特别提到潘口水电项目已上报国家发展改革委核准，他们希望京能集团尽快决策。事情进展顺利，各方面情况符合预期、不出所料，李董事长很高兴，对孟总说："抓紧准备好考察报告，通知商副董事长、邢总8日召开董事会战略与投资决策委员会会议，研究签订合作意向协议；告诉长江委、十堰市和汉江集团领导，欢迎他们来访；做好来访接待安排。"李董事长还特别交代他，会前先向商副董事长、邢总汇报项目考察情况。

这次去十堰考察，孟总安排梁江收集整理文字资料、作笔录，每天晚上召开碰头会，就当天所见所闻进行交流讨论，形成共识、记录下来，所以回京后梁江很快就写好了项目考察报告初稿，经大家审议修改成正式报告。孟总拿着考察报告和开会通知找商副董事长、邢总经理汇报。京能集团成立时，市里任命了李凤玲、商和顺、邢焕楼等 5 位董事组成董事会，其中李凤玲担任董事长、商和顺担任副董事长、邢焕楼担任总经理，他们三人组成董事会战略与投资决策委员会，对重大战略问题先行研究决策。因为事发突然，许多情况还不清楚，孟总去十堰考察没有事先向他们两位报告，对他们看到考察报告会有何反应，心里没有底，尤其是邢总经理的态度。他知道公司领导层对走出去到京外发展一直就有不同意见，尽管李董事长一直在不遗余力做说服解释工作，但阻力还是存在的。

商副董事长是孟总在北京综合投资公司时的老领导，

不久前他被市里抽调到2008年北京奥运会组委会负责国家游泳馆（水立方）建设工程。他听完孟总汇报，说："这是好事，我支持，全国人民都在支持北京，国家游泳馆就是海外华侨、全国人民捐款建设的，我们也应该支持全国人民，支持外地发展。现在水立方工程正在日夜赶工，我就不回公司开会了，请李董事长代我表决。以后董事会研究汉江集团合作事项，都由李董事长代我表决。"他一心扑在水立方工程，按时高标准建成交付使用，获得广泛赞誉，在职业生涯中留下了浓墨重彩的最后一笔。

从商副董事长那儿出来，孟总又去了邢总办公室。李董事长给邢总说过派孟总去汉江集团考察水电项目合作的事。得知孟总带回的项目情况和相关方态度，他很高兴，他是总经理，正在琢磨清洁能源领域的发展机会，现在南水北调中线水源区有水电项目等待开发，而且是和水利部的水电龙头企业合作开发，这是打着灯笼都难找的好事。他表示要亲自去十堰看看。他对先与汉江集团、十堰市政府签合作意向表示赞成，说这样有利于开展工作。

邢总原是北京市计划委员会总经济师，长期筹划首都经济发展，先后担任过北京综合投资公司和北京电力投资公司总经理。邢总倾向于国有企业之间开展合作和通过政府间合作推动项目投资，京能集团与汉江集团、十堰市政府三方合作模式很对他的路子。听到水利部长江委主任、十堰市市长要来公司访问，他很高兴，专门指示办公室做好接待安排。

有了商副董事长和邢总的态度，孟总心里的石头落了下来，他把向商副董事长、邢总通报的情况和他们的态度报告了李董事长。

3月8日上午，京能集团董事会战略与投资决策委员会召开会议，听取十堰水电项目考察报告和考察组的看法和建议。

孟总做了汇报，他在汇报中讲道：

一、5个水电项目具有良好的前景和经济可行性。

（一）电站规模较大、资源难得。5个水电项目中，潘口项目属于大型水电项目，龙背湾、小漩、孤山、白河项目属于中型项目。5个水电项目总装机容量达116.3万千瓦。在目前水电电源点激烈争夺的形势下，这些水电资源是难得的。

（二）电站具有良好的调节性能。水电站的调节能力是指满足电力系统适合用电负荷要求发出调节电量的能力，与水库蓄水库容有关，水库蓄水库容越大，水电站调节能力越强。水电站按照水库的调节性能可以分为：日调节、周调节、月调节、季调节、年调节和多年调节等类型。日调节、周调节和月调节三种类型水电站的水库库容小，相应的蓄水能力和适应用电负荷要求的调节能力也较弱，水电站只能通过夜间蓄水少发、白天多发，或上旬蓄水少发、下旬多发来满足电力系统对电量调节的要求。季调节和年调节类型的水电站具有相对较大的水库库容，它们可以在某一季节如汛期少发电多蓄水，所蓄水量留在另一季节如枯期多发电，以达到对电力系统电量调节的目的。多年调节型水电站具有巨大的水库库容，它可以将丰水年所蓄水量留到平水年或枯水年来发电，可以在洪水期把多余的洪水蓄存在水库里等到枯水期发电，这样不仅满足了电力系统对电量调节的要求，而且在洪水期可以实现削减洪峰和错开洪峰的目的，对于大江、大河防汛具有十分重要的作用。

龙背湾水电站具有多年调节能力。潘口水电站具有完全年调节能力。小漩水电站通过与潘口水电站的科学调度，也可以发调峰电量。堵河三级水电站是华中电网及湖北省电网中不可多得的调峰电源点，可以获得更高的调峰电价。

（三）电站远景看好。南水北调中线二期引江济汉工程如果实施大宁河调水方案，龙背湾、潘口、小漩水电站在追加 24.2 亿元投资基础上，可扩机 89.7 万千瓦，年增加发电量 28.13 亿度，项目投资效益将大幅提升。引江济汉大宁河调水方案正在论证中。

（四）电站项目技术经济指标可行。尽管从技术经济指标来看，与西南地区的水电项目相比，这 5 个水电项目利用小时数偏低（主要是由于为争取调峰电价、机组规模设计偏大造成的）。但是湖北省上网电价较高，如果参与调峰则电价会更高，效益会更好。经与汉江流域具有可比性的王甫洲、松树岭等水电站比较，这 5 个水电项目具有开发价值。电站建成投产后，无论执行还本付息电价还是执行调峰电价，项目的财务评价都是可行的。

二、电站建设的外部环境条件较好。除白河水电站涉及湖北、陕西两省协调外，其他四个水电站的建设条件都很好。

（一）电站开发的政策条件较好，地方政府支持力度大。十堰市政府及竹山县、郧西县政府具有丰富的移民工作经验，制定了"就地安置、有土安置"政策，移民工作已经先行。市、县政府均将水电项目作为"十一五"期间工作重点，成立了市长、县长挂帅的专班来积极协调和推进项目开发，为项目业主创造良好的投资环境，如潘口水电项目，十堰市政府、竹山县政府千辛万苦想方设法从湖北省政府争取到了4亿元扶持资金。

（二）电站的送出条件较好。从电站引线接入到电网不超过100公里，如小漩只有1公里，潘口500千伏线路约90公里。

（三）电站的交通条件较好，都靠近国道或省道。

（四）电站的水源条件较好。作为南水北调的水源地和保护区，加之国家限制性的区域开发政策，地区生态环境逐步改善，降雨量有上升趋势，能为水电站长期运行提供可靠的水源保证。

三、与汉江集团合作开发水电，不仅能获取水电资源和投资建设运营经验，还能实现优势互补，拓展新的发展空间。

汉江集团前身是水利部丹江口水利枢纽管理局，是由水利部长江水利委员会管理的大型国有企业，其业务涉及发供电、水利水电工程建设、铝冶炼等行业，主要产品有电力、原铝、铝深加工产品、预焙阳极、电石、硅铁、碳化硅等，所管理的丹江口水利枢纽是南水北调中线水源工程。2006 年，实现销售收入 30 亿元，利润 2.3 亿元，税收 3.8 亿元，总资产达 60 亿元，净资产约 25 亿元。该集团近几年发展比较快，战略定位清晰，其发展目标是成为汉江流域水电开发龙头、南水北调中线供水主体、铝加工行业技术领先的集发电、供水、冶炼为一体的跨行业、跨区域的企业集团。

我集团与汉江集团合作，一是可望利用汉江集团资源优势及其在水电开发、建设、运行、管理方面的优势，切入水电投资运营领域。二是可望在国家西部地区电源点与高耗能项目上进行合作。鉴于西部省区地方政府煤炭就地消耗、延伸产业链的要求和电力市场竞争趋于激烈的压力，双方携手，各取所需，我集团开发电源项目，汉江集团开发电石、电解铝等高耗能项目，将有利于我集团电源项目的开发和经营。三是可望切入南水北调供水业务。国家拟对南水北调中线水源公司进行股份多元化改造，与汉江集团合作将获得优先入股的条件。借此，一方面可为保障首都供水尽一份力，另一方面还可以在南水北调供水业务上获得良好投资回报。四是鉴于汉江集团背靠水利部长江委，可借助水利部长江委的支持，获得长江流域以及澜沧江以西四大河流域水电项目的开发机会。

四、基于以上认识，考察组建议如下。

（一）积极推进与汉江集团合作。鉴于中央企业三峡集团、葛洲坝集团已表达与汉江集团的合作愿望，建议我集团尽快与汉江集团签订战略合作框架协议。目前，长江委蔡主任和十堰市陈市长都将来京参加全国两会，提出近日与汉江集团领导一道来拜访我集团领导，建议我集团尽快明确态度，积极推动合作进程。

（二）在白河水电项目开发权还不确定的情况下，我集团控股开发龙背湾水电项目，参股开发潘口、小漩、孤山等其他 3 个水电项目。控、参股比例以 55%、45%

为宜。

（三）在合作开发十堰汉江流域水电项目的前提下，推进我集团与汉江集团在西部资源富集地区煤电、煤化工以及南水北调供水、武汉房地产开发等领域的战略合作。

在汇报中孟总还提到十堰城区有两个小热电厂，当地有冬季采暖的需求，有可能利用国家"上大压小"政策上大热电项目。

大家听了考察报告和建议、观看了竹山水电开发专题片后，开始讨论。在讨论中，李董事长着重强调两点："一、我们去南水北调中线水源区与汉江集团合作建设水电站提高了南水北调中线水源的蓄水能力，是服务于南水北调、服务于北京经济发展的。南水北调中线水源建设工程是复杂的系统工程，包括补水、蓄水等流域性协同共济，以提高蓄水能力为目的的流域开发、流域梯级水电站建设是系统工程的重要组成部分。二、我们在十堰与汉江集团合作是在南水北调大背景下建设水电的最后也是最好的机会。京能集团成立伊始，我们就到资源富集的山西、内蒙古地区建火电站，紧接着又率先进入风电领域，现在我们要不失最后的机会抓水电发展。"

最后，通过决议："十堰水电项目资源难得，开发条件和投资环境好，汉江集团是水利水电行业的优秀龙头企业，有水利部长江委和十堰市政府大力支持；与汉江集团合作开发水电项目符合集团发展战略、"十一五"规划和年度工作会精神；十堰是南水北调中线水源保护区，也是国家级贫困区，为保一江清水送北京作出了巨大牺牲。我们去十堰投资开发水电，既能帮助当地脱贫，也是为了北京发展，经济效益、社会效益兼得，能够得到市委、市政府、市国资委的支持；鉴于潘口水电项目核准在即，同意与十堰市政府、汉江集团尽快签订合作开发框架意向协议，拟定于 3 月 14 日举行签订意向协议，由孟总牵头起草磋商协议内容；成立工作组，由孟总牵头组织相关部门，加紧开展工作，进一步做好项目技术经济分析、资金平衡和项目风险分析，在 4 月下旬董事会上作出投资决策。"

会议结束后，孟总立即联系胡总和李副市长，通报京能集团董事会战略与投资决策委员会会议的决定："我方决定邀请长江委、十堰市、汉江集团领导到我集团考察、签订合作框架意向书。"

3 月 13 日，春光明媚，十堰市副市长高勤、李新祥、市发展改革委主任李君琦、竹山县县长沈学强和汉江集团总经理贺平、副总经理姚树志、胡军、办公室主任陈家华、发展计划部副主任王军等人来京能集团考察。由京能集团 U 总和孟总、唐鑫炳、张凤阳、冀立等陪同考察人员参观石景山热电厂、太阳宫燃气热电厂、CBD 国际大厦和京能财务公司。这样安排是为了让来宾们对京能集团的实力和"电力能源为主、适度多元、产融结合、协同发展"战略有全方位的直观认识。

上午，他们先陪客人们来到位于京西的石景山热电厂参观。石景山热电厂是北京地区电力负荷的重要支撑和供热单位，是京能集团电力业务的核心企业，京能集团电力和供热业务是从石景山热电厂起步发展起来的。石景山热电厂前身是石景山发电厂，石景山发电厂的前身又是 1904 年成立的京师华商电灯有限公司。该公司当时在前门西城根建设了一座 300 千瓦小发电厂，这座发电厂成为北京最早的公用发电厂，是北京市公用电力事业的发端。随着北京城区用电负荷增加，于是京师华商电灯有限公司在京西永定河畔的永宁村兴建新厂，这里靠近门头沟煤矿，有煤有水。1921年新厂竣工供电，始称石景山发电分厂。20世纪80年代，石景山发电厂改建为热电厂；1988年第一台20万千瓦热电机组投产，石景山发电厂更名为石景山热电厂。2000年以石景山热电厂为母体成立北京京能热电股份有限公司，2002年挂牌上市。石景山热电厂见证了中国电力事业发展的重要过程。

随后，他们又陪客人们来到太阳宫燃气热电厂建设工地参观。太阳宫燃气热电厂是与2008年北京奥运会配套的"绿色奥运"清洁能源示范项目，将在2008年8月奥运会开幕前投入运营。这个项目引进安装世界最先进的2台35万千瓦燃气发电机组，是展示中国清洁能源发电先进技术的窗口，是接待外国领导人参观的定点单位。U总兼任太阳宫热电公司董事长，集团电力能源投资建设部主任王永亮兼总经理。这是U总负责的北京市重点工程项目，十堰市和汉江集团领导来参观，他很高兴，中午主持宴请了客人们。

下午，他们先陪客人们参观正在装修的京能集团总部新办公楼 CBD 国际大厦。孟总对贺总、胡总说，这是一年前花了不到 10 亿元收购来的在建楼。原来的办公楼不够用了，在开会讨论是租楼还是买楼时，一些领导主张租楼，这样花钱少，无风险，业绩考核压力小；一些领导主张买楼，尽管一次性花钱多一些，但将来物业升值空间大，而且一旦将来企业经营不好，还有办公的地方，不至于无家可归。双方意见相持不下，最后还是李董事长拍板决定买楼。

最后，他们陪客人们来到京能财务公司参观，这是北京市属国有企业第一家集团财务公司。孟总告诉汉江集团领导这是收购来的，财务公司是企业集团控股的金融机构，专门为集团下属企业提供存贷款、拆借资金、发行债券、现金管理和风险控制等金融财务服务，被称为企业集团的内部银行，对企业集团发展很有帮助，是西方跨国公司的标配。汉江集团领导对财务公司挺感兴趣，但是国家已停止审批新的财务公司，只能找机会收购了。

京能集团成立不久，孟总主张学习欧美跨国公司做法，成立财务公司作为京能集团实施产融结合战略的平台，当时大家不太了解财务公司，此前国家参照西方跨国公司做法在少数大企业集团试点财务公司，结果出了不少问题，正在整顿中。李董事长、邢总要孟总写个报告说明财务公司的功能作用，大家看了，表示赞同。正好东北制药集团财务公司亏损要转让，集团资本运营部主任张伟、副主任侯凯知道消息后问孟总要不要收购，他说这是好事，要干。他立即报告李董事长和邢总同意，让他俩马上赶赴沈阳和对方谈判，答应对方全部要求，赶紧收购，完成收购再回来。他俩花了一个月时间，用8000万元成功收购了东北制药集团财务公司，将其剥离资产后迁到北京，更名为京能集团财务有限公司，集团分管财务的副总经理 N 兼任董事长、张伟出任总经理。财务公司在京能集团发展中起了重要作用。

3 月 14 日下午，阳光灿烂，十堰市政府、汉江集团和京能集团三方在北京京能集团总部签署"湖北十堰汉江流域水电开发战略合作框架协议"，汉江集团主管单位水利部长江水利委员会主任蔡其华、十堰市市长陈天会借全国人大会议间隙出席了签字仪式。十堰市领导高勤、李新祥、发展改革委主任李君琦、竹山县县长沈学强等，汉江集团总经理贺平、副总经理姚树志、胡军、办公室主任陈家华、发展计划部副主任王军等，京能集团李董事长、邢总经理、陈董事、U总、孟总、唐鑫炳、冀立等参加了签字仪式。李董事长、邢总经理代表京能集团领导班子对来宾们给予了最诚挚、最热烈的欢迎。这是京能集团组建后经过两年整合首次以新姿态亮相，一出场就迎来了南水北调中线水源区水电开发的大好机会，李董事长和邢总经理将带领京能集团联手汉江集团在鄂西北秦巴汉水大展宏图。

汉江集团刘铁军　摄

十堰市市长陈天会、汉江集团总经理贺平、京能集团总经理邢焕楼在合作框架协议上签字。协议约定："十堰市政府热忱欢迎京能集团到南水北调中线水源区投资开发水电项目，十堰市政府积极支持汉江集团与京能集团共同开发十堰境内水电项目，将出台优惠政策，帮助双方进入白河水电项目；汉江集团和京能集团对汉江水电开发公司增资扩股，汉江集团以 60%～51% 的股权比例控股，京能集团以 40%～49% 的股权比例参股，具体比例另行商议。改组后的汉江水电开发公司负责开发潘口、小漩、孤山水电项目；龙背湾水电项目由京能集团控股，汉江集团参股，参控股比例与汉江水电开发公司对等；三方协调一致争取白河水电项目开发权，落实后，由京能集团控股，汉江集团参股，其股权比例与龙背湾水电项目相同。"

签字仪式上，长江委主任蔡其华指出："京能集团、汉江集团联手开发十堰地区水电项目将推进南水北调中线水源区社会经济发展和移民脱贫致富，有利于库区生态环境保护，确保一库清水送北京。"十堰市市长陈天会表示："此次战略合作框架协议的签订，体现了南水北调中线水源区和受水区企业的强强联手、优势互补，对加强南北两地联系，促进水源区经济社会的可持续发展具有积极和深远的意义。"他们两人高度肯定京能集团与汉江集团合作，突出强调了双方合作开发十堰地区水电项目对南水北调中线工程的重要性，对推进南水北调中线水源区经济社会发展的重要意义。

蔡主任笑意盈盈、春风拂面。她深知，担负着南水北调中线工程重任的长江委如果不能解决好二期库区移民脱贫和水源区经济发展问题，中线工程不可能按期通水，即使建成也不能确保一江清水送北京。由于国家在南水北调中线工程上的投资只能保证工程建设和库区移民搬迁的需要，不足以保证水源区经济转型和移民脱贫致富，因此她和长江委支持下属的汉江集团积极参与水源区经济建设，作为对国家南水北调中线工程的重要支撑，通过水电资源开发带动水源区脱贫和生态保护，实现一江清水北送的政治目标。但是汉江集团实力有限，现在有京能集团主动相助，这使她如释重负。

陈市长眉开眼笑、喜不自胜。当汉江集团贺总和京能集团邢总在他面前签字握手时，他高兴得合不拢嘴。

对十堰市政府而言，国家实施南水北调中线工程让十堰市库区百姓和经济发展付出了巨大牺牲，国家的拆迁补偿有限，不足以弥补水源区遭受的损失，更不足以促进水源区转型发展、脱贫致富。在他们为兼顾国家工程目标和当地民生发展目标殚精竭虑之际，来自受水区的京能集团和水源区的汉江集团两大企业以南水北调为情感纽带联袂参与十堰市域水电资源开发，为十堰经济转型发展、脱贫致富注入了强大持久的动力，加深了十堰与北京的经济联系，从此南水北调带给十堰的不再是牺牲和奉献，还带来了千载难逢的发展机遇。

三方合作框架协议能这么快达成，除了时间紧迫外，主要是三方主要领导能着眼大局、把握机遇、积极推动。尤其是，三方主要领导都认识到：只有促进水源区经济社会发展、解决移民生存问题才能保护好水源区生态环境、确保一江清水送北京，而三方合作开发十堰市域汉江水能资源是实现上述目标的抓手。大家都认为这是一个利国利民利企、三方互利共赢的合作。下一步工作的关键是尽快安排邢总去十堰实地考察水电项目。

签约会后，汉江集团建议双方领导立即去陕西安康争取白河水电项目开发权。邢总的意见是请汉江集团领导跑一趟陕西安康。结果一周后胡总到安康得到消息，中国广核集团听说汉江集团和京能集团签署合作协议的消息后，立即答应安康市政府条件，签约获得项目开发权。听到消息，邢总感觉十堰水电项目再不抓紧，还会生变，遂决定率队3月底去十堰，要孟总和胡总立即安排行程。

3月31日上午，堵河潘口水电站施工大桥开工了。当天下午，邢总、陈董事、U总和孟总等一行13人乘火车离开北京，同行的京能集团部室负责人有电力能源投资建设部主任王永亮、战略投资办公室主任唐鑫斌等。U总是李董事长、邢总要求去的，因为他分管集团电力项目投资建设。此外，孟总给他说十堰有两个小热电厂，有上大热电项目的可能，他一听就有了兴趣。王永亮是U总主管的电力能源投资建设部主任，还兼着北京奥运会重点工程太阳宫燃气热电厂总经理，长期在电力规划设计院工作，是电力项目规划设计建设管理方面的专家，他后来接任U总成为分管京能集团电力能源投资建设的副总经理。此前，冀立参加项目考察，回去后把详情给王永亮说了，这次他参加考察是为下一步接手项目投资建设工作做准备。

4月1日凌晨，火车到达十堰。贺总带领汉江集团姚总、胡总、何总等领导上站台迎接。乘坐了一夜火车，大家都很辛苦，邢总本来身体也不大好，上午安排休息。中午，在汉江集团贺总等领导陪同下，邢总与十堰市市长陈天会等领导座谈，共进午餐。下午，李副市长陪同邢总一行考察了十堰市热电厂和东风热电厂。邢总、U总挺关心能否利用国家"上大压小"政策上大热电项目。

孟总问李副市长："利用国家'上大压小'政策上大热电厂的想法，给省发展改革委领导说了没有？"他回答："和省发展改革委主任说了，他表示支持，但前提是现有需要置换的老电厂容量要足够大才行。"他们一看，觉得不行。这两个热电厂容量总共才17.5万千瓦，而且东风汽车集团是中央企业，不会放弃自备热电厂，仅靠十堰市热电厂2.5万千瓦装机，根本不可能利用国家"上大压小"政策建设百万千瓦级大热电项目。孟总不想就这么放弃了，"上大压小"行不通就走别的路子，他对李副市长说："先把这事放一放，我们还是先全力以赴跑潘口水电项目审批，等到潘口水电项目核准开工了，我们就以冬季电力短缺需要就地平衡、保护电网安全稳定为由，向省发展改革委再次提出十堰上大热电项目的请求。"

4月2日上午，在李副市长和汉江集团贺总等领导陪同下，邢总一行去现场考察汉江孤山、白河水电站坝址。到了汉江边，见到孤山，大家一下来了精神。与孟总上次来时相比，两岸山坡已是花开盈野，春意盎然，江水更大了，孤山变绿了。汉江好宽，汉江好美，大家觉得能在这汉江干流上建设水电站，对初涉水电开发的京能集团无疑是很好很高的起点。邢总细致地向长江设计院设计师询问孤山项目情况。然后去看白河水电项目，尽管一路上可见漫山遍野的迎春花、杜鹃花，到了白河水电站坝址，邢总脸上的表情还是有些凝重。看得出来，他对失去白河水电站开发权感到惋惜。贺总安慰他说，只要白河水电项目没核准，还有机会争取。下午，邢总赴竹山县现场考察堵河潘口、小漩水电站坝址。董永祥书记、沈学强县长及沈明云、唐泽斌等县领导都来迎接陪同，10 多辆越野车由警车开道，浩浩荡荡地开进竹山，引得沿途百姓都出来观看。

4 月 3 日上午，在十堰市、竹山县领导和汉江集团领导陪同下，邢总先登上九女峰国家森林公园的顶峰，从那里可以俯瞰潘口库区全景。随后，邢总过田家坝镇、官渡镇来到了龙背湾，白河水电项目已经被中广核拿走了，龙背湾将是京能集团控股开发的唯一一个水电站。在龙背湾水电站坝址，邢总逗留了好一会，这儿是南水北调中线水源区的龙头水库水电站。晴朗天空下，一湾秀水绕过龙头款款流来，他兴致勃勃地看着问着。然后一行人在上游老码头乘船往回走，绕过龙背湾，进入驴头峡，两岸美景目不暇接，大家高兴得像孩子，平时一脸严肃的邢总笑开了花，等船一直开到松树岭水电站坝前才上岸。孟总心想，人们为什么见到水会这么兴奋，因为水是生命之源，对水的赞美就是对生命的赞美。

在参观完松树岭水电站后，孟总带着唐主任、冀副主任去武汉听取湖北省水利水电规划勘测设计院做的龙背湾水电项目经济效益测算情况汇报。邢总一行去丹江口访问汉江集团总部及下属企业，参观丹江口水库和南

汉江集团刘铁军　摄

田家坝镇全景　汉江集团刘铁军　摄

龙背湾全景　汉江集团刘铁军　摄

水北调中线水源工程，然后回北京。

　　邢总此次考察对十堰水电项目给予了充分肯定，加快了项目决策进程。邢总回京后，只要见到市领导就会自豪地讲："我们京能集团参加南水北调中线工程了，我们京能集团在十堰和汉江集团合作投资开发汉江流域水电项目，帮助中线水源保护区发展经济、摆脱贫困。"现在北京市委、市政府、市国资委领导都知道了，这为开展下一步工作创造了好的舆论氛围，毕竟这么大的对外投资是要报到市里审批的。后来，孟总到市国资委申请审批十堰投资项目时，市国资委领导说："邢总到处讲，大家都知道了，南水北调、饮水思源，好事，我们同意。"

4 月 23 日，京能集团董事会召开会议审议了《京能集团投资十堰水电项目群成本效益分析》《关于集团参股汉江水电开发有限公司及控股龙背湾项目的议案》，董事们对与汉江集团合作在南水北调中线水源保护区投资水电项目高度赞同。U 总和孟总列席了会议并发表意见。最后全体董事们表决通过决议："同意参股汉江水电开发公司，参股比例 40%～49% 之间，由总经理决定；龙背湾水电项目待进一步分析论证后，再行上会决议"。

这个结果让孟总大感意外，也出乎汉江集团意料。京能集团是以参股汉江集团三个项目为代价来换取控股龙背湾项目的，但出现了参股项目通过、控股项目搁置的奇事。原本汉江集团出于梯级水电站联合调度需要想保留龙背湾项目，让京能集团控股白河项目，考虑到白河项目开发权可能拿不到，才同意把龙背湾项目给京能集团。后来他们让步，同意把白河、龙背湾两个项目都给京能集团控股。现在，白河项目已经失去，仅有的龙背湾项目还要看看再说。

控股的龙背湾水电项目没能在董事会上通过，是因为 U 总说当地没有足够的降水。龙背湾毕竟是京能集团进入水电领域控股的第一个项目。为慎重起见，李董事长遂提出："龙背湾水电项目目前决策条件还不成熟，需做进一步调研论证后再上董事会决策。"

孟总没想到 U 总会提出这么个问题，感到疑惑。汉江集团提供的项目资料没说龙背湾缺水，长江委水文监测站提供的水文气象资料也没说龙背湾缺水，怎能不信？堵河源头是神农架林区大九湖和大巴山乌云顶暴雨中心，怎会缺水？而且堵河源作为南水北调水源地核心保护区已经成立了省级自然保护区，森林植被的恢复和保护将进一步加强，生态环境将进一步改善，降雨量还会有上升趋势。孟总担心龙背湾水电项目投资决策搁置会影响到原定 2008 年 10 月开工目标，一散会他就赶紧找李董事长提意见。

李董事长慢悠悠地说："有些人懂火电，不懂水电，想搞水电又不相信别人。参股项目通过了，那是因为这些项目已完成可研论证，水电专家和权威机构已下了结论，潘口项目已上报国家发展改革委等待核准。龙背湾项目只做了预可研，还未审查，有必要做进一步分析论证，把风险搞清楚。"孟总觉得李董事长说得在理，就问："下一步工作谁去做，怎么做?"李董事长回道："下一步工作还是你去做。你去把董事会的决定通知汉江集团和十堰市政府，准备安排正式签订投资合作合同；组织财务、审计、法务部门人员和中介机构对汉江水电开发有限公司做尽职调查和审计评估，作增资前准备；去十堰了解堵河源头的水文气象情况和引江济汉——大宁河补水方案的研究论证情况。"孟总担心龙背湾项目拖不起，只是他带队去考察还不够，得李董事长亲自去才行，要想加快进度得早日安排李董事长去十堰考察。他又问："您何时去十堰?"李董事长答道："我会去，但要等出资协议签订后再去。"

孟总知道，不能再快了。从 1 月 22 日报告消息给李董事长，到 4 月 23 日集团董事会会议作出投资决定，只用了 3 个月时间，这个决策速度非常快了。汉江集团和十堰市政府、竹山县政府听到京能集团董事会同意参股汉江水电开发公司的消息时很高兴；但听到龙背湾项目待进一步分析论证后再作决定时又急了，龙背湾项目前期工作不能停，搞可行性研究论证还需要钱呢。孟总和胡总商量："龙背湾项目还在你们手上，你们先垫钱把可行性研究论证做完，到那时京能集团如果同意做，再由京能集团成立的龙背湾项目公司把钱付给你们。如果京能集团放弃，你们就自己干吧。"

这边，孟总立即去找负责法律合同的杨董事和负责财务审计的N总安排集团法务部李玫、财务部侯凯、审计部徐小萍会同中介机构去汉江集团，对拟入资的汉江水电开发有限公司做尽职调查、审计评估，要求马上出发，两个月内完成全部工作。那边，孟总让唐主任起草投资合作合同，请汉江集团起草合资公司章程。时间紧，"五一"假期大家都不能休息了。京能集团法务部、财务部、审计部人员和中介机构到了丹江口，加班加点，不到两个月就完成了全部尽职调查和审计评估工作。汉江集团为加快进度，主动提出汉江水电开发有限公司按账面资产计价增资，所做的前期工作成果不溢价了。这样一来，双方就不必在公司估值上讨价还价浪费时间了。

为了搞清楚龙背湾降雨与来水情况，5月15日至21日，孟总带唐主任、梁江、电力能源投资建设部项目经理王刚与汉江集团姚总、胡总、王仕民等7人组成堵河源和南水北调中线引江济汉大宁河补水方案联合考察组，出发到竹山县。在县长助理唐泽斌陪同下，首先实地考察了龙背湾水电站以上堵河源地区的水源情况，逆阴峪河往东南走到房县九道乡，再往前就是神农架落羊河，源头是神农架坪阡水库，这儿是堵河南源源头；逆洪坪河往南走到神农架大九湖，这儿是堵河西南源源头。然后，沿大宁河（西线）补水通道，逆公祖河往西去，经竹山县柳林乡、竹溪县向坝乡，穿十八里长峡，翻越大巴山阴条岭到重庆市巫溪县白鹿镇，那儿是大宁河上游。现场踏勘了南水北调中线大宁河补水方案涉及的剪刀峡水库坝址。剪刀峡因河边两座尖耸的山峰交错对峙形似张开的剪刀而得名，附近有古代利用盐泉水熬制食盐的宁厂古镇，是周边地区重要的食盐来源，这里的食盐生产一直持续到 20 世纪 80 年代，现已破败不堪。之后，他们乘船沿大宁河顺流而下，在巫山县大昌古镇入三峡水库，在这里考察了大昌镇取水口，最后至重庆主城区。沿途分别与巫溪县、巫山县和重庆市发展改革委、重庆市水利投资集团（简称重庆水投集团）领导座谈。

堵河源自然保护区石刻标志前留影

堵河南源两河汇流处

竹溪县向坝乡十八里长峡（堵河西支流公祖河上游）

巫溪县大宁河上游白鹿镇及上方堵河、大宁河分水岭阴条岭

重庆市巫溪县大宁河剪刀峡水电站坝址（上游方向）

重庆市巫溪县大宁河剪刀峡水电站坝址（下游方向）

巫溪县大宁河畔宁厂古镇

巫溪县城大宁河畔码头广场

巫山县三峡库区大昌湖（大宁河补水方案取水处）

大宁河位于重庆市东北部巫溪、巫山两县境内，系长江左岸一级支流，发源于大巴山东段南麓，与竹溪县、竹山县一山之隔，河流全长162公里，流域面积4181平方公里。流域内雨量充足，巫溪以上多年平均降雨量1333毫米，多年平均流量67立方米/秒，多年平均径流量22亿立方米，水质Ⅰ级。1996年3月，中南勘测设计研究院编制完成《四川省万县市大宁河中上游水电规划报告》，提出大宁河干流中梁、下堡、西宁、剪刀峡四级低坝开发方案，规划剪刀峡电站作为整个流域的控制性骨干枢纽工程，水库正常蓄水位 310 米，以发电、防洪为主，电站装机容量 12 万千瓦。

《南水北调工程总体规划》提出中线工程分二期实施，"先引汉江，后引长江"，规划调水总规模 130 亿立方米，第一期工程调水 95 亿立方米，还需续建二期工程补水以增加被调水量 35 亿立方米。此外，陕西省提出实施引汉济渭工程，将汉江水调到渭河流域以满足西安等关中盆地城市用水需要。因此南水北调中线工程远期从长江补水势在必行。在《南水北调工程总体规划》通过后，实施引江济汉工程线路方案比选论证的工作就紧锣密鼓地展开了。

2002 年 1 月，清华大学谷兆祺教授在《水利水电学报》上发表论文《抽水蓄能方式的南水北调大宁河济汉方案》。他去现场考察后提出：在巫山县大昌镇从三峡水库取水，经大宁河剪刀峡水库，再次提水穿越大巴山，进入汉江堵河支流公祖河，出口为龙背湾水库。谷教授的大宁河补水方案将调水与抽水蓄能、电网调峰结合起来，而且工程难度最小、投资最省、扶贫效果最好，受到有关各方关注和重视。2002 年国家发展改革委、水利部长江委和中咨公司（即中国国际工程咨询有限公司）的领导都曾到大宁河沿线实地考察调研。

2002 年 3 月，中南勘测设计研究院完成了《开发堵河参与中线南水北调方案的可行性初步分析》，认为"开发堵河参与调水方案，与丹江口水库联合调度可以满足南水北调中线工程的调水要求，并且可分期实施，灵活运用，还有巨大的发电效益，同时移民安置难度大为减小，兴建潘口电站后还为远期三峡引水奠定了基础，其经济效益和社会效益均很显著"。2003 年 6 月，长江勘测规划设计研究院完成了《中线一期工程水源专题研究报告》，结论是"中线一期工程以汉江丹江口水库为水源地，大坝按最终规模加高调水为最佳方案；结合堵河梯级开发或从长江直接引水的方案可作为后续水源"。

2003 年 1 月，重庆市发展改革委委托中咨公司开展南水北调中线三峡水库（大宁河方案）补水工程规划研究。2004 年 5 月，中咨公司提交了规划研究报告，其指导思想是：引汉与引江相结合，调水与电网调枯、调峰、优化电网结构相结合，组成多水源调水网络，实现安全供水，南北共赢之目的。其基本思路是：在大宁河下游三峡库区大昌镇建水泵站，从三峡水库抽水经明渠和隧洞自流到大宁河的剪刀峡水库，再在剪刀峡水库上游的白鹿镇神麂坪建水泵站提水，通过隧洞贯穿大巴山阴条岭流入堵河龙背湾水库，经梯级调蓄发电后进入丹江口水库，参与南水北调中线水量调配。大宁河补水方案估算工程总投资 95 亿元，分两期实施，其中第一期大宁河剪刀峡水库—堵河龙背湾水库补水工程投资 60 亿元，可从大宁河调水 15 亿立方米；第二期三峡库区大昌镇—大宁河剪刀峡水库补水工程投资 35 亿元，可从长江三峡水库调水 40 亿立方米。当年补水 55 亿立方米时，堵河梯级水电站可增加发电量 45 亿度。

如果实施大宁河补水方案，需要在剪刀峡建设蓄水位 360 米的高坝，使回水到达白鹿镇神麂坪泵站下方，这将与目前的大宁河 4 级低坝水电开发方案冲突，也就成了实施大宁河补水方案的最大障碍。考察中，联合考察组就此与有关方进行了沟通。

项目业主重庆水投集团和巫溪县政府表示，鉴于大宁河调水短期内难以实施，大宁河水电开发要先行启动，将来大宁河补水工程启动时再行补偿。之所以采用目前的 4 级低坝方案（总装机容量 10 万千瓦、总投资 9 亿元），是因为该方案淹没小，移民少，投资省，经济效益较好。高坝方案（总装机容量 8 万千瓦、总投资 16 亿元）如果只用于发电，淹没补偿大，投资大，指标不好。

重庆市发展改革委表示：大宁河梯级水电开发方案要服从南水北调总体规划。若水电开发与南水北调中线补水确有冲突，可以修改目前的 4 级低坝梯级水电开发规划；支持有实力的投资商控股开发大宁河流域梯级水电项目。长江委表示：大宁河是南水北调中线工程补水通道，大宁河剪刀峡梯级水电站建设要服从南水北调总体规划，在中线补水工程规划出台之前，长江委可以向重庆市政府发文协商大宁河水电开发规划，争取维持现状。

回京后，孟总起草了考察报告，建议积极参与和推动南水北调中线大宁河补水方案的实施。该工程对京能集团具有重大战略意义：一是有利于大幅度提升京能集团控股建设的龙背湾水电站及参股的潘口、小漩水电站的经济效益和投资收益。潘口、小漩、龙背湾三级水电站在追加 24 亿元投资基础上，可扩展装机容量 90 万千瓦，其中京能集团控股的龙背湾水电站可扩展装机容量 54 万千瓦。二是有利于开辟供水战略产业，培育新的增长点。卖一立方水的收益是发电的十倍。三是南水北调是世界级伟大工程，功在千秋，利在万代，作为中线工程受水区的特大型企业，积极参与和推动中线补水工程，为首都经济发展作出新贡献，有利于提升企业形象和知名度。

6 月 22 日上午，在湖北武汉东湖宾馆，京能集团与汉江集团正式签署汉江水电开发公司增资扩股协议。双方同意：对汉江水电开发公司增资扩股，汉江集团占 60%，京能集团占 40%；重组后的公司初始注册资本 4 亿元，分期注入，最终注册资本应满足项目开发需要；在龙背湾项目法人公司成立前，汉江水电开发公司继续负责龙背湾项目前期工作。签约仪式很隆重，水利部长江委负责人、湖北省负责人和省有关部门领导、十堰市领导及重要媒体出席了签字仪式。湖北省内及中央媒体向全省、全国报道了签约仪式。

汉江集团刘铁军　摄

汉江集团刘铁军　摄

东湖宾馆是毛主席生前常来住的地方。京能集团李董事长、邢总经理、陈董事、U总和孟总等一起在前一晚上来到这里住下。第二天早晨，孟总起了大早，到东湖边散步，在湖边看见立有一块石头，上面镶嵌有毛主席站在湖边眺望远方的照片，下边铭牌上写着说明："江山无限美，凝目思未来。1962年3月21日毛主席在东湖宾馆湖边"。毛主席出身农家，心系人民，重视江河水患治理，期待着风调雨顺、河清海晏，人民过上安居乐业、丰衣足食的幸福生活。他在江西革命根据地时就很重视水利建设，提出"水利是农业的命脉"。新中国刚成立，他就启程巡视黄河、长江，规划治理水患、南水北调的宏伟蓝图。如今京能集团从千里之外的京城来到千湖之省参与南水北调中线水源区建设，与汉江集团携手开发汉江水能资源，把签约仪式放在东湖宾馆是对他老人家最好的纪念。签约仪式结束后，大家参观了毛主席故居，然后去拜访水利部长江委，在蔡主任、徐董事长陪同下参观长江流域规划展览馆，重温毛主席和第一任长江委主任林一山视察长江时关于治理长江汉江水患、南水北调的谈话。

在和汉江集团、十堰市领导磋商投资协议签约仪式地点时，他们提出安排在武汉而不是十堰。孟总觉得甚好，一是因为汉江集团的出资人水利部长江委在武汉，长江委很重视双方合作，同时也便于京能集团负责人顺访长江委；二是因为双方合作项目是湖北省最大的扶贫工程和最大的拟建水电工程，湖北省很重视，项目的实施也需要省领导和相关省直部门大力协助；三是在武汉签约层级更高，影响更大，对各方履约的约束更强。汉江集团与京能集团正式签署投资协议，标志着双方在合作开发南水北调中线水源区十堰境内汉江水电资源上进入项目实操阶段，大局已定。事情很顺利，2007 年年初以来孟总一直悬着的心终于能放了下来。

第四章

武汉签约后，李董事长准备去丹江口、十堰、郧西、竹山看看，尤其是龙背湾水电项目，不能拖了，他一定得到现场去考察。李董事长提出，时间定在 7 月中旬，除了考察汉江堵河流域水电项目外，还要调研引江济汉大宁河补水路线。孟总和胡总商量，决定倒着安排行程，先到宜昌，然后进三峡水库逆水而上，经巫山入大宁河至巫溪，再到竹山、郧西、十堰市区、丹江口。

7 月 15 日，京能集团李董事长与汉江集团贺总经理带队组成 20 人的高管考察团，U 总、孟总和姚总、胡总同行，到宜昌会合，然后乘船从宜昌出发，翻过三峡大坝，进入长江三峡库区，经巫峡口进入大宁河，过巫山逆流而上到巫溪县城。从巫溪县城改乘越野车走 G242 公路到白鹿镇，翻越大巴山阴条岭经竹溪县向坝乡到竹山县柳林乡龙背湾。走这一段是因为李董事长要对引江济汉大宁河补水路线考察。一路上，长江勘测规划设计研究院给他介绍补水方案研究论证情况。到了剪刀峡坝址，遇到了沈县长，他提前翻山过来迎接李董事长去竹山。因为孟总和胡总在 5 月中旬考察堵河源和大宁河补水路线时走过这段路，所以孟总自告奋勇乘首车带路。沈县长说孟总比他更熟悉这里。孟总乘车时喜欢东张西望，能记住路。

车队从大宁河边白鹿镇沿着之字形盘山路往上开，经过 31 道拐开上了 2500 多米高的大巴山阴条岭垭口，回头再看刚才上来的路，壮观险峻不亚于著名的抗战公路"二十四道拐"。山顶上有一汪水洼，半亩见方，名仙池，有一条小溪往山下流，这就是公祖河，是官渡河支流，也是堵河西源头之一。前方就是竹溪县向坝乡十八里长峡，车队沿公祖河开进山林茂密、遮天蔽日、幽深狭窄的峡谷。

进入十八里长峡遇到了暴雨，一时间倾盆而下的雨水顺着山崖挂下层层瀑布、跌进溪里，电闪雷鸣和着唰唰的雨声、飕飕的风声、哗哗的水声和沙沙的树叶声，在峡谷里激荡回响，令人胆颤。李董事长、贺总、沈县长却很高兴，跳下车到雨中拍照，大家一看，也都跳下车跑到雨中，说着、笑着、跳着、舞着，尽情地拍照。贺总说："这儿是堵河西源，处于大巴山降雨中心，常下暴雨。"孟总担心山洪会下来，待在狭长的峡谷里很危险。沈县长说："这儿古树参天、植被很密，雨水从灌木丛中散开渗流，不会形成山洪。"沈县长在竹溪县当过县委副书记，知道这里的情况。贺总说："我们搞水电的，喜欢山，喜欢水，喜欢森林，喜欢下雨，有山有水才能发电。""仁者乐山，智者乐水"，李董事长、贺总对山水的喜爱，用这句话形容，恰如其分。受老庄思想影响，中国文化对山水钟爱有加，文人们寄情山水，吟山水诗，作山水画，在山水中陶冶情操、启迪智慧。当然也有附庸风雅、沽名钓誉，标榜仁者、智者，游山玩水的。不过这样的人不会持久，因为耐不住那份孤独寂寞。

出了十八里长峡，车队继续沿公祖河往下游走到竹山县柳林乡茅草坪，那儿是大宁河补水工程引水隧洞的出口位置，大家停下观看，听设计师介绍情况，想象着一股巨流从三峡水库、剪刀峡水库连续提升、穿山越岭后在这里喷涌而出的壮观景象。7月正当雨季，从巫溪到竹山一路都下着大雨，到了龙背湾，河水涨了好高。看着这满河奔流的水，李董事长高兴了，长江委水文监测站和湖北省水利水电规划勘测设计院依次介绍这一带水文气象资料和龙背湾电站可研情况和技术经济指标。李董事长听了介绍，看了现场，心里有底了，对孟总说："龙背湾水电项目立即安排上董事会决策。"

龙背湾水电站坝址现场听项目介绍　汉江集团刘铁军　摄

孟总上次陪邢总来龙背湾，还是枯水季，河水不深，能见河底和裸露的小沙洲。这次李董事长来龙背湾，已进入丰水季，正是河水上涨的时候，整个河床充满了水。贺总说："现在水位已下降了好多，前段时间连降暴雨，每秒 5000 立方米流量，把我们刚建好的潘口水电站临时施工桥都冲垮了。搞水电投资，要看多年平均降水量。降水量在一年内会有波动，有丰水季、平水季、枯水季；在 10 年、20 年内也会有周期性波动，有丰水年、平水年和枯水年，这是由全球大气流动决定的，和河流所处的气候带和山川地理形势也有关。堵河流域处在亚热带湿润季风气候带上，夹在大巴山、神农架两大山脉之间，上游是乌云顶、大九湖两大降雨中心，森林茂密，是天然聚水盆，来水丰富但季节性波动大。而且这一区域作为南水北调水源核心涵养区，正在申请升格为国家级自然保护区。这里的森林覆盖率还将继续增加，降雨量还会继续上升，来水量是有保障的。水电投资是长期投资，一是水电前期投资大，后期运营成本低，时间越长收益越高；二是只有长期投资才能抚平降水周期波动，获得长久稳定的投资回报。"

到了松树岭水电站，贺总着重对李董事长讲了松树岭水电站对改善龙背湾项目投资回报和实施大宁河补水工程的重要性，对堵河梯级水电站联合调度发挥最大效益的重要性。贺总提到，一条河流建设多个梯级水电站，如果是一个业主投资运营最好，这样便利于联合调度，能够充分利用水能，实现发电效益最大化。现实中，除大江大河干流外，多个业主投资建设一条河流上各梯级水电站的情况很普遍，一是因为开发周期长，前后期业主不同，二是因为国家放开中小河流水电项目投资后，各路资本进入，三是河流流经的各地区政府为加快本地发展，招来了不同的投资商。一条河流上多个梯级水电站由不同业主投资运营，先建的电站指标好，后建的电站指标差，难于实施联合调度，总体效益不能最大化。李董事长表示，回北京后要找国电集团领导谈松树岭水电站的转让问题。

到了潘口水电站施工现场，用于施工的堵河大桥和公路正在建设，将来水电站完工后大桥和公路将无偿交给县里使用。李董事长对胡总说："进度还要加快。"胡总说："进度不够快一是因为项目还没有核准，现在做的都是开工前的准备工作；二是因为 6 月 20 日洪水把临时施工桥冲垮了，影响了施工进度。"李董事长问胡总："潘口项目核准的事，谁在跑？"胡总回答："十堰市政府拉着湖北省发展改革委在跑，他们说不用我们跑。"孟总发现县委书记董永祥没来，就问沈县长："李董事长来竹山，怎么没见董书记露面？"沈县长回答："董书记一听到你们要签投资协议了，就去北京跑潘口项目核准去了，他把工作全扔给我了，还说什么时候项目核准了，什么时候回来。"孟总告诉李董事长："县委书记董永祥正在北京蹲点国家发展改革委跑潘口项目核准。"李董事长说："难怪没有见到他，你记住回北京后去看看他。"

到了小漩水电站坝址，胡总向李董事长报告，他们正在优化小漩水电站开发设计方案，已经请湖北省水利水电规划勘测设计院进行了水工模型试验和平峒勘探试验，在预可研基础上可以增加 1 万千瓦装机容量，项目总装机容量达到 5 万千瓦，发电量增加 3000 万度，将提高小漩水电站水能利用率和投资效益。小漩水电站可研报告将按 5 万千瓦装机开发方案编制，预计在 8 月份就可以完成送审。看到小漩水电站通过设计优化带来这么

潘口水电站施工现场听取堵河流域水电梯级开发情况　汉江集团刘铁军　摄

潘口水电站施工现场听取地方政府移民搬迁实施方案　汉江集团刘铁军　摄

158

潘口水电站现场听取施工前期准备工作情况　汉江集团刘铁军　摄

潘口水电站坝址施工公路爆破作业　汉江集团刘铁军　摄

潘口水电站坝址施工公路土方作业　汉江集团刘铁军　摄

大的效益提升，李董事长很高兴。

去郧西看完孤山水电站坝址后，李董事长进十堰市区与陈天会市长会面。随后在陈市长、李副市长陪同下参观了那两个小热电厂。孟总对李董事长说了上大热电项目的思路，他很重视，问道："U 总知道吗?"孟总答道："上次邢总和 U 总来看过，看到这两个热电厂容量太小，不可能利用'上大压小'政策上大热电，就不再提了。"他说："你先带战投办谋划着，待时机成熟时再说。"随后，大家一起去东风汽车公司参观"猛士"军用越野车，这个外形像悍马的越野车爬坡涉水能力超强，适宜在水电开发上使用，李董事长挺感兴趣。孟总对他说："我们在十堰搞水电开发能用上。"

在丹江口，李董事长观看了水库泄洪的壮观场面，从丹江口大坝到陶岔渠首参观了南水北调中线水源建设工地，考察了汉江集团旗下的丹江口水电站、王甫洲水电站、铝业公司等企业。李董事长对贺总说，他在清华

丹江口大坝泄洪 汉江集团刘铁军 摄

大学电机系学习时曾经在丹江口水电站实习，不知是否还能见到当年带他的万春师傅。贺总感到很意外也很高兴，对李董事长说，当年带他的万春师傅早已退休，还在丹江口，因患病卧床在家。李董事长随即赶到万师傅家中探望。

在南水北调中线工程渠首牵手　汉江集团刘铁军　摄

时隔 30 年，李董事长故地重游，还见到了当年带他实习的师傅，大家都十分感慨。直到这时，孟总才知道，李董事长和汉江集团还有这样的渊源，可以说他曾经是汉江集团的员工，他和贺总曾在同一个大单位，只是没碰面。直到这时，孟总才明白，为什么李董事长一开始不说他来过丹江口，一直要等到签约后才来这里。他可真沉得住气！他这样做是为了不影响其他领导表态，不让人非议，他没有把个人感情置于国家利益、公司利益之上。真令人钦佩！

19 日上午，汉江集团和京能集团在丹江口龙山宾馆召开了汉江水电开发公司增资扩股后的股东会，组织新的董事会、监事会和管理层。李董事长出席了会议并即席作了"源远流长、缘系桃李、精诚合作"的精彩讲话，他回顾了自己和汉江集团的缘分，将自己与汉江集团的关系比作师生情谊，讲述了京能集团发起与汉江集团合作的过程，高度评价京能集团与汉江集团合作的战略意义，希望在汉江流域水电开发合作的基础上扩展到更广的领域。

京能集团人事部主任王彦民宣读了股东会任命和推

荐名单。股东会决定新一届董事会由 7 人组成，来自汉江集团 4 人：姚树志、胡军、曾凡师、王仕民，其中姚树志任董事长，胡军任总经理；来自京能集团 3 人：孟玉明、唐鑫炳、冀立，孟玉明担任副董事长。新一届监事会由侯凯、陆淑萍、王传虎 3 人组成，京能集团计划财务部副经理侯凯担任监事会主席。根据胡总提名，聘任来自汉江集团的王仕民、井增虎、冉笃奎任副总经理，郭勇任董秘，来自京能集团京西热电公司的财务经理解建忠担任财务总监。

在会前，孟总不知道自己会出任新的汉江水电开发公司副董事长，以为自己在十堰水电开发项目上的工作该结束了，该交给 U 总了。他想，这个安排应该是李董事长和贺总商量的结果，当然也是对他这段工作的肯定。李董事长和贺总对双方合作有更多的期待，由孟总和唐鑫炳出任董事便于在京能集团董事会层面上推动与汉江集团在南水北调二期补水工程及汉江集团改制上更进一步的合作。李董事长对孟总说："后面还有许多工作要继续做，你要谨慎，项目投资建设上的事要和 U 总商量，他是分管领导，不要绕过他。"

在股东会结束后，紧接着召开了新一届汉江水电开发公司董事会第一次会议，在听取公司财务报告时，孟总发现京能集团对汉江水电开发公司增资的出资款还没有到账。他记得，6 月 22 日在武汉签署协议时规定：签约后半个月内京能集团对汉江水电开发公司增资的资本金到位。这都一个月了，怎么钱还没有到账呢？孟总问胡总怎么回事，胡总说不知道什么原因，他也不便催。孟总想："正式协议对双方都有法律约束性，一方不能按期履约应该提前告知对方，求得同意延期。我方没有按期履约也没有告知汉江集团，这可是影响我方信誉的大事，回去我得找 N 总问问。"

回到北京，孟总去找分管财务和投资计划的 N 总询问。N 总回答："汉江水电开发公司增资一事，没有列入年度投资计划，要调整年度投资计划才能拨付资本金。"孟总说："年度投资计划是年初做的，那时还没有十堰水电项目，不可能列入年度投资计划，今年的年度投资计划已经报给市国资委审批过了，不可能再做调整。"N 总说："那就明年再说吧。"孟总说："那可不行，潘口水电项目马上就要核准开工了，等着用钱呢。年度投资计划都列有准备金，就是应对超计划投资项目的，可以从准备金中列支。"N 总说："准备金也不是专门为十堰水电项目投资准备的，要动用准备金也要董事会开会，专门作出决议，才能执行。"孟总说："你为什么不早说呀？"

孟总不明白 N 总为什么要这样做。孟总觉得 N 总可能是不了解投资的事情。十堰水电项目搞得动静这么大，N 总确实也没怎么参与，这和京能集团性质有关，京能集团是实业性企业，不是财务型企业，财务通常站在后台。孟总觉得，问题的根源可能在这。

孟总对李董事长建议，考虑 N 总的意见，在下次董事会会议上专门加上对汉江水电开发公司增资的补充协议议案。还建议，今后董事会研究投资和经营管理事项时让 N 总列席。

7 月 25 日，集团董事会召开会议，通过了《关于集团参股汉江水电开发有限责任公司的补充议案》，同意"集团以 40%比例参股汉江水电开发公司，根据项目进展分期分批到位；同意汉江水电开发公司初始注册资本为 4 亿元，在两年内分期到位，第一期 2 亿元，我方出资为 8000 万元；同意从集团 2007 年投资计划准备金列支"。通过了《关于加快推进龙背湾水电项目的议案》，同意"我集团与汉江集团共同开发龙背湾水电项目，我集团股份占 60%，汉江集团股份占 40%；同意成立龙背湾水电项目公司，首期注册资本 1 亿元；同意在做好项目核准同时全面做好 2008 年开工建设准备工作；同意项目所需初始资本金从集团 2007 年预投资准备金中列支"。会议一结束，N 总就叫财务部把增资款打了过去。

孟总把董事会决定通知了胡总，准备成立龙背湾水电项目公司。相应地，京能集团要在十堰市成立水电项目筹备处，决定由战投办唐主任担任项目筹备处主任。这是李董事长和邢总商量的结果，以便工作推进。唐主任既对邢总和 U 总报告工作，也对李董事长和孟总报告工作。孟总对唐主任说："你辛苦了，战投办主任位置给你保留，由我替你兼着，战投办可任由你调用，等龙背湾项目核准开工了，你再回来。"汉江水电开发公司资本金到位了，现在最重要的事是全力以赴跑潘口水电项目核准。胡总说过，不能再拖了，如果 10 月份还开不了工，明年枯水期到来时就完不成截流，损失就大了。

孟总想起了李董事长要他去看望竹山县县委书记董永祥的事。孟总给董书记打电话说："李董事长去过竹山了，我们的出资已经到了，听沈县长说你到北京跑潘口项目核准，李董事长让我来看你。"次日上午，孟总来到国家发展改革委大院对面的贵阳饭店。说起来是个饭店，其实就是个小招待所，条件简陋，吃住都很便宜。董书记在那儿包了一个单间住下，屋里挺乱，拉了一根绳晾衣服，地上摆放着一箱方便面，为了省钱弄了个电热壶煮方便面吃。乍一看，还以为他是农民工。

　　孟总想董书记是县太爷，到京城受这罪不值呀，对他说："项目核准是我们业主的事，你不需要这样做。"他回答："我必须这样做，你来竹山时，我就说过，你们企业只管出钱，项目核准的事我们政府去跑，潘口水电项目核准开工了，我们竹山百姓脱贫就有希望了。"孟总说："你一个县委书记，有什么办法去说通国家发展改革委?"他说："我用诚意去打动他们。每天一早，国家发展改革委一开门，我就去主管水电项目审批的各个处室去扫地、擦桌子、打水沏茶。"孟总说："那你也应该住好、吃好呀，怎么着你也是个县太爷吧。"他说："竹山是国家级贫困县，能省一点是一点。"董书记的一番话，令孟总肃然起敬，京能集团去十堰、竹山投资是去对了地方、找对了人。孟总对董书记说："我去找李董事长，请他找北京市领导出面找国家发展改革委，早日核准潘口水电项目，你也早日回家。"

孟总回到公司把看望董书记的情况告诉了李董事长。李董事长非常感动，他说："我们投资的项目，怎么能让人家县委书记去跑呢？我还没有见过董书记，我要见见他，你告诉他，我要请他吃饭。"李董事长是个严格自律的人，专门请一个县委书记吃饭，即使是为了公务，也是头一次。李董事长要以这种方式向董书记致敬。孟总对李董事长说："您请董书记吃顿饭也解决不了潘口水电项目核准问题呀。"李董事长说："我去找在国家发展改革委投资司担任司长的学生王晓涛出面协调，他负责投资项目审批和上报发展改革委主任办公会。我还去找北京市政府领导、市发展改革委领导说潘口项目是南水北调中线水源保护工程，是湖北省最大的扶贫工程，也是事关北京市发展的项目，请他们出面找国家发展改革委。"后来，北京市政府、市发展改革委专为潘口项目核准给国家发展改革委发函，这是他们头一次为外省项目给国家发展改革委发函。

8月6日，从国家发展改革委能源局得到消息，能源局已经通过了潘口水电项目开工申请，报给了投资司，投资司已上报国家发展改革委办公厅列入2007年8月底召开的国家发展改革委163次主任办公会审议。按国家发展改革委投资项目审批流程，国家发展改革委在每月末都会召开委主任办公会审议各司局上报的投资项目，如果没有重大问题，将会在下一次委主任办公会上通过核准。潘口水电项目核准开工建设是板上钉钉的事了。在各方共同努力下，终于胜利在望。大家奔走相告，高兴得不得了。

次日，董书记便收拾行李赶回竹山了。此刻是县里最忙的时候，他得和沈县长布置启动移民搬迁安置，现在这是县委、县政府最重要的工作，尤其是坝前施工区的数千移民必须马上开始动迁，为施工腾出场地。数千人施工队伍、数百台施工设备正从全国各地赶来，将要进场开展作业，各项服务保障工作都要县里跟上。竹山县现在已是全省瞩目的地方，潘口水电站作为湖北省最大的扶贫项目和最大的在建水电项目，事关鄂西北秦巴山区脱贫和转型发展，成了省市当前工作的重中之重，省市领导排着队去竹山视察、检查潘口水电站开工各项准备工作。进入 8 月份，几乎每周来一位省领导调研，十堰市领导更是三天两头往竹山跑，现场办公解决问题。

8 月 12 日，京能集团和汉江集团在北京联合举办"南水北调中线大宁河补水工程可行性研讨会"。水利部、重庆市发展改革委、巫溪县政府、十堰市政府领导，以及来自清华大学、国家发展改革委能源所、中国国际工程咨询公司、长江勘测规划设计研究院、中南勘测设计研究院、重庆江河水利水电咨询中心、湖北省水利水电规划勘测设计院等单位学者专家参加了会议。最先提出大宁河剪刀峡筑坝提水方案的清华大学谷兆祺教授也被请来了。这是第一次由企业组织、官产学三方参加的南水北调工程研讨会，对京能集团参与和推动南水北调中线大宁河补水工程起了作用。正值潘口水电站即将核准之时，京能集团刚进入水电领域就取得了重大突破，在内部引起了轰动，大家情绪高涨，全体领导和各部室负责人都踊跃参会。

8 月 30 日，国家发展改革委主任办公会审议了潘口水电项目，安排能源局、农业经济司派专家组去竹山县对潘口水电项目进行实地考察调研。潘口水电项目核准在即，按李董事长要求，孟总和战投办工作重点转到推进南水北调中线大宁河补水方案和参与汉江集团增资改制，水电项目开发建设工作交给 U 总领导的电投部负责。

9 月 5 日，胡总电话要孟总转告李董事长："近日汉江集团提出引入战略投资者对汉江集团增资改制的申请得到水利部、长江委和湖北省国资委批复同意。因为汉江集团和京能集团合作开发十堰水电项目顺利，汉江集团希望只和京能集团谈；但长江委提出还要和三峡集团谈，已向三峡集团发出了邀请，三峡集团将考察汉江集团并了解与京能集团合作情况。"此前李董事长访问汉江集团时，贺总曾谈起此事。贺总想了解京能集团想法，希望尽快得到回应。李董事长要孟总和战投办赶快写出报告，对京能集团参与汉江集团改制的利弊进行分析，报告 J 书记及董事会决策。一周前，邢总病重住院，由李董事长代行总经理一职，一年多后邢总不幸去世。

J 是市里刚派到京能集团担任党委书记的，原是市领导。孟总没想到一个市领导会被派到京能集团，更没想到他会成为自己的直接领导。李董事长、商副董事长、邢总都是同年生人，到明年年底都将退休。孟总想，市里派 J 书记过来应该和明年年底集团主要领导退休换班有关系，说明市里对京能集团很重视。电力能源行业是国家规划审批项目、大国企云集的领域，有 J 这个副省部级领导坐镇，今后京能集团在与五大电力央企竞争时不再低人一头。大家热烈欢迎 J 书记的到来，期待着他带领京能集团再上新台阶。

J 书记看见孟总点了点头，看来还记得他。孟在参加 2001 年秋季北京市局级领导干部全球公开选拔时见过 J，当时他主持公开选拔工作，孟在被选上后是他找孟作任职谈话的。当时他盯着孟，一字一顿地说："你是一个异数。"孟一听，吓了一跳。孟想：我是一个在大学就入党、根红苗正的老党员了，现在说我是异数，这是啥意思？他看孟有些紧张的样子，赶快解释道："你不要误会，我是说你的经历很广，在国内天南海北干过多个行业，还在美国留学工作过，像你这样经历的在我党的干部队伍里很少见。当然现在改革开放，你这样经历的，我们也很欢迎。你们这批人是当代的状元，通过公开考试就走上了局级领导岗位，古代考上状元也不过授七品县令，你要珍惜这个机会，发挥聪明才智，为党和人民的事业作出贡献。"孟说："我能有今天，离不开党和人民培养，我从美国留学回来，就是为了报效国家和人民，感谢党给我的机会，我一定努力工作，决不辜负党和人民的期望。"

J书记来了，大家都挺关心未来谁当董事长、总经理。孟总希望李董事长能接着干3年，这样比较稳妥，对京能集团在南水北调中线水源区与汉江集团的合作也更好一些。但J书记来了。虽然他目前只是党委书记，但是国企党委管干部，要参与重大事项决策，所以凡是要上董事会决定的事，也要事先报给党委研究同意才行。

关于汉江集团增资改制，孟总认为：京能集团已经和汉江集团投资合作了，如果三峡集团进入汉江集团，现有汉江流域水电项目合作有可能终止，京能集团依托汉江集团和长江委进入长江流域水电开发和南水北调中线补水工程的构想就会落空。汉江集团现有拟建、在建和运营水电站，南水北调中线水源地丹江口水库和南水北调中线水源公司，电解铝生产线等资产、资源对促进京能集团发展都很宝贵，因此京能集团应该积极参与汉江集团增资改制。

9月19日，孟总向李董事长汇报关于京能集团参与汉江集团增资改制的利弊分析和对策建议。此前也向J书记、商副董事长作了汇报，他们都表示赞成。李董事长要孟总转告汉江集团贺总："我们想做，但事情不会很快，需要双方共同努力。"李董事长将分析报告批示转发各位董事和N总阅，决定在国庆节后开董事会战略与投资决策委员会会议研究此事。随后，孟总又与汉江集团负责战略引资改制工作的何晓东副总经理多次通话，就汉江集团与丹江口水利枢纽管理局的关系，学校、医院、公安局等社会公益职能剥离，新旧大坝资产归属、水电项目中政府公益性出资性质、京能集团在汉江集团层面和项目层面同时出资的调整、适用的资产评估方法等问题交流意见。

9月25日是中秋节，当天上午国家发展改革委召开主任办公会，核准了潘口水电项目开工。从1966年长江委首次规划汉江堵河流域开发，中间几上几下，历经40

余年的潘口水电项目终于核准开工了，此时就像中秋节的明月终于圆满。想起多年来为此不遗余力、奔走呼号的人们，想起为此在北京待了两个月的竹山县委董书记，他们的付出终于修成正果。潘口水电项目是南水北调中线水源区最大的未建水电项目、湖北省最大的扶贫工程。潘口水电项目开工为全面开发汉江堵河流域水电资源、加强南水北调中线水源保护、恢复生态、摆脱贫困，也为推进南水北调大宁河引江济汉工程方案、启动十堰市大热电项目、参与汉江集团改制奠定了基础。

第五章

首战告捷，马到成功！来得早，不如赶得巧，京能集团来到十堰与汉江集团合作才 3 个月，潘口水电项目就核准了，这让湖北省政府、十堰市政府看到了京能集团强大的实力、信誉和影响力。

再过几天就要放国庆节长假了，孟总觉得应该趁热打铁、抓住时机启动十堰市大热电项目。孟总马上给李副市长打电话告诉他，今天上午国家发展改革委主任办公会核准了潘口水电站开工建设，过两天会正式签发核准通知。李副市长为十堰水电开发呕心沥血很多年，得知装机规模最大的潘口水电站核准了，高兴极了。孟总对李副市长说："潘口水电站核准开工建设了，紧接着小漩、龙背湾水电站也将核准开工建设，十堰的水电发电量会更大，冬季水电出力下降对电网冲击也更大，现在上大热电项目的时机成熟了。我们就以冬季需要就地平衡解决水电出力下降引起的电力短缺和电网安全问题、满足十堰城区发展经济和改善民生的热能需求为由，向省发展改革委再次提出在十堰城区上大热电项目的想法。"李副市长说："国庆节期间，我跑一趟省发展改革委。"

10月10日，李副市长给孟总打电话说："我找了省发展改革委领导，潘口水电项目核准开工建设，他们对京能集团印象很好，你们提出在十堰城区上大热电项目的理由，他们认可。还说你们真有眼光，整个鄂西北就没有一家大火电厂，大家都忽视了，让你们京能集团发现了。现在十堰水电比例越来越高，发展经济、改善民生对热能的需求越来越大，确实需要上一个大热电项目，而且国家正在规划建设北煤南运大通道——蒙华铁路(后来称浩吉铁路)，襄渝铁路复线正在建设，煤炭供应运输不成问题。要我们市发展改革委尽快拿出方案，以就地平衡冬季水电出力下降、保障电网安全和满足城区生产生活热能需要为由，正式上报省发展改革委，争取列入省'十一五'电力能源发展计划。"孟总说："太好了，13日我去十堰开会讨论潘口水电站开工典礼安排，我们见面谈。"

孟总把李副市长的话告诉了李董事长，李董事长搓着双手兴奋地说："好事成双呀！我们将在十堰水火交融发展，你带战投办立即去十堰考察大热电项目选址，完成投资机会调研报告。告诉陈市长，就在潘口水电站开工仪式当天与十堰市政府签建设大热电项目意向书。"所有的事情都在朝着李董事长预期的方向走，"无中生有"的大热电项目带给京能集团一个更大的惊喜，整个集团都嗨了。

10月12日，京能集团董事会战略与投资决策委员会开会研究了参与汉江集团增资改制方案。因为这段时间京能集团和汉江集团合作取得累累成果，尤其是获得了十堰市大热电项目，没有人再反对或怀疑京能集团进入十堰与汉江集团合作，对参与汉江集团增资改制、建立更紧密合作关系一事，大家都表示赞同。会议决议提出："在投资回报不低于 8% 前提下，出资比例 50%：50%，我方并表，长江委控股；如果不成，我方只出资 34%，保留否决权。"会后，孟总将上述意见转告汉江集团贺总。贺总表示，他们能够理解京能集团的想法，他们要向长江委汇报，争取长江委同意。贺总听孟总说在十堰搞到了大热电项目，挺高兴。他觉得，京能集团有了最想做的大热电项目，京能集团在十堰与汉江集团的合作就更稳固了。

10 月 13 日，孟总带唐主任、冀立、梁江去竹溪县考察民企宏林集团投资的鄂坪水电站（位于堵河西支流汇湾河上，总装机容量 11.4 万千瓦，已建成 75%），已停工两年，竹溪县政府希望京能集团接手该水电站以及上游镇坪（13 万千瓦）、白果坪（2.6 万千瓦）两个水电站。竹溪县位于竹山县西部，堵河西源支流贯穿全县，潘口和龙背湾电站部分淹没区在竹溪县，占全部移民总数的近三分之一。竹溪县人民为堵河水电开发和一江清水送北京也作出了巨大牺牲和贡献。孟总一行去现场察看后，觉得这三个水电站已经建成或接近完工，坝体内部工程质量无法查验，风险太大，决定放弃。

10月14日上午，在竹山召开汉江水电开发公司年度第二次董事会会议，由姚总主持，会上研究了潘口开工典礼方案，确定10月28日举行典礼。会议提出：要突出宣传汉江集团和京能集团合作，邀请陕西安康、重庆巫溪领导观礼，借机推动白河水电站和大宁河剪刀峡补水工程。会后，孟总去见董书记、沈县长，两人高兴坏了，潘口水电站终于开工了，县里正在全力以赴做开工典礼准备工作。他俩对孟总说："不知道怎么感谢你了，你这一趟趟往竹山跑挺辛苦的，你说你有啥事需要我们帮忙，我们一定帮你做。"孟总说："不用客气，我为北京市和京能集团工作，是我应该做的，你们为一江清水送北京作出了巨大牺牲和贡献，应该感谢你们才是。"

他俩坚持一定要为孟总做件事，以表谢意。孟总想了想，前些天从老家请的小保姆又走了，太太问他能不能在竹山找一个。他当时觉得这样做不合适，担心别人议论。太太觉得他小题大做了，又不是不给工钱，孩子小需要找个可靠的保姆看护，他和竹山县领导熟，能找一个可靠的保姆。想到这里，孟总对他俩说："我有个小姑娘，5岁了，还在上幼儿园，前些天，从老家请的小保姆走了，能否帮我在竹山找个小保姆，我付工资，就是人要可靠。"他俩一听，立即告诉县办同志去办。这儿的人真是实诚，你要是帮了他们，他们一定会想法帮你、报答你。

10月15日上午，孟总到十堰城区见陈市长、李副市长通报潘口水电站开工典礼安排，然后一起听市发展改革委汇报关于十堰建设120万千瓦热电厂方案。此前拿去白河水电项目开发权的中广核也想做大热电项目，中广核是建设广东深圳大亚湾核电站的央企，正在湖北省开发核电项目，和省里熟。陈市长当场拍板："十堰大热电项目是京能集团策划出来的，应该由京能集团做，而且京能集团擅长做热电项目。成立由李副市长挂帅、市发展改革委李主任和京能集团汉江水电筹备处唐主任参加的联合工作专班，立即开展项目前期调研考察，完成项目投资机会报告，借10月28日潘口水电站开工典礼签署意向书，双方共同努力推动项目早日纳入规划，早日核准开工。"下午，孟总和唐主任去市发展改革委磋商工作细节。

10 月 16 日、17 日，孟总和李副市长、市发展改革委李主任、唐主任、张玉林、梁江、葛青峰及市发展改革委相关人员共同对十堰市建设热电项目的必要性、建设条件、投资环境和拟建厂址进行实地考察研究。张玉林、葛青峰是从集团内部选调到战投办工作的，两人是电力工程专业博士、高级工程师，选调两人到战投办为的是加强重大电力投资项目研究和策划。孟总一行考察了市发展改革委推荐的十堰市热电厂、堵河黄龙滩、张湾工业园区等三个厂址，最后确定选址在张湾工业园区内。张湾工业园区规划用地总面积 1 万亩，拟建厂址位于城区西部，离市中心较近，面积大，地形开阔，头堰水库在其附近，适合建设大热电机组，未来还有扩展空间。

在调研中，孟总一行尤其关注建设大热电项目在提高地区环境质量方面的作用。因为十堰是南水北调中线水源区，对污染排放要求特别严，大热电项目必须符合国家节能减排要求，必须能够进一步提高地区环境质量，否则难以通过国家核准。2006 年，十堰市热电厂排放二氧化硫 1536 吨，东风汽车热电厂排放二氧化硫 5900 吨，占全市二氧化硫排放量的 29%。大热电项目采用现代化高参数大容量热电机组，配套建设脱硫脱硝装置，可替代掉现有两个小热电厂和大量燃煤小锅炉，能够大大减少煤耗和污染物排放；十堰市已建成 3 座污水处理厂，国家批复新建 11 座污水处理厂。现在处理后达标的水全部排入河道，最终流入丹江口水库。大热电项目将使用城市中水发电供热，每年可消纳城市中水 1200 万吨，废水零排放，不再流入丹江口水库，不仅节约水资源，还减少对水源的污染。

10 月 21 日，京能集团战投办与十堰市发展改革委共同完成了《十堰市大热电项目投资机会调研报告》。报告建议：京能集团独资在张湾工业园区新建 120 万千瓦热电项目，按照一次规划、分期建设的方式实施，项目一期工程建设 2 台 30 万千瓦热电机组；由十堰市政府出面按照国家有关政策关停现有两个小热电厂、安置员工；京能集团收购原两个小热电厂的供热管网资产。看了报告，李董事长决定叫上 U 总提前一天来十堰城区考察大热电厂址环境和建厂条件。

10 月 27 日，李董事长仔细考察了十堰市热电厂、黄龙滩和张湾工业园区等 3 处拟建厂址环境和建厂条件，对热电负荷、热价、电价、送出条件、水源和燃料供应等相关问题做了深入调研。U 总没有参加当天的大热电项目考察调研。27 日深夜，U 总赶到了竹山宾馆。

10 月 28 日上午 10 时 28 分，礼炮轰鸣，潘口水电站开工典礼开始。水利部、湖北省、十堰市、汉江集团、京能集团、竹山县、竹溪县领导还有金融机构、媒体及群众代表上万人参加了典礼，共同见证这激动人心的历史时刻。会场里排满了施工队伍，周边停满了施工机械，插满了汉江集团和京能集团旗帜，会场外漫山遍野站满了村民，开工后他们将搬迁到新村镇。孟总头一次参加这么盛大的开工典礼。李董事长在开工典礼上讲话，他说："我参加过很多个开工典礼，都没有这么大的场面，我第一次面对漫山遍野成千上万的群众，我深切感受到库区百姓对潘口水电站、对我们的关注和期待。潘口水电站建设对库区百姓是扶贫工程，对北京人民是水源保护工程，我们来到竹山和汉江集团合作开发堵河流域水电资源，既是为了一江清水送北京，更是为了帮助这里的百姓摆脱贫困。我们到这里投资是做了一件很有意义的事，以此为开端，北京人民将和竹山、十堰人民手牵手共同创造美好的新生活。"

来源：竹山县

　　10 月 28 日下午，京能集团与十堰市热电合作项目签约仪式在竹山县举行。十堰市委书记赵斌出席签约仪式并讲话。李董事长与陈市长共同在协议书上签字。U 总、N 总和孟总还有湖北省、十堰市和竹山县有关领导出席了签字仪式。仪式由李副市长主持，签字那一刻他禁不住热泪盈眶。根据协议：京能集团将与十堰市共同合作开发 120 万千瓦燃煤热电联产项目，主要满足十堰市社会经济发展和城区居民日益增长的供热需要，改善城市的大气环境，同时减少因冬季水电出力下降对电网运行安全的影响。该项目由京能集团独资建设，按照"一次规划、分期建设"方式实施，一期工程规划建设2台30万千瓦燃煤供热机组。为加大项目推进力度，双方同意建立协调机制，组成工作组，具体落实协议事项，共同努力，争取项目早日纳入规划、早日获得核准、早日开工建设。

芮智敏　摄　来源:《十堰日报》

十堰市委书记赵斌高度赞扬京能集团与汉江集团合作推动了十堰水电资源开发和潘口水电站核准，充分肯定了京能集团的战略眼光、实力和信用，希望双方建立长期的战略合作伙伴关系，真诚合作、优势互补、互利共赢、共同发展。他表示，十堰大热电项目将在改善市民生活、促进城区经济繁荣发展上发挥重要作用；十堰市委、市政府将尽最大努力，最大限度地争取大热电项目享受国家及地方的各项优惠政策，创造最优良的环境，促进项目顺利进行。

李董事长指出："十堰大热电项目是国家上大压小、热电联产、节能减排、循环经济政策鼓励的项目，当地有需求、具备建设条件、省市政府支持，容易得到核准。当地水电比重过高，也需要有一个大型热电项目满足枯水期的热电需求。京能集团在一个区域发展、追求集中连片开发效应，十堰市及其周边省区是能源资源富集地区，由于京能集团参与十堰水电项目开发又带出了大热电项目开发，将形成京能集团在这一地区水火交融、协同发展的态势，这一地区将会是京能集团未来发展的重要基地和业务增长点。下一步我们将参与汉江集团战略重组，携手实施引江济汉大宁河龙背湾补水工程，全面开发汉江流域风光水绿色能源，伴随堵河梯级水电建设开发周边丰富的旅游资源。"李董事长还表态，"如果我们在十堰投资取得了盈利，我们将把盈利留在十堰、继续支持十堰发展。"

10月28日这天是十堰市、竹山县的高光时刻，也是赵书记、陈市长、李副市长、董书记、沈县长的高光时刻，当然也是汉江集团、京能集团的高光时刻：上午一场省内最大的水电站、最大的扶贫工程开工仪式；下午一场省内最大的城区热电项目签约仪式，贵宾云集，万众瞩目，全省关注，十堰站到了加速发展的新起点上。潘口水电站开工和十堰大热电项目签约是影响十堰经济社会发展进程的重大事件，而且这是京能集团作为北京市属国有企业，饮水思源，主动来和汉江集团合作帮助水源区发展经济、摆脱贫困而发生的结果，值得称道。李董事长还当众表扬了孟总反应快、抓住了商机，说他有隔山打牛的本事。谁都没有料到，当初一条报纸新闻报道牵出了一连串项目，而且越来越多。李董事长很少当众表扬人，受到李董事长公开表扬，孟总很高兴。

当日下午，京能集团和汉江集团还与参加典礼的湖北省金融界、重庆市巫溪县、陕西省安康市领导分别座谈，效果很好。因为京能集团与汉江集团联手开发建设水电项目，各家银行都争着提供贷款。工商银行十堰市分行买了一堆梅洁女士所作的《大江北去》作为礼物送给来宾，在扉页上写着"了解古老厚重的鄂西北，感悟博大精深的鄂西北，建设美丽丰饶的鄂西北。播滔滔堵河之恩，传无量汉水之德。十堰市工商银行向开发汉江流域丰富水能资源的建设者们致以崇高的敬意！"孟总心想："这只是开始，等所有项目建成、南水北调中线通水、水源区百姓过上富裕生活时，我将写一本《我们从北京来》，献给为一江清水北送作出牺牲和贡献的人们。"

10 月 29 日一早，李董事长一行离开了竹山县城，他们要去实地考察库区移民安置、堵河源头、神农架林区的环境与旅游资源情况，从神农架到武当山，然后回北京。李董事长还有个更大愿景：结合堵河梯级水电建设实施引江济汉大宁河补水工程，开发周边丰富的旅游资源。此前他在十堰大热电项目签约仪式上说过，京能集团在一个区域发展追求集中连片开发效应。这既是京能集团的发展战略，也是竞争策略。京能集团"电力能源为主、适度多元、产融结合、协同发展"的发展战略强调业务多元化，不搞单打独斗，在一个地区集中力量发挥协同竞争优势，这是京能集团保留多元化业务的目的，是到外地与业务单一的央企电力集团竞争的法宝。

他们先到了潘口库区距离大坝上游 3 公里的田家坝新镇建设工地，负责移民搬迁安置工作的副县长夏树应和县移民局局长陈应洲介绍移民搬迁安置和田家坝新镇规划建设情况。建水电站花钱最多、最难做的是移民搬迁安置，涉及成千上万百姓生计，弄不好就会发生群体性事件。竹山县采取"就地安置、有土安置、集中建设新村镇"的政策，田家坝镇将搬迁到附近山坡上的黄金梁子，今后主要发展旅游观光业。因为田家坝曾是古庸国都城上庸所在地，搬迁后更名"上庸镇"，水库蓄水后田家坝将淹没成大湖，取名"圣水湖"，田家坝的古建文物都将搬迁到黄金梁子复建，这里将成为历史文化旅游胜地，从这里到县城将建设 17 公里长的双向 4 车道一级公路。

孟总对黄州会馆里的那棵千年丹桂挺上心，上次李董事长来时，孟总特意提到千年丹桂。李董事长说："给县里说一定要保留下来，北京市内修路，遇到一棵百年歪脖老槐树都要绕道走，这可是千年丹桂呀。"孟总说："这要花不少钱，县里穷，有点舍不得，我给沈县长说过。要不然，我们把树移到北京奥林匹克森林公园，现在各地都在给北京奥运会献礼呢。"李董事长说："如果县里出不了钱，我们出，还是就地移栽好，和黄州会馆一起搬，弄到北京恐怕活不了。"

　　这次见到夏副县长，孟总专门问起，夏副县长说："千年丹桂和黄州会馆，还有三盛院，我们都要搬上来在这复建成旅游景点，你看规划图上新镇里有丹桂路、黄州路、三盛路。"孟总说："之前听说移栽千年丹桂，因花钱太多，县里不想搬。"他说："不搬不行。前些时，武汉大学的周老教授，八十多了，弓着腰，走路都打晃，来这考察库区文物保护，专门提到这棵丹桂，说这是老祖宗留下的东西，是宝贝，指着我的鼻子骂我，要是不搬，要是它死了，我就是中华民族的不肖子孙，就是中华民族的败类、罪人。我怕老教授激动得一口气上不来，

192

赶紧点头哈腰地答应他——我搬，我一定搬。"大家看他惟妙惟肖地模仿比画着，都笑起来了。夏副县长说话风趣，他分管的移民搬迁安置工作任务繁重、难度很大，他和县移民局局长陈应洲做得很出色，举行了全国首例水电建设移民搬迁安置听证会，提前完成了移民搬迁安置任务，没有发生群体性事件，没有影响电站建设。李董事长还着重了解了学校的规划设计情况，他关心孩子们上学，说下次来，一定要看学校建得怎么样。

李董事长一行中午到了官渡镇，年轻的镇长龚世华出来迎接，介绍情况。堵河从这之上叫官渡河，潘口水库的尾水能到这里，官渡镇也要往高处搬迁。龚镇长介绍，镇上有家私人开办的民俗博物馆，收藏了许多山里百姓日常用的老物件，镇政府给予了支持。李董事长来自东北山村，对这感兴趣，带着大家进去参观。馆主人说，他收藏这些不是为了营利，是为了保存过去山民生活的记忆。因为这里交通不便，传统的东西得以保留了一些，随着水电开发，这里也将告别传统，过上现代化的生活，因为搬迁新居，很多老物件都被扔掉了。一些民间有识之士来到深山，收藏因建新房或移民搬迁扔掉的老物件，这为传承乡土民俗文化做了好事。

吃过午饭，他们继续前往堵河源头、神农架大九湖。路过龙背湾时，车停了下来，一些同志头一次来，李董事长特意让大家好好看看龙背湾的风采，将来水电站建成后，龙背湾将是新的模样。李董事长还嘱咐孟总叫集团党委宣传部苑春阳专程来龙背湾拍照，在集团内刊《京能通讯》的封面上刊登。《京能通讯》是集团成立时李董事长提议创立的内部文宣刊物，他兼任编委会主任，孟总兼任总编辑，创刊号上刊登了李董事长诗作："丈夫兼贵济，岂独善一身？安得万里裘，盖覆周四垠。温暖皆如我，天下无寒人。"孟总想起李董事长的这首诗，觉得这个从偏远贫困大山里走出来的农家子弟是带着这样的情怀和愿景来到这里的。

此刻，望着风平浪静的龙背湾，李董事长很开心，呈现出一个勇士历经苦战终于取得胜利时才会有的样子。五年前，李董事长来到这个曾经蛰伏京城、人少钱多、靠放贷收息为生、没有一家控股电厂的电力投资企业。这是他职业生涯的最后一站，他本可以在这个躺着挣钱的企业里舒舒服服地待到退休。但是，他不这么想，他觉得国有企业应该积极进取，主动承担国家赋予的责任。他说服领导层改变思想观念，转变投资经营模式，招揽人才提升控股经营能力，借力国资改革推动企业合并重组、做大做强，借力西电东输北上晋蒙建火电站送电到北京，如今又借力南水北调挥师南下鄂西北在中线水源区建设水电站送水到北京。他忍住疾病折磨，冷对各种诘难，排除重重阻力，把企业带到了更广阔的天地、更高远的境界。他有充分的理由开心，在取得一连串胜利后，在即将退休之际又抓住了建设水电的最后也是最好的机会。他不会料到，在他退休后龙背湾会再起波澜，这到手的最后、最好的机会还是被放弃了。

李董事长一行继续前行到柳林乡白河口，龙背湾水电站建成后这里也将淹没，从龙背湾到神农架大九湖都属于堵河源自然保护区，这里是南水北调中线水源涵养地。从柳林乡白河口走 S282 公路沿洪坪河往上，就是神农架大九湖。洪坪河上因建有多座引水式水电站，导致河道一段段干涸。前些年全国各地大量投资建设引水式小电站，使河流断流，严重破坏生态。国家发现了这个问题，不再允许修建引水式小电站，已建的也要逐渐拆除。

从柳林乡到神农架大九湖这一段路路况很差，柳林乡党委书记袁平安在前面开车给李董事长一行带路。过了洪坪村，全是土石路，而且坡陡弯急，雨天难以通行。刚下过雨，车轮打滑，几次下车去推。到了顺水坪村天生桥，这儿是洪坪河尽头，有水从崖下喷涌而出，这是地下暗河的出水孔，与神农架大九湖的落水孔相通。

车子再往上开，海拔已在 1500 米以上。上次孟总来是 5 月初，山坡上开满了高山杜鹃花，高山杜鹃树形高大，一树的花朵，绯红的、粉红的、乳白的、鹅黄的，绵延十几里，如同彩云，一直到竹山垭。这次来已近深秋，春天鲜艳的花朵换成了秋天斑斓的彩叶。

他们翻过 2000 米高的竹山垭，看见一个狭长的盆地，这是一块长约 10 公里、宽约 3 公里、四周高山围挡、面积 20 多平方公里的高山湿地平川，盆地里有九个湖泊，这就是神农架大九湖。这里海拔 1700 多米，周边山峰海拔 2700 多米，山上茂密的森林涵养着周边水源。水从周边九道山梁的林子里流出，形成九条小溪，流到九个湖里。一山之隔的小九湖面积 5000 亩，一条小溪串着九个小湖泊。大小九湖的水通过 72 个落水孔进入地下暗河，穿过竹山垭从顺水坪天生桥出水口涌出。他们来到一处落水孔察看，湖水打着漩涡流下去，当地老乡说曾经有牛被吸进去过。盆地边有个小村子，有炊烟袅袅，有农田菜地果园，有牛群在草地上漫步，有野猪和鹿在山边林子出没，一幅田园牧歌的景象。传说唐时薛仁贵后裔薛刚反武则天逃到这里，始有人烟，至今还留有一

大九湖秋色　来源：神农架文旅

大九湖落水孔（通向堵河）　来源：神农架文旅

些遗迹。大九湖西通重庆，北通陕西，南达巴东与长江三峡相接。因为路道不好，外人少来，虽然有伐木垦荒，还是保留了不少原始风貌。

李董事长说："这里可是世外桃源，大家可要好好看看。"神农架林区以原始、神秘闻名于世，区内山高谷深，林木茂密，地貌复杂多样，气候复杂多变，生物种类丰富，四季景色迷人。神农架独特的自然环境、人文历史，造就了极其丰富、珍贵的自然和人文景观。这儿是国家级自然保护区，国家5A级景区，有华中地区唯一的原始森林，有金丝猴、珙桐树等一级珍稀动植物，生物多样性冠绝全球。一旦列入世界自然遗产，这儿一定会成为旅游热点。

孟总对李董事长说："神农架大九湖和堵河源保护区相连，是堵河南源头，大九湖的水通过堵河流向丹江口、流向北京，我们也应该把投资延伸到这里，在保护水源的同时做旅游开发。可借堵河梯级水电站建设改善竹山通往大九湖的公路，在大九湖建设观景步道、旅舍，和神农架林区公路相连，一直通到房县、武当山、丹江口，形成'丹江口—竹山—大九湖—神农架—房县—武当山—丹江口'环山旅游大通道，与丹江口水库环湖旅游大通道一起构成"8"字形旅游大回廊，发展旅游、文化、运动娱乐、休闲康养产业。"李董事长说："这都取决于龙背湾水电站。"他的意思是要等龙背湾水电站开工后才能去改建通往大九湖的道路。龙背湾到大九湖有50多公里。龙背湾水库蓄水后，水库回水到洪坪村，这一段20多公里公路将淹没，由电站业主出资抬高改线复建公路。从洪坪村到大九湖还有30多公里，需要政府出钱建设，投资不会小。N总说："这儿没有接待游客的宾馆，我们可以建一个，就叫'北京客栈'。"

大九湖人烟稀少，没有吃饭住宿的地方，他们只得趁天还亮着继续赶路。车子出大九湖走G347公路，盘山攀高1000多米，到了太子垭进入神农顶景区，公路上到2700多米高的山脊上。这儿位于神农架西南部，面积106万亩，内有海拔3000米以上的六座山峰共同构成了"华中屋脊"，是长江和汉江的分水岭，起着保护环境、净化空气、保持水土等重要作用，一路上主要景点有太子垭、板壁岩、神农顶瞭望塔、神农谷、金猴岭、小龙潭、大龙潭等。

到了神农顶板壁岩，这里海拔2700多米，山顶上长满低矮箭竹，矗立着许多片状的嶙峋怪石，阴森森的，传说经常有野人出没。你能想象吗？从板壁岩中飘出一团浓雾，裹着野人，伴随着风吹箭竹丛发出的嗖嗖声，从你眼前一闪而过，消失在坡下原始森林里。继续往前就是神农顶瞭望塔，神农顶海拔 3106 米，是神农架最高峰，瞭望塔是为观察、发现森林火情而建的，这儿是游客能够到达的最高处。神农架的气候随海拔每上升 100 米，气温降低 1℃ 左右，季节相差 3~4 天，山上山下气温能差出一个季节。如果说在竹山还是初秋，到大九湖已是深秋，而神农顶刚入初冬，已见霜雪。

神农顶下是神农谷，有大片树龄数百年的原始冷杉林，树上挂满了淡绿色、长丝绒状的松萝。松萝只在空气纯净湿润的环境中才能生长，有松萝的地方空气负氧离子含量高，空气质量优。负氧离子被誉为"空气维生素"和"长寿素"。这里的负氧离子数达到每立方厘米 50000 个，远超世界卫生组织界定的每立方厘米 1000~1500 个的清新空气标准。整个鄂西北森林覆盖，空气质量比北京好多了，来到这里能感觉到空气的清新和丝丝甜润。孟总心想，这儿的清新空气要是也能送到北京就更好了。天黑时，他们住到了小龙潭政府招待所，林区领导介绍了神农架林区历史沿革、生态保护和旅游开发情况。

神农架是位于鄂西北长江、汉水之间一片群峰耸立的高大山地，是中国地势第二阶梯东部边缘上大巴山脉东延的余脉，由西南向东北逐渐降低，平均海拔1700米。神农架由房县、兴山、巴东三县边缘地带组成。1970年5月，国务院批准划出房县、兴山、巴东三县部分区域成立县级神农架林区，是中国唯一以"林区"命名的行政区，由湖北省直辖，面积3253平方公里，林地占88%，人口近8万。其间，曾有10年时间归原郧阳地区管辖，和今日十堰市关系密切。

"神农架"名称最早见于清代方志，因中华民族始祖炎帝神农氏架木为梯、攀岩采药而得名。神农架地处温带和亚热带过渡带上，植物种类极其丰富，其地理气候环境非常适宜药材生长，是天然药园，有药用植物1800多种，尤以被称为神农四宝的"江边一碗水、头顶一颗珠、文王一支笔、七叶一枝花"最为著名。炎帝神农氏寻找为民治病的草药来到这里，采得良药365种，著就了《神农本草经》，其中的中华国饮——茶叶就是他发现的。炎帝后因遍尝百草，中毒身亡在此驾鹤升天，后人缅怀其恩德便将这里称作神农架。南方炎帝神农氏的《神农本草经》以医药为主，北方黄帝轩辕氏的《黄帝内经》以医术为主，两者结合有了中医学，保护华夏民族繁衍兴旺了五千年，因其功绩并称始祖，后人则自称炎黄子孙。

神农架特定的地质背景、地理位置和气候条件，融众多地质、地貌景观于一山。完整的前寒武系、典型的断穹构造、第四纪冰川遗迹、2000 米以上的剥夷面、高山湿地草甸、峡谷、河流、瀑布、暗河、泉水、石林、溶洞等等，构成神农架独特的地质奇观。除了沙漠、冰川，几乎各种地貌景观都可以见到。神农架地处北亚热带湿润季风区，受大气环流控制，气温偏凉且多雨，随海拔的升高年降水量由低到高依次分布为 800～2500 毫米，依次迭现亚热带、暖温带、中温带、寒温带等多种气候类型，温度从夏季最高 37℃ 至冬季最低零下 20℃，立体气候明显、时空变化大，有"六月雪，十月霜，一日有四季，五里不同天"之说。如果在不同季节多住几日，就能看到阴晴不定、风云变幻、气象万千的景致。

神农架具有北半球中纬度地区唯一保持完好的亚热带、温带森林生态系统，拥有丰富的动植物资源，为3000多种植物、1000多种动物提供了良好的栖息环境。神农架国家级自然保护区森林覆盖率达98%，随海拔高度上升，依次有常绿阔叶林、常绿落叶阔叶混交林、落叶阔叶林、针叶阔叶混交林、针叶林、灌木丛、箭竹和高山草甸等多种植被类型，囊括了从亚热带到寒温带主要植被类型。

神农架林区古老漫长的地理变迁和相对封闭的自然环境，是古老孑遗树种与珍稀濒危动植物的生息繁衍地和庇护所，有76种国家重点保护植物、73种国家重点保护动物，此外还发现了30多种白化动物。到神农架旅游观光看动植物的话，国家一级保护植物珙桐和国家一级保护动物金丝猴最值得一看。珙桐开花时，两片白色苞叶展开如同白鸽展翅，非常漂亮，又称鸽子花树。珙桐极为稀有，因为开一千朵花才结一个果，还要休眠三年才能发芽，自然繁殖成功概率如同中彩票。珙桐的化石在欧洲古地层中也有发现，但珙桐孑遗群落仅在中国湖北、四川、贵州等几个地方的深山里有。

盛开的珙桐花像白鸽展翅　来源：神农架文旅

神农架林区因林而建、因林而兴、以林命名，是保护长江三峡水库、南水北调中线工程丹江口水库的绿色屏障和水源涵养地，生态地位极其重要。神农架林区政府的主要职能是生态林业保护和管理。自从神农架林区设立后，逐渐停止森林砍伐活动，逐步加强森林生态和野生动物保护。1982 年 3 月省级神农架林区自然保护区设立，1986 年升格为国家级森林和野生动物类型自然保护区。如果说丹江口水库是蓄水池，神农架林区就是水塔，大九湖就是聚水盆。为了涵养水源，2003 年 12 月神农架林区开始退田还湖、恢复植被、规划建设大九湖湿地公园；2006 年 9 月国家林业局批准建立神农架大九湖国家湿地公园。

神农架林区与周边地区的合作主要是旅游项目，与周边城市开展合作，推动鄂西生态旅游圈建设。目前主要通往周边城市的交通基础设施短缺，旅游接待服务能力不足。湖北省正在搞鄂西生态文化旅游圈规划建设。这个规划以省会武汉为中心，建设环"一江两山"交通沿线生态景观工程，形成"武汉—武当山—神农架—长江三峡—武汉"交通沿线 1139 公里的风景廊道。孟总关注的是以十堰市丹江口为中心节点的"8"字形环丹江口水库和环竹山、神农架、武当山的旅游观光走廊建设，这是京能集团投资开发旅游资源可以覆盖到的区域。关键是改善十堰市区至竹山县城、竹山县城沿堵河至神农架大九湖的通行条件，这需要政府大量投资。

10 月 30 日上午，李董事长一行去了大龙潭金丝猴野外研究基地。大龙潭海拔 2300 米，和附近的小龙潭、金猴岭都是神农架金丝猴自然栖息地。在这里可以看见野外金丝猴群在林中跳跃。金丝猴因鼻孔朝天又名仰鼻猴，是中国特有的珍稀灵长类动物，也是世界上能与大熊猫并列的最漂亮和最珍贵的动物之一。金丝猴还能在雪地里直立行走，在神农架及房县传说的野人有可能就是直立行走的金丝猴。得益于严格保护，这儿的金丝猴数量稳步增长，见到保护站的人不躲避，它们知道自己是受到保护的。

小溪畔的金丝猴群　孟玉明　摄

离开大龙潭，他们走 G209 公路前往红坪镇，这一段路医景色优美被称作"画廊路"。中午到达红坪镇，这里是林区旅游线路重要节点、游客集散地，人很多，很热闹。附近正在规划建设机场，神农架云多雾大，阴晴不定，不利飞机起降，一年难有多少晴朗天气可以通航。这一带发现了第一个高寒地带远古人类活动遗址，意义重大，从时间上看它处于人类从树栖生活到洞居生活的转折点上，它将中国古人类活动的断层连起来了，使神农架林区成了从云南到湖北到陕西再到北京这条古人类活动遗址链条的关键一环。

吃过午饭后，李董事长一行前往天门垭、燕子垭景区。天门垭因炎帝神农氏在此搭架采药，救济黎民，从而感动天帝，最后跨鹤升天而得名，垭口海拔 2328 米。燕子垭有燕子洞，洞口海拔 2400 米，主洞道长 3.7 公里，洞内泉水长流，常年栖息着数万只短嘴金丝燕。燕天飞渡是一座全钢结构的观景桥，悬空高、跨度大，站在桥上，整个燕子垭和紫竹河谷的森林一览无余。

燕子垭附近的塔坪村是个长寿村，在这里发现了汉民族史诗《黑暗传》。这部 3000 多行手抄本以民歌的形式，讲述了天地起源，盘古开天，洪水滔天和再造人类，以及三皇五帝出现，时间跨度从史前至明代。《黑暗传》的发现证明汉民族也有神话史诗。正是神农架封闭的自然环境和民歌传统使得这部史诗流传下去。

再往前行就是陈传香舍身救人徒手打死金钱豹的地方，后来这里立起一座打豹雕像纪念她。孟总小时候知道这件轰动全国的事，《人民日报》《解放军报》报道过陈传香的传奇，称她为当代女武松，事迹还编进小学语文课本。

前方就是房县，G209 开始一路盘旋下行 2000 多米，坡陡弯急，漫山遍野的秋叶五彩缤纷，一望无际，美不胜言。路边不时闪过以"野人"命名的标志，"野人坡""野人谷""野人洞""野人河"。据说房县常有野人出没，当地要打造"野人文化"名片。晚上，李董事长一行到了房县县城住下。房县古称"房陵"，以"纵横千里、山林四塞、其固高陵、如有房屋"得名。古时房县地域广大，有"千里房县"之称，东部在清代划出成立保康县；南部大部分地区在 1970 年划出成立神农架林区，成其主要部分。房县总面积5110平方公里，比内地一般县域大两三倍。堵河流出竹山县，穿房县境而过，境内长52.5公里，汇入黄龙滩水库，因而房县也属南水北调中线水源区。北京市有个房山区，不知有意还是无意，后来房县成了房山区的对口支援县。

房县是《诗经》采风者、编纂者，有"中华诗祖"之称的西周太师尹吉甫故里。房县还是古代帝王流放之地。唐时，武则天把儿子李显废黜流放到房县，封为庐陵王。后来，武则天死后，李显回到长安复位，也就是唐中宗。因为长期作为帝王流放之地，房县的饮食文化比较精致，有一些古代宫廷美食流传下来，如房县卷卷、房县臭豆、房县冻米茶、房陵黄酒。黄酒属于米酒的一种，因工艺不同、发酵时间长等原因呈琥珀色，在长江以南的东南各省很流行。湖北各地流行喝发酵时间短的乳白色甜米酒，如孝感米酒。房陵黄酒绵甜醇和，很好喝。李显在这里常喝黄酒，复辟后，封房县黄酒为"黄帝御酒"。县城西关曾是一条贯通鄂豫川陕的古盐道、繁华的古商埠，后来，以当地老屋砖瓦复建西关老街，用《诗经》词句命名广场街巷。晚上到此读《诗经》、品黄

房县县城西关印象景区　来源：房县文旅

酒，和着荆风楚韵游逛，当是人生一大美事。

10 月 31 日一早，李董事长一行走 G209 公路前往武当山，他带着大家登上天柱峰金顶。天气晴朗，天空有朵朵白云飘过，在郁郁葱葱的山峦上投下一团团暗影。站在金顶前的天门往北看，可以看见山脚下的太极湖和更远处的汉江，这里是丹江口水库蓄水后形成的大湖汉，湖下淹没的是古均州城，武当山第一道山门和武当山九宫之首的净乐宫就在均州城里，因建丹江口水库整体搬迁复建。在武当山北麓，从天柱峰金顶到第一道山门的轴线两侧依山就势分布着各种宫观建筑。孟总猜测，这条西南—东北走向的轴线应该指向东北方的北京紫禁城，南水北调中线干渠也应在这个轴线上。

金顶是大岳太和宫的俗称，亦称紫金城，模仿北京紫禁城，以皇家规制建在众峰拱卫、直插云霄的武当最高峰——天柱峰的绝顶上，以突出皇权至上、君权神授的思想。天柱峰海拔 1613 米，被誉为"一柱擎天"，是武当山的最高胜境；只有登上天柱峰，走进太和宫，才算真正到了武当山。从空中俯瞰，金顶所在的天柱峰像龟背一样，旁边的山峰像龟的脑袋，而环绕天柱峰的红色紫金城墙像一条蛇，形成龟蛇相绕的奇观。龟蛇相绕是玄武大帝的化身，不知道古人是如何发现这一奇观的。莫非是乘风筝飞上天看到的？真武大帝不仅是北方之神，还是水神、司命之神、阴阳交感化育万物的象征，如此多的神性集于一身，从古至今引来无数人的朝拜。

《太和山志》记载，"武当"的含义源于"非真武不足当之"，意思是武当山乃中国道教敬奉的真武大帝的修行圣地，只有真武大帝才有资格驻扎此山。武当山道教宫观群的设计布局是根据《真武经》中真武修真的神话

来源：武当山文旅

来源：武当山文旅

来做的，体现了真武信仰的主题，营造出浓厚的宗教氛围。在营造中按照道教"崇尚自然""天人合一"的思想使建筑与周边环境有机结合，融为一体，保持了武当山的自然原始风貌。武当山道教宫观古建筑群有9宫9观等33处，遗存总建筑面积5万多平方米，总占地面积100多万平方米，绵延140里，是世界上面积最大的宗教建筑群，1994年成为世界文化遗产。

源于武当道教的武当武术是第一批国家级非物质文化遗产，由武当道士张三丰在元末明初所创，素有"北崇少林，南尊武当"之说。武当武术以阴阳消长、八卦演变、五行生克的道家理论作指导，以养气练功、防身保健为宗旨，具有尚意不尚力、四两拨千斤、以柔克刚、以静制动、后发制人的特点。源于武当道教的武当道乐是第一批国家级非物质文化遗产，承袭了远古巫祝歌舞传统，吸收了历代祭神音乐、宫廷音乐、民间音乐中的精华，按照道教的审美情趣，进行糅合改造，形成了独具神韵的道教音乐。做法事时伴奏武当道乐能渲染情节，烘托宗教气氛，赋予法事神圣性。

武当山还出产一种珍稀、神化的果实——武当榔梅，此果和明朝大修武当有关。武当榔梅榔木梅实、桃核杏形，果皮金黄、果肉酸甜、汁液饱满、口感芳香，是武当山特有的本土物种。榔梅是锦葵科木槿属植物，不同于核果类梅、杏等蔷薇科杏属植物，在《中国高等植物图鉴》中尚无记载，其来源有多种说法。道典《玄帝实录》说是真武大帝将梅枝插在榔树上，插栽成活，开花结果而成；植物学家说是鸟衔梅子在榔树上吃，梅核落入榔树裂缝中，生根发芽，发生变异形成。据说，明成祖朱棣起兵夺取皇位不久，"久无花实"的武当榔梅开花结果，武当道士李素希带着数百枚榔梅果进献给朱棣，说他夺取皇位是真武大帝的护佑。朱棣大喜，封李素希为"榔梅真人"，并大建武当道观及榔梅祠，以谢神灵。此后，朱棣把榔梅果列为贡品，每年由武当山进献，除了自己享用外，还赏赐给有功之臣。明亡之后，武当榔梅亦不见踪影。1998 年，武当山惊现一株古榔梅，经专家比对，榔梅就是武当山周边地区所独有的黄蛋果树，现已作为国家地理标志产品保护起来。

武当山是世界文化遗产、国家 5A 级旅游景区、全国重点宗教活动开放场所。武当山原在丹江口市辖区，而丹江口市属于十堰市代管。1997年，湖北省为开发旅游文化资源，成立武当山旅游文化经济特区。2003年，武当山特区工委和特区管委会提升为十堰市派出机构，与湖北省武当山风景区管理局合署办公。这里除了拜神的香客、观光的游人，还有大量从全国各地慕名而来学武健身的学生，因此开办了许多武术学校，食宿交通服务产业兴旺。从省里到市里都想借武当山的名声和道教文化资源发展旅游经济。

湖北省为发展鄂西8市（州、区）经济，规划建设以"一江两山（长江三峡、神农架、武当山）"为重点的鄂西生态文化旅游圈，打造鄂西圈千里风景廊道，首要改造全长225公里的武当山—神农架生态公路，缩短车程。十堰市规划将城区向西北—东南两个方向延伸，建设从汉江边的郧阳滨江新区经十堰主城区到武当山景区的城市发展轴线，在中心城区与武当山景区之间建设武当山机场。

从武当山下来，李董事长一行乘车到达丹江口，沿库区公路到河南南阳。这是一条从丹江口大坝到渠首陶岔的简易公路，用于库区交通。随着大坝加高，这条公

216

路还将作为景观大道抬高复建。后来，孟总曾在汉江集团王军陪同下，乘越野车环绕整个库区走过一圈，发现库区只有方便库区群众交通的县乡级简易公路，柏油路面很少，路也不宽，断头路很多，连通性不好。库区湖汊很多，依山傍水，景致很好，适宜做旅游休闲开发，有几处景点建设，因为大坝加高而停建。当地政府的精力都在第二次移民搬迁上，大坝加高后，应该整体规划库区交通和景点建设，甚至应该和武当山一起规划，因为武当山和丹江口水库山水相依。又因丹江口水库分汉江库区和丹江库区两部分，分属十堰和南阳，涉及两省两市协调，应该携手共同保护好、利用好丹江口水库这盆水。

当晚，李董事长一行从南阳乘飞机回北京。因为是参加潘口水电站开工典礼和十堰大热电项目签约仪式，与李董事长同行的同志较多。他带着大家走这么一圈，除了考察，也是希望大家能爱上这里的山山水水，了解这里的风土人情。只有喜欢这里的山水人文，甚至气候、饮食，才会乐意来这里。随着堵河梯级水电站陆续开工和十堰大热电项目启动，需要更多的同志从北京来这里工作。

第六章

2007 年 12 月 25 日，李董事长主持召开京能集团董事会会议，通过决议：同意与汉江集团签署关于京能集团参与汉江集团增资改制的意向书。12 月 27 日，李董事长和贺总分别代表京能集团、汉江集团签字，双方约定：（一）汉江集团企业办社会相关资产不计入净资产值，由水利部长江委负担其费用；（二）京能集团在汉江水电开发公司出资合并上移到整体改制后的汉江集团，但保留其董事席位；（三）按照京能集团参与汉江集团整体改制的模式，汉江集团出资人代表——水利部长江委以汉江集团整体评估后经双方协商确认的净资产值出资，股份占新公司的 51%～66%，京能集团以现金出资，股份占新公司的 34%～49%；（四）按照公司法将汉江集团改制为二元股东的股份有限公司。双方约定 2008 年春节后启动相关工作，因为法律、审计和资产评估等中介机构在春节前太忙，根本派不出人员，只能推到春节后才能启动相关工作。从事后结果看，孟总认为当时要是能在春节前启动汉江集团增资改制工作就好了。

2008 年 1 月 23 日，李董事长和 J 书记商量后决定，成立汉江项目领导小组，由李董事长挂帅，U 总和孟总分别协助水电热电项目建设和汉江集团增资工作，杨董事和 N 总参加。京能集团和汉江集团合作成果丰硕，在十堰参股三个水电项目、控股一个水电项目、独资一个大热电项目，而且还要参与汉江集团改制，需要成立由相关领导和部门参加的专班统筹推进各项工作。李董事长担任领导小组组长，说明领导班子和他个人对与汉江集团合作和十堰投资项目的重视。李董事长希望在他退休之前把这些项目做成。

2008 年 2 月 21 日，孟总召集集团战投办、计划财务部和法律审计部开会，成立汉江集团增资工作组，他任组长，下设综合组、资产财务组、法律审计组；2月26日，孟总在丹江口和汉江集团何总确定双方共同选聘审计评估机构的方案和实施计划，当日发出标书；3月6日，第一轮评标；3月18日，第二轮评标，确定审计和资产评估机构；3月25日，签订中介聘用合同；4月7日上午，召开中介协调会确定工作计划，下午召开中介进场启动大会，尽职调查与财务审计、资产评估工作全面展开。6月3日、7月2日，孟总两赴汉江集团就股改方案、纳入的资产范围进行会商。因为汉江集团是老企业，整体改制为股份公司的工作内容庞杂、工作量很大，又由于其业务多元且分布在外省多地，开展法律尽职调查、财务审计、资产评估花了较长时间，直到11月中旬才完成三个报告。那段时间，孟总和杨董事、N总经常开会研究有关问题和股改方案，常去汉江集团调研，与汉江集团领导交换意见、磋商解决问题。

2008年11月21日，京能集团完成了股份公司出资方案测算分析报告和股份公司模拟财务数据。11月26日，经孟总和杨董事、N总审议后，提出了京能的股改方案和资产对价方案，报给李董事长。李董事长要孟总专程去丹江口与贺总、何总交换意见。除资产对价外，双方在其他事项上都达成一致。12 月 20 日，孟总到武汉与长江委磋商汉江集团改制资产对价。长江委要求高溢价，希望引入更多的投资支持汉江集团发展。京能集团认为高溢价将影响新股份公司回报率和未来上市，只同意在现账面值上溢价低一些，这样可以保证新股份公司净资产利润率不低于上市指标。双方差距太大，没有达成一致。孟总请示李董事长，李董事长说，市里已经和他谈话了，年底就退休，谈判先暂停，以后怎么办让新董事长决定。10 天后李董事长退休。新来的董事长不主张京外投资，汉江项目领导小组解散，孟总负责的汉江集团增资改制不做了。不久，汉江集团也停止了引资改制，因为水利部长江委对汉江集团的未来有新考虑。

汉江集团引资改制终止，对京能集团与其合作的十堰现有水电项目和大热电项目没有影响。

那段时间，京能集团许多同志来到十堰，和汉江集团同志一起工作，一起到江边散步、游玩，结下了深厚情谊。贺总带他们去水库里游泳、钓鱼，还专门安排京能集团来这里做法律、财务、审计工作的女同志去武当山游览。汉江集团发展计划部副主任王军泳技高超，他把游泳圈扔到远处，然后潜泳过去从圈里钻出来。孟总惊讶王军是怎么做到的，后来想明白了，他的身体对称性和运动协调性极高，在潜泳中不会有偏差，蒙上眼睛也不会走偏。

那段时间，孟总在汉江集团王军陪同下专门沿库区岸边对南阳市的淅川县、西峡县、内乡县、邓州市进行过考察，希望在南阳市域找到投资机会，因为这里也是南水北调中线水源保护区，丹江口水库一半水面在南阳，南水北调中线渠首就在南阳淅川，南阳人民同样为一江清水送北京作出了巨大牺牲和贡献。孟总想，只在十堰做投资，不在南阳做投资，对南阳不公平，有悖京能集团"饮水思源、知恩图报，确保一江清水送北京"的初衷。

孟总首先来到淅川。淅川县位于丹江口水库北岸，南与丹江口市相对，西与郧阳区相连，其所在的丹江库区是南水北调中线核心水源区和渠首工程所在地，因丹江与老鹳河（古称淅水）在此相汇形成百里平川，故名淅川。淅川古称丹阳，楚国最早建都于此，是楚汉文化的发祥地之一。楚国800多年历史中有300多年定都丹阳，楚人以丹阳为起点，开疆拓土，一路南征，沿汉水进入长江中下游流域，先后统一50多个小国，成为春秋战国时代的南方霸主。

淅川是建设丹江口水库和南水北调中线工程的主要淹没区和移民搬迁县，全县面积2820平方公里，其中有包括老县城在内的506平方公里被淹，约占水库总面积1050平方公里的一半。淅川前后移民搬迁36.7万人，约占移民总数72.7万人的一半，是全国第一移民大县。渠首陶岔原本属于邓州，因淅川淹没损失大，河南省把陶岔及所在的九重镇划给了淅川，邓州仅保留了很小一部分库区面积。因为老鹳河发源于伏牛山北坡的洛阳市栾川县，向西绕经三门峡市卢氏县流到伏牛山南麓的南阳市西峡县，与发源内乡县的支流汇合后在淅川县注入丹江库区。所以南阳市淅川县、西峡县、内乡县、邓州市及洛阳市的栾川县和三门峡市的卢氏县都被划为南水北调中线水源保护区，成为北京市南水北调对口协作县市。

淅川、西峡、内乡、镇平、邓州五县，地处伏牛山南麓、南阳盆地西部的低山、丘陵、冲积平原上，可供开发水电资源很少，加之工业不发达，农业和城镇居民用电主要由丹江口水电站和本地的一座火电厂供电。这里及南阳其他县区土地肥沃、气候温和、雨量充沛，依靠丹江口水库建有完善的水利灌溉系统，农业开发历史悠久，是国家重要的商品粮油基地。南阳芝麻产量全国第一，南阳小磨香油闻名华夏。淅川香花镇特产香花辣椒，有 400 年种植历史，形美、色鲜、肉厚、辣浓、味香，享誉国内外，是国家地理标志产品，种植面积和产量全国第一，建有全国最大的辣椒交易市场，著名的贵州老干妈油辣子也在这里采购辣椒。后来，淅川香花辣椒与西峡香菇列入首批《中欧地理标志协定》保护的中国 100 个地理标志产品。

之前贺总给孟总说过，他们考虑在这里建设提取辣椒素的工厂。孟总觉得，在南阳没有电力投资机会，通过投资农产品加工进入这片中线水源区也是一条可行途径。他过去做过农产品加工投资，曾为海南三亚南田农场（今海棠湾）引入世界银行贷款支持芒果种植加工，取得成功，现在三亚芒果驰名全国。他知道，在南水北调中线水源区工业发展会受限较多，但生态型特色农产品还会有发展空间，所以通过农产品加工投资带动当地农民脱贫致富是可行的。后来因为京能集团停止参与汉江集团增资改制，这事也就不提了。

南阳位于河南省西南部、豫鄂陕三省交界处，为三面环山、南部开口的盆地，因地处伏牛山以南，汉水以北而得名。从国家气候分界线看，南阳属于南方亚热带季风气候区，其总面积 2.66 万平方公里，低山、丘陵、平原各占三分之一。南阳的富饶可比"天府之国"成都，只是南阳盆地比四川盆地小许多，南阳面积比十堰略大一点，人口达千万，比十堰、襄阳之和还多，自古就是人口稠密、生活富裕、经济文化发达的地区。每当北方、中原发生战乱，人口就大量流入南阳，再从南阳扩散到襄阳、郧阳，历史上三阳地区联系密切，都是楚汉文化摇篮，同属一个地理单元，时常划在同一个行政区内。

南阳物华天宝、人杰地灵，东汉时的医圣张仲景、科圣张衡都是南阳人。南阳还是汉室中兴之地，出生南阳的西汉宗室后裔刘秀推翻王莽，建立了东汉，成为第一个太学生开国皇帝，南阳因此被封为南都，成为天下第一大郡，范围包括当今南阳、襄阳、十堰。

南阳有非常丰富的历史文化资源，有些具有世界级档次，但是还没有列入世界文化遗产名录。沿丹江口库区从西向东分布的主要人文景观有淅川荆紫关古镇、西峡恐龙蛋化石遗迹、内乡县衙、南阳府衙和诸葛亮卧龙岗故居、邓州花洲书院、淅川陶岔南水北调中线渠首纪念园，都是全国重点文物保护单位。

荆紫关是位于淅川县西北部、豫鄂陕三省交界处的著名商业古镇，丹江穿境而过，是两山夹峙的雄关、南北交通的要津。唐时因安史之乱阻断了淮河、汴河进入黄河、渭河的漕运，朝廷只得通过丹江航运来转运江淮至关中地区的货物，丹江航运逐渐繁荣起来，自古水运有"丹江通道"、陆运有"商於古道"，荆紫关由此成为南来北往货物转运中心。到明清时，这里商业高度繁荣，民国时称"小上海"，至今留存有保护完好的"明清一条街"，长达5里，有1000多间明清会馆、商铺、官署、兵营、庙宇和民宅建筑，是国家重要文物保护单位、中国历史文化名镇、全国特色景观旅游名镇。

令人惊奇的是，原产于浙江湖州的湖桑在荆紫关下的丹江滩地上找到了生长的乐土，其实是重回故土——在南宋之前，黄淮汉水流域就是种桑养蚕、盛产丝绸的地方。在国家"东桑西移"项目支持下，在蚕业专家陆锡芳指导下，这里发展了数万亩湖桑基地，还有果桑、蛋白桑。这里的湖桑叶不仅用来养蚕，还可制茶，果桑椹可鲜食或榨汁、酿酒，蛋白桑叶可磨成粉加入面粉做成各种营养丰富的面食，在紫荆关下的桑园农家乐里可以品尝到这些美食。

荆紫关镇西南距湖北郧县白浪镇约 5 里，西北距陕西商南县白浪镇约 5 里，三镇交会处的白浪街是豫鄂陕三省交界点，有白浪河在此流过汇入丹江，故得名白浪街。在白浪街中心三岔路口立有三省界碑，一尺多高的三角锥形界碑三面对着河南、湖北、陕西省界分刻省名，绕一圈就转过三省，踩上去就是一脚踏三省。中国版图三省交界地有 40 余处，独有此地一条街上跨三省。每到集市日，三省商贩聚集到此，各占一边，竞相兜售商品，山民们来此购物，转一圈就可买遍三省，人称"小香港"。著名作家贾平凹在小说《白浪街》中对这里的三省风土人情有生动描述。孟总去时，看到街上饭馆里的配电盘上安有 3 个电闸，老板挺精的，看哪个省电价便宜就接到哪个省电网，这个省断电了就接到另一个省电网，充分享受一街三制的好处。他想，如果在三镇交会的白浪街、荆紫关开办旅游消费免税特区，享受三市的优惠政策和用电便利，应该能够吸引外地游客到此旅游购物，带动周边林特土产销售。

西峡是中国猕猴桃之乡，西峡猕猴桃是国家地理标志产品，闻名世界的新西兰奇异果就是引种中国猕猴桃改良发展而来的。西峡恐龙蛋遗迹博物馆是伏牛山世界地质公园的一部分，国家 5A 级景区，在遗址处下挖的隧道和深坑里可以看见一层层、一窝窝的恐龙蛋化石，有 16 个产蛋层、1000 多枚蛋化石，分别归于 4 科 7 属 13 种。特别是一窝 33 枚巨型长形蛋，蛋长 46~48 厘米，是世界上稀有罕见的品种。20 世纪 90 年代初，在西峡发现大量恐龙蛋化石群，轰动世界，后来在相邻的淅川、内乡、镇平、郧县也发现了大量恐龙蛋化石群。这是世界级的景观。2003 年南阳恐龙蛋化石群国家级自然保护区成立，如果相邻几县联合申报世界自然遗产，成功的话，会吸引更多的游客。

内乡县衙是全国保存最好、最完整的古代县级政府办公场所，有700多年历史，是古代县级官署建筑的典范，有"龙头在北京，龙尾在内乡"之称。内乡县衙内历任知县留下的30余副楹联富于哲理、寓意深刻，是研究古代官府文化的瑰宝，对今日廉政建设也有启迪。如三堂楹联："得一官不荣，失一官不辱，勿说一官无用，地方全靠一官；吃百姓之饭，穿百姓之衣，莫道百姓可欺，自己也是百姓。"还有提醒官员廉洁奉公的"公生明"牌坊刻有"尔俸尔禄，民脂民膏，下民易虐，上天难欺"。

参观内乡县衙时，王军对孟总说，这儿的梆子腔表演有海豚音。孟总说，这怎么可能？他知道河南梆子唱腔高亢，可海豚音是五个八度，起步音阶极高，听着非常空灵、飘逸，类似海豚的声音，有深海下冰冷的感觉，是人类发声音阶的最上限。当时正值俄罗斯"海豚音王子"维塔斯来北京演唱海豚音，风靡一时，据说世界上能唱出海豚音的人就没有几个。他跟着王军去看宛梆演出，在剧情高潮时他真切地听到女演员行云流水般唱出五个八度的花腔"海豚音"，比维塔斯唱得更轻松、更动听、更柔美。真没想到一个地方乡土小剧种竟然会有"海豚音"唱段，一个村姑在戏棚子里竟然能唱出大剧院里的花腔"海豚音"，真是高手在民间。什么叫中国文化博大精深？这就是！据说，内乡宛梆由400年前从陕西传入南阳的陕梆演变而来，是首批国家级非物质文化遗产，宛梆剧团仅有内乡县这一个，已成濒危的国宝。

邓州花洲书院建于宋代，是范仲淹创作千古名篇《岳阳楼记》的地方。当年他被贬到邓州，应好友巴陵郡守滕子京之约为重修岳阳楼作记，这篇散文通过写岳阳楼的景色以及阴雨和晴朗天气带给人的不同感受，展现"不以物喜，不以己悲"的仁者之心，表达了"先天下之忧而忧，后天下之乐而乐"的爱国爱民情怀。范仲淹没到过岳阳楼，却在千里之外的邓州花洲书院凭着想象写就了这篇传颂千古的雄文、美文，胸怀之大、境界之高令人惊叹。

花洲书院兼具北方园林的大气和苏州园林的灵秀，虽是4A级景区，却有5A级看点，还是电视剧《桐柏英雄》取景地。解放战争中陈赓兵团跨过黄河，解放豫西、豫西南、鄂西北、陕南，建立大片解放区，小说《桐柏英雄》就与这段历史有关，依据小说改编的电影《小花》成为改革开放以后引起轰动的影片之一，电影主题曲《绒花》非常优美动听，一直传唱到今天。绯红色的绒花又名合欢花，雌、雄花对生，白天盛开如一团团火苗，晚上闭合如一片片扇面；红色象征革命、青春，开合象征团圆、欢乐。孟总父亲看过电视剧《桐柏英雄》后，对孟总说，他参加过解放南阳的宛西、宛东战役。当时他们部队的任务是阻击增援的敌军，战斗很激烈。孟总到十堰做投资，父亲知道后很高兴。

很遗憾，孟总没能在父辈们流血牺牲的南阳找到投资机会。

第七章

在战略增资汉江集团工作搁置的同时，孟总负责的南水北调大宁河补水方案推进也没取得突破。

2008 年 4 月 1 日，汉江集团邀请重庆市发展改革委、重庆市水利局、重庆市水利投资公司和京能集团一起在丹江口面谈。此前，贺总和李董事长商量后，认为时机已成熟，要抓紧与重庆水投面谈，争取先达成 3 点原则性意向以便开展工作：（一）剪刀峡水电站由京能集团、汉江集团、重庆水投三方共同投资建设；（二）剪刀峡水电站由京能集团相对控股，汉江集团、重庆水投参股；（三）重庆市、巫溪县政府对剪刀峡水电站给予必要的政策支持。剪刀峡水电站项目业主重庆水投另有想法，认为大宁河补水工程遥遥无期，想利用时间差先搞小梯级水电开发。在长江委和重庆市发展改革委要求下，他们同意先来了解情况。长江委领导表示，南水北调大宁河补水工程必须做，剪刀峡是目前唯一可选的点，长江勘测规划设计研究院将接手规划论证和勘察设计。会谈后次日，胡总和孟总陪同重庆水投、巫溪县领导去竹山县参观正在建设中的堵河潘口、小漩水电站，让他们知道京能集团、汉江集团的实力和诚意。看到一山之隔的堵河水电开发热火朝天地全面展开，他们触动挺大。

2008 年 5 月 15 日，长江委副主任兼长江设计院院长、汉江集团董事长钮新强和贺总拜访京能集团。钮副主任介绍了长江委在大宁河补水工程上的考虑，认为南水北调中线补水工程势在必行，大宁河剪刀峡是技术路线最优、投资最省的方案，目前启动大宁河补水工程规划的时机和条件基本成熟；长江设计院具有南水北调工程规划设计权，要接手剪刀峡电站规划设计，以保证剪刀峡电站设计与补水工程规划衔接。钮副主任是三峡水利枢纽、南水北调中线工程主要设计负责人之一，后来当选中国工程院院士，他的话有分量、有影响力。

长江委在大宁河补水工程上明确表态，对京能集团、汉江集团参与大宁河剪刀峡水电项目开发具有重要意义，也意味着京能集团、汉江集团争取剪刀峡水电项目开发权，与长江委、重庆市发展改革委、巫溪县政府、重庆水投签订六方战略合作协议的时机成熟。其实，重庆市政府、市发展改革委对南水北调中线大宁河补水方案是支持的，并在 2004 年成立了重庆市原副市长甘宇平作顾问，市发展改革委主任欧阳林为组长，水利局、移民局领导参加的方案论证领导小组，要重庆水投、巫溪县以大局为重，暂停大宁河剪刀峡小梯级水电开发。重庆市发展改革委主任欧阳林还应邀参加了京能集团举办的南水北调大宁河补水方案研讨会。巫溪县是重庆最穷的区县，是水利部对口扶贫的国家级贫困县。实施大宁河补水方案有助于巫溪县、巫山县脱贫，所以重庆市发展改革委支持。甘老每年参加全国两会时都会提案呼吁实施引江济汉大宁河补水工程。

2008 年 6 月 5 日，京能集团、汉江集团与重庆水投集团在重庆再次会谈。京能集团、汉江集团考虑到重庆水投的立场，表示可以由重庆水投控股，但是重庆水投不想停止现在的剪刀峡小梯级低坝方案的开发进程。他们认为现在的剪刀峡小梯级低坝方案经济效益较好，以后南水北调中线补水方案可以走巫山县大昌镇，不必经过剪刀峡。由于京能集团、汉江集团与重庆水投分歧明显，未能达成协议。也许是之前与汉江集团合作太顺了，在重庆水投碰了钉子让孟总感到非常沮丧，他担心会动摇京能集团领导层对堵河水电梯级开发前景的信心，毕竟当初在决策投资堵河水电开发时是考虑了未来实施南水北调大宁河补水工程带来效益增加的可能性的。

2008 年 9 月 1 日上午，水利部领导在丹江口工程开工 50 周年纪念大会上表示将大力支持汉江集团做大做强：一是支持汉江集团增资改制，引入战略投资者；二是支持汉江集团在改制基础上整体上市，推进管理体制创新；三是支持汉江集团走出去发展，参与广西珠江大藤峡水利枢纽工程建设；四是启动大宁河补水工程前期工作，支持汉江集团积极介入；五是要求汉江集团和中线水源公司加快中线水源工程建设，尽早启动陶岔渠首引水工程建设。

水利部领导要求水利部规划计划司牵头启动大宁河补水工程前期工作，认为重庆水投留下来参加大宁河补水工程为宜。会后派长江委钮副主任赴渝向重庆市发展改革委、市水利局及重庆水投通报水利部领导讲话。另外，国家开发银行也在组织力量对大宁河补水工程进行论证，赴大宁河流域实地考察。2008 年 10 月初，水利部下文长江设计院编制大宁河补水工程规划论证任务书。事已至此，尽管没有拿下剪刀峡项目开发权，但是重庆水投的低坝方案也被搁置，为未来保留了补水通道。

如果京能集团联合汉江集团拿下剪刀峡水电项目开发权，将会与龙背湾水电项目东西呼应，将有助于获得国家支持实施大宁河补水方案，增加堵河梯级水电站发电效益。那么，就不会有人反对龙背湾水电项目了。但到 2008 年底，因为李董事长退休，京能集团入资汉江集团改制搁浅，汉江集团无力独自推动和实施大宁河补水方案，只得先集中精力和资金完成堵河梯级水电站和汉江孤山水电站的开发建设。

可能有人会问："京能集团和汉江集团这么执着引江济汉大宁河补水方案，不就是想增加堵河梯级水电站发电量，获得更多收益吗?"其实，不完全是。引江济汉是必须做的，和其他补水方案比，这是综合效益最好的方案，除了技术路线最优、投资最省外，对巫溪县、巫山县、竹溪县、竹山县的扶贫效果最大，还将补水与抽水蓄能结合起来，使堵河梯级水电站成倍扩机兼具抽水蓄能电站功能，将大大增强华中电网调节能力，这是其他补水方案所没有的，对周边区域大规模发展光伏、风电脱贫非常有用。此外，大宁河水质Ⅰ级，要比三峡库区水质更好，因而水源保护更好做。所以，孟总坚信，大宁河补水方案总有一天会实施，南水北调中线水源源头将延伸到长江三峡水库。

U总负责的龙背湾水电项目还在开展前期论证工作。2008年3月11日，又是每年一度全国两会期间，十堰市委书记陈天会借到北京参会间隙到京能集团与J书记、李董事长会谈，U总和孟总作陪。随行的有李新祥副市长、市发展改革委主任李君琦、竹山县委书记董永祥。年初，十堰市委书记赵斌升任副省长，陈市长接任十堰市委书记。政企双方互通各自工作情况，交换加快推进龙背湾水电站等项目工作意见。陈书记提出：2008 年 10 月龙背湾水电站核准开工，2009 年底截流；2008 年底大热电项目完成核准报批全部文件。在潘口水电站开工后，十堰市政府把水电开发工作重点转向龙背湾项目，考虑到项目核准在湖北省发展改革委，所以前期准备抓紧的话，预计可以在 10 月份开工。

自从京能集团董事会决议加快推进龙背湾项目后，唐主任领导的水电项目筹建处进驻竹山县工作，一方面与汉江集团共同筹备成立龙背湾水电开发公司，另一方面督促湖北省水利水电规划勘测设计院全面加快项目可行性研究设计工作。此外，还在组织十堰大热电项目可行性研究设计。2008 年 3 月 26 日，湖北省水利厅组织召开龙背湾水电站可行性研究报告技术审查会。2008 年 4 月 28 日，省水利厅出具了龙背湾水电站可行性研究报告的审查意见。2008 年 4 月 30 日，省发展改革委发文同意开展龙背湾水电站项目前期工作。

2008 年 4 月上旬，U 总、孟总陪同 J 书记参观考察汉江集团和十堰水电、热电项目，为新成立的京能龙背湾水电发展有限公司进行揭牌。4 月 7 日到丹江口访问汉江集团，参观丹江口水库和南水北调中线大坝加高工程、陶岔渠首，贺总、胡总全程陪同。4月8日到十堰城区会见市委陈天会书记，现场考察大热电项目。4月9日到竹山县城，J书记和贺总一同出席京能龙背湾水电发展有限公司股东出资协议签字仪式，共同为新公司揭牌。李新祥副市长、县委董永祥书记分别致辞，汉江集团领导、沈学强县长等县领导以及京能项目筹建处的同志们参加了揭牌仪式。新公司由京能集团出资60%、汉江集团出资40%，U总任董事长，唐鑫炳、王仕民任董事，唐鑫炳任总经理，杨春风、王印水、彭静任副总经理。

4月10日上午，J书记一行去小漩、潘口施工现场视察，然后踏着泥泞参观正在施工建设的田家坝新镇，全是"青瓦坡屋顶、白色马头墙"的徽派民居风格设计，挺漂亮的。临近中午，他们到了龙背湾坝址考察，然后到柳林乡政府吃午饭，柳林乡党委书记袁平安接待了他们，介绍了柳林县移民搬迁工作。乡政府已经准备搬家了，能看到墙上标记了龙背湾水库蓄水后上涨的水位线，有齐腰高。下午，他们驱车去大九湖，晚上住在了神农架林区招待所。4月11日上午从神农架下来又上了武当山，当晚到了武汉。4月12日上午会见了长江委蔡主任，下午回北京。这次来，J书记全面考察十堰水电、热电项目，会见有关方负责人，他不顾山路崎岖颠簸，和大家一起跋山涉水，一路上兴致勃勃，看得出他喜欢这里的山山水水。大家以为他是为接手京能集团董事长一职来十堰熟悉有关投资合作项目的，相关方领导都特别重视。

2008年8月26日，新任的张嗣义市长主持召开十堰市政府常务会议，研究堵河流域龙背湾水电站项目推进有关问题。会议决定，一是同意龙背湾水电站项目立项报批。二是全力支持项目核准开发建设。政策上最大限度支持，比照潘口水电站项目，给予该项目最大限度优惠政策；工作上全力支持，从项目立项、论证、报批、审查、核准到开工建设，能简化手续的简化手续，能减少前置条件的减少前置条件，加快工作步伐；领导力量上大员上阵，成立龙背湾水电站项目开发建设领导小组，张嗣义市长担任组长，市政府一名副秘书长牵头抓督办协调。三是积极推进项目前期工作，将龙背湾水电站项目作为市政府重点督办项目。龙背湾水电项目是张市长挂帅，而十堰大热电项目是李副市长主抓，论轻重缓急，龙背湾水电项目的重要性和急迫性都在十堰大热电项目之上，因为龙背湾水电站必须赶在南水北调中线通水之前下闸蓄水。

龙背湾水电项目推进速度比十堰市政府期望的慢，陈书记提出的 10 月开工已不可能。这与京能集团没有搞过水电项目开发、缺乏水电专业人才有关。汉江集团虽然给予支持，派出汉江水电开发公司副总经理王仕民出任董事、汉江集团财务部经理彭静出任财务总监，但终归是刚成立的公司，力量薄弱，尽管唐主任、杨春风、王印水、彭静等人非常努力，整日奔波，也只能做到这样了。相比之下，十堰大热电项目进展顺利。京能集团是搞热电起家的，集团电投部的热电开发建设能力很强，完成陈书记提出的 2008 年底提交十堰大热电项目报批材料不难。此前湖北省发展改革委已同意将十堰大热电项目列入"十二五"电力能源发展规划，不出意外，在 2015 年前开工没问题。

在张市长挂帅和亲自督促下，龙背湾水电项目开始加速。2008 年 9 月 8 日，龙背湾水电站移民实物指标复核成果认定会召开；2008 年 9 月 18 日，省扶贫办同意将龙背湾水电站项目列为扶贫项目予以支持；2008 年 9 月 23 日，省国土资源厅对龙背湾水电站地质灾害危险性评价报告进行备案；2008 年 10 月 13 日，省电力公司组织对龙背湾水电站电力系统接入专题报告进行评审；2008 年 10 月 15 日，省林业局同意龙背湾水电站比照潘口水电站项目征占用林地缴纳植被恢复费的扶持政策；2008 年 10 月 20 日，省地税局同意比照潘口水电站项目给予龙背湾水电站项目耕地占用税优惠政策；2008 年 10 月 20 日，省物价局同意龙背湾水电站项目正式核准或批准并投产后，其上网电价按调峰电价进行测算；2008 年 10 月 27 日，省国土资源厅同意龙背湾水电站免征耕地开垦费；2008 年 10 月 27 日，省林业局对龙背湾水电站使用林地可行性研究报告进行评审。看得出来，十堰市为加快龙背湾水电项目开工，提高龙背湾水电项目的经济效益，千方百计，全力以赴，从省里争取到了许多扶持优惠政策。

应十堰市政府要求，2008 年 10 月 30 日，这一天离

242

陈书记与 J 书记、李董事长约定的龙背湾项目开工期限只剩一天。U 总陪同 J 书记再次赴十堰，与一堰市和竹山县领导李新祥、沈学强、沈明云会谈加快龙背湾项目工作进展事宜。京能龙背湾水电发展有限公司唐鑫炳、王印水、杨春风、彭静等参加了会谈。同日下午，县委书记沈学强、副书记沈明云、县长助理唐泽斌陪同 U 总赴国电集团湖北长源电力公司和民源电力公司，就竹山县堵河松树岭及支流邱家榜、黄家湾、顺水坪、霍河水电站权益转让事宜会商。这些水电站大多在龙背湾水电站上下游，有的还有水位衔接问题。这事如果谈成了，将有助于优化龙背湾项目设计方案，提升龙背湾项目投资回报，会促进龙背湾项目开发进度。所以县里也在积极做长源电力和民源电力公司工作。一年前，李董事长找过国电集团领导，但是后来没和长源电力公司谈下来。

与此相对的是，汉江集团调集精兵强将，在姚总、胡总的直接领导下，汉江水电开发公司全体员工排除南方大雪灾和全球金融危机带来的重重困难，竭尽全力按 2008 年 10 月实现潘口水电站截流、完成潘口库区一期移民搬迁、年底完成小漩水电站可研报告和临建工程开工、启动孤山水电站可研设计和专项报告编制等三大年度工作目标奋斗。同时，配合京能集团开展龙背湾水电站可研设计和前期工作，力争 2008 年内项目核准并开工建设。

2008 年 2 月 22 日，孟总去竹山参加汉江水电开发公司本年度第一次董事会会议，在胡总他们的办公场所开会，会议由姚总主持，董事们听取了 2007 年度工作总结报告，审议了 2008 年工作计划和财务预算，审议了 2007 年度绩效考核和奖金分配方案。胡总为节约投资，在县城里租了两层旧楼作为公司办公室和宿舍，办公家具都是纵横集团留下来的旧家具；为能解决员工吃饭问题，专门在县里请了厨师做饭。公司员工主要来自汉江集团，家都在丹江口，因为工期紧，许多人连续几个月都回不了家。京能集团派来的财务总监解建忠也和他们吃住在一起。

从开工以来，胡总一直住在公司，在办公室里放一张钢丝折叠床。时值 50 年不遇的大雪灾，房间内很冷，胡总犯了鼻炎，呼吸不畅，憋得脸发青。潘口水电项目实现当年申报、当年核准、当年开工，创造了中国水电开发建设的奇迹。但也导致坝前移民和主体工程同时进行，相互干扰，加之洪水冲毁施工桥和大雪灾的影响，工期愈发紧张，此外还要推进小漩、孤山项目，胡总压力山大。

正当潘口、小漩水电站全面进入施工高潮时，没有想到，席卷全球的金融危机开始波及中国金融资本市场，上证综指从 2007 年 10 月的 6124 点跌到 2008 年 10 月的 1664 点。银行全面收紧银根，此前答应的贷款迟迟不批了，还提高了贷款条件，汉江水电开发公司面临资金断链危险，此前宏林集团的悲剧可能重演。

潘口水电项目总投资 40.4 亿元，其中项目资本金 8.1 亿元，融资 32.3 亿元。2008 年计划投资 12.9 亿元，其中资本金注入 2 亿元，向银行融资 11.2 亿元。如果融资不能及时到位，将影响移民资金的按时足额拨付，进而直接影响到地方移民工作进度。如果不能在 10 月底前完成库坝区一期移民搬迁任务，则影响 10 月截流和主体工程开工。可是由于地质缺陷和年初大雪灾等原因，导流洞和泄洪洞施工进度滞后，预计 10 月完成截流已经很困难。若再因工程预付款不能及时到位，整个工程都将延期。

2008 年 5 月 21 日，解建忠发邮件告知孟总资金困难情况，前一天汉江集团贺总还专门召开会议研究潘口水电站融资问题。解建忠带着财务部天天跑银行求放贷，没有结果。孟总当即找了李董事长和分管财务的 N 总。为避免工地停工，根据解建忠的建议，京能集团和汉江集团将下一年增加的 2 亿元资本金提前拨付；以京能集团名义为汉江水电开发公司贷款作担保，从股份制银行获取搭桥借款；收回为龙背湾项目垫付的前期费用 1622.92 万元。9 月 2 日，N 总和孟总专程去竹山调研潘口、小漩、龙背湾项目的资金情况。9 月 17 日，通过京能集团和汉江集团双方集团总部担保，工商银行同意为潘口水电站发放贷款 10 亿元。在各方共同努力下，一场资金链断裂危机终于化解了。

解建忠是京能集团选拔派出的优秀财务经理，他孤身一人从繁华的首都来到艰苦的竹山工地工作。出发前李董事长、邢总专门和他谈话，要他以"汉江人"姿态出现，展现京能集团精神风貌，虚心向汉江集团同志学习，把两大集团的合作做成一个经典合作，把合作项目做成一个经典项目。他不辱使命，为汉江水旦开发公司筹措资金以保证潘口水电站顺利施工、降低成本、控制风险作出了贡献。

京能集团每到外地投资，都要从北京选派优秀干部去外地工作。孟总那些年负责投资收购，每在外地做成一个项目，就会留下几个干部骨干。在十堰除了解建忠外，还留下了唐鑫炳、杨春风、王印水、胥成增等人；孟总回北京了，他们通常要在当地工作好几年才能调回北京，很辛苦。愿去外地工作的北京人都是选拔出的优秀干部。

2008 年 9 月 3 日，孟总在竹山参加了汉江水电开发公司本年度第二次董事会会议。姚总主持会议，审议通过了 2008 年度财务预算计划执行情况和调整建议；审议通过了 2008 年度工程投资建设计划完成情况和调整建议——因为潘口水电站导流洞、泄洪洞工程受洪灾、雪灾和地质问题影响只完成计划一半工程量，导致溢洪道、引水发电系统建设相应延期，原定 2008 年底截流计划推迟到 2009 年底进行；审议通过了启动孤山水电站设计和临建工程的建议。

孤山水电站正常蓄水位与上游白河水电站水位衔接问题一直是项目迟迟不能开工的主要原因。中广核从陕西省安康市政府取得白河水电站开发权后，增加了两座水电站在正常蓄水位衔接、建设征地和移民安置标准、电力外送、水库联合调度、防汛及环境保护等问题上的协调难度，增加了两座水电站与安康、十堰、白河、郧县、郧西两市三县的协调难度。面临来自两市三县要求加快项目进度的压力，同时考虑继续拖延会增加项目投资，汉江水电开发公司决定按照孤山水电站正常蓄水位177.23米的标准委托长江勘测规划设计研究院启动孤山水电站项目设计和部分单项申报工作，争取在设计和项目申报上与白河水电站同步；决定在10月份启动汉江孤山大桥、左右岸交通道路等施工现场临建工作。

2008年是潘口水电站移民搬迁最关键的一年。在地方政府的大力配合下，移民搬迁工作全面启动。至2008年12月31日，潘口水电站累计完成移民投资5.5亿元，潘口水电站枢纽工程建设区290米高程以下移民搬迁基本完成，首期1250户5378名移民已全部搬进新居；坝库区累计完成移民搬迁安置 6343 人、生产安置 3509 人、房屋复建面积 33.4 万平方米，已完成集镇迁建 1 座；移民安置区新的交通、电力、通信、广播电视网络正在逐步形成，竹山县城至向坝乡二级公路已完成田家坝大桥引道路基 0.5 公里，正在进行桥墩施工，库周交通机耕道累计新建 23.4 公里，累计完成高压输变电线路 29 公里、35 千伏安变电站已在年底动工复建，累计完成通信线路 93 杆公里、广播电视线路 29 杆公里。潘口水电站的首期移民安置工作顺利完成，这为全面展开大坝主体工程建设创造了条件。预计全部移民搬迁将于 2009 年底提前完成。

小漩水电站前期工作按照计划稳步进行，完成了可研报告和各个专项报告。2008 年 11 月 27 日，湖北省发展改革委向国家发展改革委呈报关于开展湖北省堵河小漩水电站项目前期工作的请示。2008 年 12 月 22 日，国家发展改革委函复同意小漩水电站开展前期工作。2008 年 12 月 26 日，小漩水电站临建工程庆典及工程奠基仪式在竹山县潘口乡小漩村坝址隆重举行。孟总和李副市长、姚总、胡总、王仕民、沈学强书记、佘立柱县长、夏树应、唐泽斌等共同执锹填土奠基。此前董书记升任恩施州副州长，沈县长接任县委书记，佘立柱接任县长。这一天是毛主席诞辰日，他把人民放在心上，人民也把他放在心上，他们在竹山以这种方式纪念他。

来源：竹山县

2008 年 12 月 31 日，李董事长、商副董事长、邢总经理退休，J 书记调走，H 接任党委书记、董事长，X 接任总经理。

李董事长退休前，孟总问他："是否再去一趟丹江口、十堰、竹山，和汉江集团、十堰市、竹山县的领导告个别，再看看项目进展和新建的田家坝中心学校?"他说:"不用了，请你带去我的祝福，祝大家健康，项目顺利!"自退休后他再也没有去过那里。J书记在大会上讲过，企业发展要前后接力，要一张蓝图干到底。孟总祈盼着H董事长来后，集团发展战略和重大决策还能够继续执行下去。

第八章

　　H 董事长一来公司就宣布："北京的企业要为北京做事，外地投资要收缩，要重点投北京。"他找孟总谈话说："听说了十堰项目投资的事，在十堰做得太多了，参与汉江集团股改的事不要再做了，龙背湾水电项目要退出，十堰的项目你不要再参与了，你和战投办把重点放在调研北京垃圾焚烧发电的事上。现在北京垃圾围城，全国关注，市里很发愁，我专门去北京周边各个垃圾填埋场看了看，情况很严重，我们要为市里分忧，要想办法解决。"他想先从垃圾焚烧发电入手把投资拉回北京。

　　孟总辩解道："我们非常赞成北京的企业要投资北

京，投资北京是我们的首要责任。不是我们不想在北京投资，是北京电力投资机会太少，我们想发展就只能走出去找机会。正是这些年我们走出去发展，我们才积累了雄厚实力，成为资产近千亿的大企业，相比那些只在本地发展的外省市能源集团，我们做得更大更强。我们现在兵强马壮，能为北京做很多事，我们一直希望能在北京做事，只要市委、市政府下令给我们任务，我们坚决执行，奥运会相关清洁能源项目我们全都参加了。您从市政府来，希望您来了以后能在市里多找些项目。有些外地投资和北京既没关系也不挣钱，是应该退出，但不是十堰的项目。汉江集团是南水北调中线水源工程建设和管理单位，我们和汉江集团合作开发十堰水电是基于南水北调中线工程，在十堰的投资是为了帮助水源区人民摆脱贫困、确保一江清水送北京，这和在北京投资是一样的，同样是支持北京发展，同样是履行北京市属国企的社会责任。我们是首都的国企，我们确实是抱着饮水思源的情怀去的，否则各位董事不会一致同意。有人说，我们是在做慈善，这不对，我们是去报恩，那地方那么穷还要保一江清水送北京，支持北京发展。但我们还是企业，还要盈利，不能给当地留个亏损企业，我第一次去十堰见陈市长时就是这么说的，所以我们不仅在想方设法提升投资效益，也在积极争取当地政府优惠政策支持，而他们的确是尽其所能、倾其所有。而且和汉江集团合作开发十堰水电项目符合集团发展战略，是领导班子按投资决策程序和议事规则做出的集体决定，不是哪个人的决定，个别人有意见应该服从集体的决定。与十堰市政府、汉江集团签订的协议合同具有法律效力，如果对方没有违约，就应该执行。十堰项目是参控股、水电热电都有的项目群，有的项目效益好些，有的效益差些，有的短期效益差但长远效益好，不应独立去看。而且十堰市考虑龙背湾水电项目效益差一些，把效益好的大热电项目给了我们。十堰项目是集合项目，不应该挑肥拣瘦，要投都投，要退全退，不能只要效益好的大热电项目，其他的都不要。龙背湾水电项目指标短期看是差一些，但长远看会逐步改善，水电项目和火电项目不同，时间会去证明。汉江集团是水利水电行业的领军企业，我们应该相信他们的判断，他们不退，我们也不应退。如果退出，名声会很不好，会对当地政府百姓、汉江集团造成伤害。汉江集团、十堰市和竹山县的领导人品都很好，值得信赖，我们很多领导都去过，建议您去十堰见见他们，去项目现场看看。"

2009 年 1 月 14 日，H 董事长派杨董事率领京能集团法律、审计和风险控制人员到竹山县考察潘口、小漩两个水电站坝区建设情况。杨董事兼着集团总法律顾问一职，负责法律和风险防控工作。他不主张去外地投资，认为风险不好控制，所以即便是他同意的外地投资也要事后去考察项目投资效果。杨董事是一个为人正派、做事讲原则的人，审核对外投资合同协议时发现一丁点问题都不行，他干法律和风控工作合适，能控制风险、但也常常让你急得跳脚。孟总尊重他的职业操守，和他关系不错，有他把关，孟总不用担心出错，自己在前面冲锋时，可以放心地把后背留给他。

当时，市国资委要求市属企业设立总法律顾问，J 书记和李董事长商量后，找孟总谈话，想要他兼总法律顾问。孟总说："我不是学法律的，也没有法律工作经历，杨董事是学法律的，又长期从事法律工作，他合适，而且他腰杆硬，敢得罪人，我不行。"J 书记、李董事长就找杨董事兼任总法律顾问了。孟总曾对杨董事开玩笑说："其他董事都去十堰看项目了，你也是董事，你怎么能不先去现场考察就投赞成票呢？"他说："我是相信了你说的饮水思源、知恩图报才同意的，如果投资亏了，我是要追究你责任的。而且我怀疑你这么热心，是不是你得了什么好处？"孟总说："我是得了好处，这一江清水送北京就是好处，你去那儿仔细查查我还得了哪些好处。"孟总接着说，"我不忘本，吃水不忘挖井人。投资亏了是我无能，我们是国企，钱用到了该用的地方，能帮助那里的百姓摆脱贫困，挣不了钱还能挣个好名声。你的父辈不也是为了穷苦人抛头颅、洒热血吗？"他语塞了："看来我不能查你了？"孟总说："你能查，应该查，这是你的职责。我不怕查，经得起查。但我得感谢你对水源区建设的支持，那儿的百姓会记住您的。"

按 H 董事长要求，孟总带着战投办调研北京垃圾处理情况，还去英、法、德、奥考察发达国家垃圾焚烧处理的做法。回来后，他写了专题考察报告。一直以来，北京的垃圾都是采取运到郊外填埋的处理方式，年复一年，环绕北京形成了垃圾堆放带，北京郊区已找不到填埋场所，只得运到河北去填埋。垃圾填埋污染水源，发出恶臭，河北也不愿意接受，只能采取焚烧发电的方式，但没有人愿意在自家附近建垃圾焚烧电站。谁的垃圾谁处理，欧美发达国家就在城市居民区建垃圾焚烧电站，焚烧垃圾产生的电和热低价或免费供给附近居民。因为采用了负压燃烧技术，垃圾焚烧电站不会有臭味和有害气体释放。不仅如此，他们还把垃圾焚烧电站设计建成漂亮的公园，供市民健身、娱乐、游玩。技术和钱都不是问题，关键在于如何扭转市民观念。据估计，北京垃圾焚烧电站总规模需求也就 40 万千瓦，在城郊四面八方上 8 个 5 万千瓦的垃圾焚烧电站，按每千瓦 1.5 万元，顶多 60 亿元，拿出这些钱建垃圾焚烧电站对京能集团来说不是个事。

孟总还对 H 董事长提道："这次去欧洲考察垃圾焚烧发电技术，每到一地都有成群的外商追着我们要投资，金融危机让他们资金紧张、处境艰难。我霸气地对他们说：'钱不是问题，我们有的是钱，一定要转让最新的技术，还要在北京生产。'他们都忙不迭地同意。"孟总想起开放之初求着外商来中国投资的情景，时过境迁，感到作为中国人很自豪！

H董事长听了孟总汇报后，不再提垃圾焚烧电站的事了。转过年，北京要关闭全部燃煤发电厂，建设四大天燃气热电中心。在李董事长当初布局规划的项目基础上，H董事长为京能集团又多争取了两个天然气发电项目，使京能集团在北京本地电源的比重超过了60%，还将这些资产打包在香港上市。他实现了他的愿望，当然也是京能集团全体员工的愿望：为北京作贡献。

2009年3月6日，又是一年一度的全国两会期间，十堰市陈天会书记带着李新祥副市长、竹山县沈学强书记等人赴京就龙背湾水电站项目与京能集团会商。因为U总以投资过大、算不过账为由一直不同意龙背湾项目开工，十堰市政府提出"政企设计三方共同复核项目概算投资"的建议，想通过政府介入概算投资测算，掌握龙背湾项目概算投资过大的原因、设计优化的可能，从而明白需要地方政府补贴、减免费用多少才可以减少业主投资，使投资回报率达到合理水平。地方政府介入企业项目概算投资测算的情况很少见。此前他们已感到新来的H董事长对十堰水电项目态度与前任李董事长不同，所以陈书记主动上门拜访，期望从领导层面衔接好，加紧推进龙背湾水电项目。

会后，孟总对他们说："你们再想一些扶持补助办法，一定不能让龙背湾项目亏损。京能集团在十堰注册了公司，就是你们当地的公司，京能集团只是出少量资本金，公司要在当地银行大量贷款，要聘用当地员工，采购当地物资，为当地企业供电供热。如果因公司亏损而停产，就成不了当地经济发展的支柱，反而成为累赘，会拖累你们的。国有资产保值增值是国资委的考核要求，就单个项目而言，假如龙背湾项目就是算不过账来，真的会决定退出的。"但他们不大相信，觉得合同都签了，公司都注册了，何况还给了一个大热电项目，怎么能不干呢？3月15日，李副市长在十堰主持京能龙背湾水电发展有限公司、湖北省水利水电规划勘测设计院、地方政府三方会谈，就龙背湾水电项目概算投资优化进行分析研究。

3月17日，孟总再次来到竹山参加汉江水电开发公司董事会。他和贺总、胡总谈了 H 董事长主张京能集团要重点在北京投资，发展战略要做重大调整，可能会决定退出龙背湾项目，要他们有所准备。孟总对他们说："现在李副市长在牵头政企设计三方搞龙背湾项目概算投资测算分析，估计三四个月会出结果，如果测算结果离期望值有差距，京能集团可能会决定退出，到时汉江集团接过去自己干就是了。汉江水电开发公司层面上的合作，京能集团是参股，假使京能集团退出也是京能集团自己去找接盘方，不会影响到潘口、小漩、孤山水电项目开发建设资金。而且他们比较看好十堰大热电项目的，应该会保留在汉江水电开发公司的出资。如果只退出龙背湾水电项目，还可以说投资回报低；如果全面退出，没有恰当的理由。况且，京能集团和汉江集团合作开发十堰水电项目，帮助南水北调中线水源区发展经济、摆脱贫困的事，影响很大，名声在外，北京市委、市政府、市国资委都知道，都赞成，京能集团大多数干部员工是支持的，他们应该不会那样做。"

贺总、胡总最担心的是京能集团会从汉江水电开发公司撤资，因为潘口、小漩电站已经开工，移民搬迁已经开始，是绝对不能停的。他俩要孟总请 H 董事长到丹江口、十堰、竹山来看看。孟总说："陈书记已经邀请了，我也说过了。他会来，即使不去丹江口，他也会去十堰城区看看大热电项目，去竹山看看潘口、小漩电站施工现场，那儿有京能集团的员工，他是党委书记、董事长，于情于理，他都会去一下。龙背湾应该不会去了。"他们都以为，只要 H 董事长去十堰项目现场看了实际情况，就会转变态度。

5 月 13 日，孟总和王永亮陪同 H 董事长来到竹山县，和汉江集团姚总、胡总和竹山县沈书记、佘县长、夏副县长等一起考察潘口水电站、小漩水电站坝区施工和田家坝新集镇及移民安置情况。在还未全部完工的田家坝新镇，H 董事长看了新建的中心学校，学生已经开始入读了。孟总看到一直牵挂的千年丹桂已经移栽到临水山坡上，就走过去看了看。树前立了一个牌子，上面写道："竹山县林业局从 2009 年 3 月 18 日开始移植，花了 8 天，用了 20 台次大型机械，规模之大、用时之长、耗资之大、工程难度之高，在湖北省内尚属首次。"千年丹桂被砍去了很多枝干，几乎光秃秃的，上面挂满了输液瓶。孟总对夏副县长说："把丹桂砍成这样，还挂满了吊瓶，能活吗？"他答道："丹桂太大太重，不砍成这样运不上来，怕树死了，才挂上瓶给树输营养液。"孟总没想到建水电站让千年丹桂遭这么大难，真是罪过！他预感这个千年丹桂活不成了。

H董事长没有去龙背湾，没有去丹江口，也没去大九湖、神农架、武当山。他去了十堰城区京能大热电项目筹备处看望京能集团员工，了解项目进展情况。唐主任告诉他，大热电项目已列入湖北省"十二五"电力能源发展规划，将在"十二五"期间开工。孟总觉得H董事长决心已定，只等龙背湾水电项目概算投资分析报告出来。孟总心情郁闷地离开了十堰，虽然已入夏季，却感到凉凉秋意。他想，这将是最后一次来十堰了。他给H董事长说："我晚两天回北京，要到襄阳、汉口办点私事。"

在襄阳郊外刘集机场送走H董事长后，孟总进到襄阳古城，去鹿门山拜访孟浩然，去隆中山拜访诸葛亮。他俩一个是孟总的先祖、著名唐代诗人，一个是国人尊崇的三国智者；一个在盛世出世闲云野鹤，一个在乱世入世建功立业。数千年来受儒家思想熏陶，有浓厚家国情怀的中国文人士大夫，以天下为己任，但人生总有得意、失意的时候，总会纠结入世还是出世。孟总受传统文化和家庭影响，亦是如此。这两年来，他多次经过襄阳机场，来去匆匆，没有在襄阳停顿、去拜访这两位隔江相望的先贤。这次必须来看看，苦闷彷徨之际，向他们请教该怎么做，与他们告个别。

孟总一直在想，为什么他会从北京来到鄂西北汉江边，一张报纸就这么巧把自己招引到这里，鬼使神差，难道是祖先的召唤？他想起父亲曾说过他的祖先来自襄阳。他纳闷，孟姓祖先应该来自山东呀，怎么会跑到襄阳？后来回老家一查，他的祖先还真来过这里。老家祠堂大门楹联横批是"春露秋霜"，上联是"绪接邹鲁家声远"，下联是"派衍襄阳世泽长"，说的是他的老祖宗是战国时代邹鲁孟子，今山东邹县人，鸣皋孟家门这一支来自襄阳孟浩然。

孟浩然是盛唐著名的山水田园诗人，他的《春晓》诗"春眠不觉晓，处处闻啼鸟。夜来风雨声，花落知多少"用4句20个字生动描绘了春天早晨的情景，抒发了爱春、惜春的心情。孟浩然是孟子33代孙，取名浩然，源于"吾善养浩然之气"。其祖上因避战祸从山东辗转到襄阳，孟浩然生在襄阳，隐居襄阳汉水左岸的鹿门山，世称孟襄阳。孟总想，倘若孟浩然不在鄂西北汉水之滨的鹿门山归隐田园，他还会写出这些传颂后世的山水田园诗吗？

孟浩然深受同时代著名诗人赞美。李白作《赠孟浩然》诗："吾爱孟夫子，风流天下闻。红颜弃轩冕，白首卧松云。醉月频中圣，迷花不事君，高山安可仰，徒此揖清芬。"杜甫作《遣兴五首·其五》诗："吾怜孟浩然，裋褐即长夜。赋诗何必多，往往凌鲍谢。清江空旧鱼，春雨馀甘蔗。每望东南云，令人几悲吒。"白居易作《游襄阳怀孟浩然》诗："楚山碧岩岩，汉水碧汤汤。秀气结成象，孟氏之文章。今我讽遗文，思人至其乡。清风无人继，日暮空襄阳。南望鹿门山，蔼若有余芳。旧隐不知处，云深树苍苍。"作为孟子后人，孟浩然亦有安邦济世、匡扶天下的理想，在求仕不果后他选择彻底放下，退隐田园、寄情山水，过率性本真的生活。在古代，考试当官是读书人实现人生抱负的唯一出路。想必孟浩然经历了怀才不遇、理想破灭的痛楚后，他最终想开了，他在山水田园之间放纵自己的文学天赋，成了名传千古的伟大山水田园诗人，他做到了真洒脱。

在孟浩然之前500多年的东汉末年，天下大乱，群雄并起，汉水中游的南襄盆地成了各方势力角逐的战场，襄阳、南阳汇集了一群具有文才武略、洞悉天下大势的顶尖谋士，其佼佼者诸葛亮，被誉为智慧与忠义的化身。诸葛亮，字孔明，号卧龙，山东临沂人，早年随叔父到荆州投奔刘表。叔父死后，诸葛亮在襄阳汉水右岸的隆中山躬耕隐居了十年。刘备依附荆州刘表时听闻诸葛亮大名，三顾茅庐请其出山，深受感动的诸葛亮向刘备提出占据荆州、益州，联合孙权共同对抗曹操的隆中对。刘备根据诸葛亮的策略，成功建立蜀汉政权，拜诸葛亮为蜀汉丞相，与孙权、曹操三分天下。后来诸葛亮智取汉中，以其为基地，六出祁山，与司马懿斗智斗勇。刘备死前托孤，诸葛亮不负重托，鞠躬尽瘁，死而后已，在北伐途中病故在五丈原。从古到今智谋高超的不只诸葛亮，但诸葛亮最受尊崇，因为他不仅智慧而且仁义。

人性修炼的最高境界是仁而有智、德才兼备。诸葛亮、孟浩然受这里的山水养育成仁人志士，两人的人生际遇完全不同，诸葛亮的仁与智在入世建功立业、兼济天下，孟浩然的仁与智在出世退隐田园、独善其身。他们都在追求"穷则独善其身，达则兼济天下"的儒家理想和人格境界，都是后世学习的榜样。他们这种境界，来自这里的秦巴山和汉江水。汉江水启迪他们智慧，像流水一样顺势而为，灵活变通，悠然淡泊，乐水者智；秦巴山赋予他们仁爱，像高山一样刚毅沉稳，包容万物，滋养众生，乐山者仁。

仁与智是天道，是华夏先民从山水自然中悟出的生存智慧，以仁驭智，以智行仁，是华夏文明浩大永恒、延续到今天的原因。仁，懂得包容，有容乃大，仁者寿；智，懂得变通，变中求通，智者乐。南水北调中线水源区人民受秦巴汉水养育、受汉文化熏陶，他们仁而有智：牺牲自身利益保一江清水北送是仁，借机转型发展生态经济、摆脱贫困是智；汉江水过去滋养了华夏文明，如今北送滋润北方大地，受水区人民饮水思源、知恩图报是仁，为确保一江清水北送帮助南水北调中线水源区转型发展生态经济、消除贫困是智。孟总在襄阳得到了答案："入世则诸葛亮，出世则孟浩然。我们在南水北调中线水源区所做的一切利国利民利企利己，遇到阻碍要当仁不让，不计得失，竭尽全力；同时也需退让一步，相忍为国，委曲求全，淡泊致远。"

"风翻白浪花千片，雁点青天字一行。"汉江出了丹江口告别高山，走向丘陵，河床开始变宽。过了襄阳进入江汉平原，没有了山谷约束，水面宽阔，水流平缓，沙洲苇荡密布，水鸟麇集，沿江两岸大堤蜿蜒。孟总顺汉水而下，来到了汉口附近沦河畔的空降兵部队农场，这里叫朱湖，是他小时生活的地方。朱湖的西南边是濒临汉江干流的辛安渡，汉口通往丹江口的铁路经过那儿。西边毗连汉川汈汊湖，南边与武汉东西湖隔沦河相望，西北边和东南边是绕过孝感县城、汇入长江的府河，都是古云梦泽的遗存。

孟的父亲所在部队从朝鲜战场回国后就驻扎在武汉周边的江汉平原，这支部队因在朝鲜上甘岭一战打出国威军威而被毛主席改为空降兵。

上甘岭战役被拍成电影广泛宣传，孟从小就为生在空降兵部队感到自豪。也许是他父亲忘不了在朝鲜战场美军的那一炮之仇和牺牲的战友们，他时常让孟拿着他做的木制冲锋枪站上床头，对孟大喊："小孟！"他大声回答：“到！”父亲接着喊：“长大干什么？”他大声回答：“当伞兵，打美国鬼子！”父亲发出命令：“预备，跳！”然后他从床上跳了下来，嘴里“嗒嗒嗒”地模仿冲锋枪开火的声音，冲到门外。

后来改革开放，许多青年学子到欧美发达国家留学，孟也随波逐流卷进了留学大潮。他给美国圣母大学莫利校长写申请信，说：“我父亲参加过朝鲜战争，打败过美国兵；我三叔参加过越南战争，打败过美国兵。中国赢了战争，但是中国还很穷、很落后，我希望中国也能像美国那样富裕、那样先进，我真诚地想到美国学习，希望贵校给我一个机会，毕业后我将回国建设我的国家。”莫利校长给他回信：“圣母大学有许多学生参加了朝鲜战争、越南战争，牺牲在战场上，中国军人是值得尊重的对手，欢迎你到圣母大学。”孟以军人的方式联系留学，竟然被录取了，还拿了奖学金。

出国时，父亲对孟说：“当年我和你三叔扛着枪出国和美国人打仗，现在你拿着笔去美国留学，一定要好好学，一定要回来。”父亲让他带上了在朝鲜战场上缴获的美军军毯、吉列刮胡刀，还有空降兵特制的毛主席像章。

军毯是父亲在朝鲜战场负伤时盖在身上的，吉列刮胡刀父亲一直在用，锃亮如新。起初他不知道父亲给他这三样东西是啥意思，以后才知父亲深意：美制产品质量很好，美国科技很先进，要向美国学习；我们用劣势装备战胜过美国，不要自卑；不要忘了国和家，学成后回来。

1999 年 6 月，孟从圣母大学商学院毕业，获得金融MBA 学位。之前，他给中国国际信托投资公司写信说："21 世纪属于中国，我不能错过，到华尔街实习一年后我将回国工作。"孟用手写的求职信在校长办公室发传真给中信集团，办公室主任想要这封信，她觉得汉字很美，说这是珍贵的艺术品。孟告诉她，汉字是象形字，是从画演变来的。离校时，孟去和莫利校长告别，莫利校长说他是第一个自费留学毕业回国的中国留学生，为他感到骄傲，祝他成功。2000 年元旦零时，孟在纽约时代广场上和人们一起喊着"9，8，7，6，5，4，3，2，1"，钟声响了，彩球落下，人类历史进入新千年。大年三十晚上，孟给在洛阳的父母亲打电话问安、祝贺农历新年，告诉他们，他已联系好中信集团，很快就会回到北京工作。

大年初一晚上，孟在睡梦中听到母亲呼喊，他惊醒了，感觉母亲出事了，赶忙给洛阳家里打电话，没人接，他又打到郑州大姐家，问大姐："妈妈是不是出事了?"大姐说："妈妈突发脑溢血现在医院抢救，我正要赶过去，你怎么知道的?"他说："我梦到妈妈向我呼救。"母子连心，远隔万里，他竟然听到了母亲的呼唤，母爱的力量真是无远弗届。在他的成长过程中，母亲对他的影响很大，给了他人性最柔软的部分——善良、谦让和宽容。母亲得救了，但是留下偏瘫、口齿不清的后遗症。他买好了5月回国的机票，回到北京后，立即把母亲接到身边，每天都陪她说话、散步。母亲见离家多年的游子回来了，身体竟奇迹般地复原了。2001年12月，中国加入世界贸易组织，中国经济开始起飞。同月，他就任北京综合投资公司副总经理，登上了大显身手、为国效力的舞台。

朱湖是夹在汉江、府河、沦河之间的一片洼地，四周围上了大堤成了圩垸，洪水过大时这里还作为分洪区。每年入夏后，汉江洪水下来常与长江洪水在汉口相遇，长江水就会顶住汉江水下泄，造成武汉周边发大水。为保武汉，会分流汉江水经沧河入府河绕到武汉北面滠口进入长江。如果府河水大，沧河进入府河的东山闸就会关闭，不让府河水经沧河流入汉江，此时，汉江水将从辛安渡涌入沧河，朱湖将掘堤分洪，成为一片汪洋。部队则会带着老乡们撤到河堤上，老乡们不能带走的农具、家具就用绳子拴在大树上，茅草棚屋被大水冲走，庄稼全被淹死，颗粒无收。部队和老乡们靠打鱼为生，好在大水带来鱼虾泛滥，有鱼虾当饭吃。部队撤走时将房门锁上、窗子打开，水退后屋里都是鱼。

那时候，部队在前方抗洪救灾，军属们在后方垒灶烧火，夜以继日地和面、烙大饼、蒸馒头，装进塑料袋里空投给灾区百姓，小孩子们也来帮着抱柴、端水。那时候，部队孩子和农村孩子一起上学，一个老师在一间教室里同时教三个年级三个班。为保武汉和江汉平原，1958 年国家开工兴建丹江口大坝，同时在江汉平原组织民众挖河筑堤。孟见过密密麻麻的民工在沧河里挖河、运土、筑堤的情景，场面很壮观。丹江口大坝建好后江汉平原水灾少了许多，直到葛洲坝、三峡大坝建成后，江汉平原才彻底告别汉江、长江水患。

孟走进营区，部队已经撤离，这里要建设国家湿地公园了。过去围湖垦田，人进湖退；现在恢复生态，人退湖进。营区道路两侧是高大粗壮的水杉，沧河大堤内外也有成片的水杉林，是当年他父亲带着部队种的，他还种过两棵。水杉是恐龙时代就有的珍稀孑遗植物，最早在鄂西利川县被发现，是中国特有一级保护树种。水杉树形挺拔似宝塔，翠绿的长条羽状叶一到秋季泛成金黄，撒落一地，很漂亮。因为水杉不怕水淹、喜光性强、生长快，20 世纪 70 年代在江汉平原广泛种植。在涨水时节，刚直的水杉和柔曲的垂柳组成的防浪林，阻挡着波浪对河堤的冲击。

孟走上河堤，过去种满高粱的沧河畔如今长满了红蓼。红蓼又名游龙、水荭，茎干直立有膨大节，叶片大而翠绿，花穗长而下垂，一丛丛、一穗穗肥硕的红蓼花宛如游龙，亭立水面，随风摇曳，肆意放纵野性之美。红蓼自古深得文人青睐，入诗入画者众多。《诗经》中有"山有桥松，隰有游龙。不见子充，乃见狡童"的诗句，描写一个美貌女子约会时戏谑男子的情景，其中的游龙指的就是红蓼。白居易诗云："秋波红蓼水，夕照青芜岸。"宋徽宗画的《红蓼白鹅图》，齐白石画的多幅红蓼图，都很有名。红蓼分布很广，也是江汉平原的原生植物。他见过零散生长的红蓼，从没见过这么大片的红蓼。他觉得这个国家湿地公园最具特色的景观不是荷花、香蒲、苇荡，而是河畔葳蕤无际的红蓼。红蓼花是离愁之花，象征思念、离别之情，他来去匆匆，遇见这大片红蓼，心情别样，一股愁绪从心底泛起，不知道此生是否还会再次回到这里。

孟坐在河堤上，想起小时的趣事。朦胧之中，他看到自己和一群孩子从河堤上蹦着跳着走过，那是孩子们在放学回家的路上。孩子们来到河边草地，那儿是他们放学后最爱去玩耍的地方，常有牛群在那里吃草，孩子们喜欢骑到牛背上游荡，孟会坐在牛背上吹笛子。天热时，孩子们会到河边玩水、游泳。大人们害怕他们淹死，不许他们游泳。可是，生在水乡泽国，发大水时不会游泳怎么能行？孩子们常偷偷下河玩水，回到家里，妈妈们会在他们手臂上抓一下，如果有泥灰印，说明下河玩水了，接着一巴掌就打过来。后来他们发现，游泳后跑一圈出出汗，妈妈们就抓不出泥灰印了。

孟的父亲参加了农场创建，当年部队到朱湖开荒，孟的父亲跟着军长最先进湖勘察，后来又到农场工作。孟的父亲来自农村，知道水利的重要性。一到农场，他就大搞水利建设，组织官兵整治沟通汉江和府河的沦河河道，筑防洪堤，建排灌站，挖沟修渠，建成了完善的农田排涝灌溉系统。当时，从北京来的 100 多个中学生组成学生连，他们是被送到这里学军劳动的。孟的父亲要学生连和部队一起挖沟修渠，他们不喜欢干，就给他取绰号"沟场长"。他不以为意，叫他们认真学习毛主席指示："水利是农业的命脉。"

　　在农场，孟有幸遇到了这群来自北京的大孩子们，他们带来的图书给他打开了广阔的知识天地。他喜欢看书，在农场买不到书，他就找北京来的学生们玩，向他们借书。他借到了成套的《十万个为什么》，他对科学的兴趣就是那时萌发的。有一次他还借到了一本《唐诗300 首》，他的大姐想留下，他只好手抄了一本给她。孟羡慕北京的孩子们有这么多书看，发誓将来也要去北京。后来，又有一群省歌舞团的艺术家来到农场，父亲请他们教孩子们识乐谱、拉小提琴、吹笛子，每天晚上他们都聚在一起吹拉弹唱，宛如小型交响音乐会。再后来，又来了一群农学院的教授，父亲请他们给干部战士们讲授农业科技知识。

孟看到小时候住的房子还在，有一个看守营区的老兵住在这里，是他父亲当年的战士。房前有一架葡萄，房后是菜地、鸡圈、鱼塘。他父亲会种西瓜，以前每年都种西瓜送给大家吃。他在菜地里挖起一锹土包好。老兵送他一对刚孵出的小鸭子给他女儿做礼物，它们一身金色绒毛，非常好看，也许孟见过它们多少代前的祖辈。他将土和小鸭子放进盒子带到了北京，土倒进了花盆里，种上栀子花；小鸭子给女儿养着，她好喜欢。他告诉女儿："这是从我小时候生活的汉江边带来的，有我童年的记忆。"她听后，更细心地照看着这对可爱的小鸭子。

一个月后，唐主任回到北京，十堰大热电项目已经顺利纳入湖北省"十二五"电力能源发展规划，孟总领导的京能集团战投办告别了十堰。京能集团电投部项目经理胥成增接任十堰热电项目筹备处主任和龙背湾水电发展有限公司总经理。在两年半时间里，京能集团战投办与电投部联手，在当地政府支持下与汉江集团合作，打开了十堰水电开发局面，还顺带拿下了大热电项目，为十堰市、竹山县、郧西县，也为京能集团、汉江集团发展作出了堪称传奇的贡献。当初因为一张报纸上的消息使他们做了该做但不是分内的事，现在该回来了，他们是唐鑫炳、梁江、张玉林、葛青峰。

第九章

2009 年 8 月 10 日，在周一上午的京能集团业务碰头会上，电力能源投资建设部汇报了政企设计三方对龙背湾水电项目概算投资测算分析结果。电力能源投资建设部认为："各方对龙背湾项目的未来盈利前景有分歧。在不考虑政府补贴和税费减免的情况下，龙背湾项目将出现亏损。如果要使龙背湾项目达到预期的回报，需要政府承担更高比例的移民搬迁费用，有较大的经营风险，但是从集团发展清洁能源的长远战略考虑出发可以投。"U 总的意见是退出，认为项目回报没有保证，风险太大。孟总坚持原来的意见："基于集团发展清洁能源战略，龙背湾项目是进入水电领域的第一个控股项目，而且是和水利部水电龙头企业汉江集团合作，应该继续保留，至少也要把它建成，到那时再退出也行，我们不差这点钱。关于经济效益指标测算，十堰水电、热电项目无论参股的还是控股的都是一个项目群，不是孤立的，应从整个项目群测算总投资回报率，不能只看单个项目的投资回报。另外，我集团和汉江集团合作开发投资十堰水电项目，汉江集团是龙背湾公司参股方，应该征求汉江集团的意见再定。还有，十堰市政府给我们了大热电项目，也应该征求十堰市政府意见，否则可能失去大热电项目。"H董事长表态："U总是分管领导，我同意他的意见，退出龙背湾水电项目，其他不变。"孟总一看，事到如今，只能这样了，失掉一个，总比失去全部好，他不再争辩了。他知道，彼此看待项目的角度和评判标准不同，争不出个对错。

H董事叫U总给十堰市政府、汉江集团做好解释，求得理解。十堰市陈书记、张市长接到京能集团决定退出龙背湾水电项目的消息后很惊讶，毕竟国有企业从已经签约的项目退出很罕见。但他们还让京能集团继续做十堰大热电项目，毕竟之前在他们最困难的时候，京能集团主动来到十堰，雪中送炭，出手相助，帮他们闯过难关，打开了发展局面。而且京能集团只是退出龙背湾水电项目，还没有退出汉江水电开发公司，还没有影响到潘口、小漩、孤山水电项目。京能集团退出龙背湾水电项目，让十堰市、竹山县政府颇感被动，不仅有经济层面，还有政治层面、社会层面的影响。陈书记、张市长赶紧和汉江集团贺总、姚总、胡总会商对策，同时派竹山县沈学强书记跑到北京做最后的努力。

孟总那几天心情很不好。南水北调，饮水思源，吃水不忘挖井人，滴水之恩，涌泉相报，原本是多么美好的一件事。牵头人是他，他觉得自己像个骗子，无法面对汉江集团领导和十堰市、竹山县的领导，内心充满了自责。他真希望当初没有看到那篇报道。可事情就变成了这样，该怎么办呢？况且，国家对国企有资产保值增值要求，项目投资效益达不到要求，即使是签约项目毁约退出也不是不行。因为看待项目的角度和评判标准不同，不能说退出就不对，这回该他窝火了。

孟总躲着不见沈书记，不知怎么对他说。经不住沈书记一再要求，那天晚上孟总去西二环附近的一个小招待所见他。招待所开在一个老旧小区楼下地下室里，孟总走进去见到了沈书记，总是笑哈哈的他看起来苍老了许多，胡子拉碴的，以往的精神劲没了。他是个信心十足的、凡事想得开的乐天派，孟总从没见到他如此沮丧。就在潘口、小漩水电站开工，龙背湾水电站即将开工，数万移民已经开始搬迁的关键时刻，刚接手的京能集团撂挑子不干了。他接任县委书记不长时间就出了这事，全县甚至全市的人都盯着他，他的压力之大可想而知。

他问孟总："是不是我们哪儿做得不好，做错什么了？"孟总安慰他："你们做得很好，你们没有做错什么。"他接着问："是因为金融危机使你们资金紧张吗？"孟总回答："京能集团是资产千亿的大国企，不缺钱，是集团要把外地投资收回北京。"孟总告诉他："事情已经这样了，不要在北京浪费时间了，赶快去丹江口找汉江集团想办法，龙背湾项目已推进到核准开工阶段，现在是全国性水电开发热潮，应该不难找到接盘者。"

孟总走出招待所，沈书记追出来，当时外面下着雨。沈书记一定要孟总说清原因。孟总说："我说不清。"他说：“龙背湾项目不是亏损项目，只是投资回报率低一点，现在经我们努力，指标已经好多了。竹山是穷县，我们已经承担了潘口水电站很多费用，国家和省里的优惠政策我们能争取的都争取了，我们千辛万苦、千方百计从省里要来了 4 亿元补贴，我们只能做这么多了。”孟总说：“我知道，竹山很穷，你们已经倾其所有了，但是这还不够，我在会上把该说的都说了，还说了大热电项目的事，希望他们通盘考虑。”

沈书记要孟总找李董事长去和 H 董事长说说情：“李董事长和你在十堰水电开发上倾注了那么多心血，难道你们就忍心不管了？”孟总说：“这块工作原本就不归我管，我不能再插手了。我现在和你一样难受，我只能对你们说对不起了。”沈书记声音颤抖地又问：“真没办法挽回了？”孟总斩钉截铁地回答：“是的！无法挽回了。”

雨水从沈书记脸上流下，从孟总的脸上流下，他想沈书记一定是流泪了。孟总难过得说不下去了，他很艰难地，几乎是挤着牙缝说道：“事已至此，我已无能为力，我也很难过。我得走了，以后也不便再见面了，我不分管这块工作，再插手，只会给你们添麻烦，对不起了。"他决绝地走了，沈书记还在雨中木然地站着。此后，他和沈书记，和竹山县、十堰市、汉江集团的领导再也没有联系。退休之前，他不打算再去丹江口、十堰、竹山、郧西。退休后，他一定去，尤其是竹山，到那时堵河梯级水电站一定建成了，他一定要去看看竹山的新面貌。

"我轻轻地走了，正如我轻轻地来；我轻轻地挥手，告别秦巴汉水的云彩。"孟总很想在十堰水电项目全部完成后这样诗情画意地离开，但他走得一点都不轻松。曾经，他觉得自己像行侠仗义、救人危难的白衣骑士艾凡赫，披坚执锐，无往不利；现在，他觉得自己不过是拿着长矛向风车挑战的唐吉诃德，滑稽可笑，自作多情，自不量力。除了最初在十堰成功外，在安康、南阳、重庆处处碰壁，如今在龙背湾又走了背字，他踏着沉重的脚步，惆怅满怀地走了。

回到家里，看到两只小鸭子已经长大了不少，在家里继续养着不合适了。孟总给女儿说："鸭子是水禽，它们应该在水里生活，我们把它们放到后海去，那儿有个野鸭岛。"女儿同意了。

沈书记回去后，马上向十堰市领导、汉江集团、长江委报告赴京结果。长江委决定请水利部出面安排黄河小浪底集团（水利部小浪底水利枢纽管理局）前来救场。2009 年 9 月 16 日，临危受命的黄河小浪底集团来竹山考察龙背湾水电项目，一看龙背湾水电项目已到开工阶段，开发条件和投资环境不错，投资回报指标还行，又是同为水利部的兄弟企业汉江集团参股，同意接过京能集团股权。10 月 14 日，在河南郑州水利部黄河水利委员会，竹山县政府、汉江集团和黄河小浪底集团签署龙背湾水电项目合作开发协议。同时，黄河小浪底集团还作为第二大股东增资进入汉江水电开发公司，京能集团退居第三大股东，黄河小浪底集团的张汉青接过了孟总的副董事长职务，并担任龙背湾水电发展有限公司总经理。

2009 年 10 月 24 日，张汉青总经理带着黄河小浪底集团前期工作组进驻龙背湾。12 月 28 日，龙背湾水电项目举行开工典礼，自此堵河干流未建水电站全部开工，大功终于告成。孟总在网上看到了新闻报道，一场突发危机过去了，他心中的块垒消去了。天道酬勤亦酬善，他能想象到沈学强书记笑了，贺总笑了、姚总笑了、胡总笑了，陈书记笑了、张市长笑了、李副市长笑了、唐副县长笑了，许许多多为堵河水电开发四处奔波的人都笑了。

来源：竹山县

来源：竹山县

来源：竹山县

2009 年 9 月 26 日，潘口水电站顺利截流；2010 年 11 月 15 日，大坝填筑工程完工；2011 年 9 月 8 日，水库下闸蓄水；2012 年 5 月 31 日，首台机组并网发电；2012 年 6 月 18 日，潘口水电站正式投产发电；2012 年 10 月 28 日，2 号机组并网发电。水电工程建设最大的难点在移民，花钱最多的也在移民。移民是拆祖屋、迁祖坟、改生计的工作，让移民拆迁，必须让他们看到发展的前景和希望。竹山县举全县之力推进移民工作，把移民安置与新农村建设、扶贫开发、城乡一体化建设紧密结合，与"十星文明农户""十星文明村镇"创建活动紧密结合，建立了县乡村三级包保帮扶机制，使移民迁得出、安得下。2009 年底已完成移民 21460 人，占计划的 97.6%，提前一年完成移民任务，开创了国内同类水电站移民安置新纪录，实现了无强制拆迁、无群体上访、无重大安全事故的"和谐移民"目标，创造了移民搬迁的"潘口速度"和"潘口经验"：建房速度快，3 年建设房屋 177 万平方米，年建移民房 59 万平方米，月建 5 万平方米；搬迁速度快，3 年累计搬迁 3.68 万人，月搬迁 1000 人；专项复建快，3 年复建等级公路 89 公里，复建大中桥梁 17 座；配套设施快，3 个新建镇市政功能齐全、设施完善，72 个移民点实现了水、电、路、通信、广电、沼气、栏圈、垃圾池等基础设施"八配套"；创造了中国水电史首例为修建水电站举行听证会的纪录，在涉及潘口水电站淹没区和安置区的 8 个乡镇同时举行听证会，解答相关问题。2011 年 3 月 28 日，时任湖北省委书记李鸿忠、省长王国生在十堰主持召开南水北调中线工程移民安置工作专题会，号召认真学习借鉴竹山县潘口水电站移民安置工作的经验。

2011 年 11 月 6 日，小漩水电站下闸蓄水。2012 年 12 月 25 日，小漩水电站首台机组投产发电。2013 年 6 月 6 日，潘口、小漩水电站全部 5 台机组首次实现同时并网发电。2014 年 9 月 19 日，潘口水库水位首次达到正常蓄水位 355 米高程。2017 年，潘口、小漩水电站年发电量首次超过设计发电量，实现全年盈利。2020 年，潘口、小漩水电站全年累计发电 13.79 亿度。2021 年，潘口、小漩水电站全年累计发电 17.26 亿度，营业收入、利润均为投产以来最好成绩。2022 年 7 月 27 日，总装机容量 55 万千瓦、设计年发电量 11.97 亿度的潘口、小漩水电站通过竣工验收。截至 2022 年 7 月底，潘口、小漩水电站累计发电 101.55 亿度，累计上缴税金 7 亿元。不仅创造了可观的经济效益，还在防洪减灾上发挥了重要作用。自 2014 年 9 月潘口水库大坝首次拦蓄洪水，连续八年平稳度过堵河流域超强秋汛，特别是 2022 年成功应对最大入库流量 5560 立方米/秒、持续 9 小时超 5000 立方米/秒的洪水过程，充分发挥了枢纽蓄洪、拦洪、削峰、错峰作用，确保了下游人民群众生命财产安全。

龙背湾水电项目在黄河小浪底集团、汉江集团联合推进下，于 2009 年 12 月开工，2010 年 3 月开始移民，2011 年 12 月 21 日实现工程截流，2013 年 10 月完成大坝主体填筑，2014 年 10 月 12 日水库下闸蓄水，2015 年 5 月 5 日首台机组并网发电，2015 年 7 月 22 日第二台机组并网发电，龙背湾水电站全面建成投入商业运行。龙背湾水电站总投资 21.8 亿元，装机容量 18 万千瓦，设计年均发电量 4.2 亿度，是华中电网调峰骨干电源。竹山县、竹溪县、房县同心协力，提前完成了 7839 名移民安置任务，其中生产安置 2567 人，完成房屋复建面积 26.8 万平方米；完成等级公路 39.7 公里、桥梁 11 座、隧道 11 座、涵洞 22 道；完成输变电线路 62.1 公里；完成通信主、支干线 60 公里；完成广播电视线路 72.6 公里。

至此，花了 8 年时间、总投资 70 亿元、总装机容量 73 万千瓦的 3 座堵河干流梯级水电站全部建成，堵河流域水电开发完美收官。至此，竹山县已建成大中小型水电站 38 座，装机突破 90 万千瓦，年发电量 20 亿度，成为湖北省重要水电能源基地，成为推动竹山跨越发展的巨大动力。奔流不息的堵河水转化为源源不断的清洁电能，为千家万户提供了照明和电器用电，为发展地方工商业提供了强大动力。而且，还为南水北调中线增加了 32 亿立方米水源储备，为十堰主城区提供了优质饮用水。竹山县水电产业年收入达 10 亿元，年税收增加 2 亿元，大大增强了县级财政能力，为振兴乡村、开展新农村建设、城乡一体化建设、兴办各项社会事业提供了充足财力。

潘口、小漩、龙背湾水电工程不仅是经得起检验的优等工程，而且是堵河人民脱贫的希望工程。3 座水电站淹没区涉及竹山、竹溪、房县 3 县 13 个乡镇，移民动迁 4.5 万人。由于地处深山，基础设施建设严重滞后，移民中有 1.6 万人极度贫困。因潘口、小漩、龙背湾水电站开发建设，用于移民 30 多亿元，迁建集镇 4 个，在县内交通便利、土地肥沃的乡镇建起了 74 个移民安置点。移民们离开了土坯房，迁到具有现代化交通、电力、通信设施和学校、卫生院、邮局等公共服务设施的新村镇，搬进了砖混结构的"白色马头墙、青瓦坡屋顶"徽派民居，移民人均住房面积达到 40 平方米，比搬迁前人均增加 12 平方米，生产生活条件显著改善。移民新村镇依青山傍碧水，一排排房屋鳞次栉比掩映在蓝天白云之下，县内安置的移民们守着故土，走上了柏油路，喝上了自来水，看上了电视，用上了电话、冰箱、洗衣机，发展了绿色产业，过上了小康生活。

竹山县深河乡集镇　来源：竹山县

竹山县上庸镇集镇　来源：竹山县

竹山县官渡镇集镇　来源：竹山县

竹山县柳林乡集镇　来源：竹山县

竹溪县兵营镇集镇　来源：竹山县

竹溪县新洲镇集镇　来源：竹山县

竹山库区移民新村——上庸镇茶厂移民安置点　来源：竹山县

竹山库区移民新村——柳林乡龙背梁子移民安置点　来源：竹山县

竹山库区移民乡镇学校——柳林乡中心学校　来源：竹山县

竹山库区移民新生活场景系列　陶德斌　摄　来源：《十堰日报》

G346 竹山县城至潘口水电站一级公路　来源：竹山县

G242 竹柳公路龙背湾复建路段　来源：竹山县

竹山县天翻地覆的历史性变化是竹山人民在县委县政府带领下，发扬"迎难而上、勇于担当、敢为人先、甘于奉献"精神取得的，得到了湖北省委、省政府高度赞誉。时任省委书记罗清泉说："竹山基础比较弱、条件比较差，自我加压、不等不靠，走出了一条贫困山区统筹城乡发展的新路子，自力更生、艰苦奋斗的精神值得发扬。"时任湖北省委常委、宣传部部长李春明批示："其经验值得重视，请发《决策参考》，以供各地学习借鉴。"省委内刊《决策参考》在 2009 年 11 月 3 日第 45 期、

2010 年 7 月 29 日第 37 期分别刊登了竹山县委书记沈学强的《创新体制机制，实现和谐移民》和《聚焦竹山精神，推动跨越发展》两篇文章，介绍竹山县在水电工程建设中的移民搬迁和推动经济转型、实现跨越发展上的经验。

汉江孤山水电站 2009 年 8 月开始施工桥建设，但直到 2016 年 2 月 25 日才正式开工。2019 年 12 月首台机组发电，2020 年底 4 台机组全部并网发电，2021 年底枢纽船闸通航，工程全部完工。总投资 34.86 亿元（其中十堰市政府承担 5 亿元），库容 2.12 亿立方米，发电装机总容量 18 万千瓦，年均发电量 5.8 亿度。2022 年完成发电 5.81 亿度，取得了投产两年均超设计年均发电量的成绩，全年实现发电收入 1.9 亿元，上缴税费 1998 万元。中国广核集团投资的白河电站于 2015 年 4 月开工建设，总投资 29 亿元，库容 2.67 亿立方米，2020 年 11 月 4 台机组全部建成发电并入湖北电网。发电装机总容量 18 万千瓦，设计年均发电量 5.57 亿度，可实现收入 1.8 亿元，税收 3800 万元。白河、孤山水电站建设对改善交通、保护生态环境、促进库区移民群众脱贫致富、助力地方经济发展起了重要作用。

汉江孤山水电站首台发电机组投运　来源：郧西县

汉江孤山水电站主体工程全部完工　来源：郧西县

汉江白河（夹河关）水电站全部发电机组投运并入湖北电网　来源：郧西县

　　至此，从丹江口水电站以上汉江干流全部 8 个梯级水电站建成，陕南可以通江达海，300 吨级船舶可从汉中直达湖北汉口，进入长江。至此，十堰市大规模水电开发建设结束，建成各类水电站 248 处，水电总装机规模达到 337 万千瓦，十堰市丰富的水能资源得到充分利用，缓解了地方电力紧张，满足了地方工业用电需求，增加了地方财政收入，极大地推动了地方经济和社会发展。

　　十堰大热电项目于 2007 年 10 月开始筹备，2008 年底上报列入湖北省"十二五"电力能源发展规划，项目规划建设 4 台 35 万千瓦热电联产机组，规划占地 1100 亩，按"一次规划、分期建设"的方式实施。2013 年 2 月获得国家发展改革委同意开展前期工作的批复。2013 年 9 月成立京能十堰热电有限公司，王永亮任董事长，胥成增任总经理。他们在继续支持汉江水电开发公司潘口、小漩、孤山水电项目建设的同时，全力推进十堰大热电项目前期工作，为开工做准备。

2014 年 12 月，京能十堰热电项目一期工程获得湖北省发展改革委核准，一期工程建设 2 台 35 万千瓦热电联产机组，同步配置建设供热管网，总投资 40 亿元。2015 年 3 月在张湾区石桥村启动厂址平整工程。2015 年 7 月主体工程全面开工。1 号、2 号机组分别于 2018 年 12 月、2019 年 3 月投入商业运营，设计年发电 35 亿度，年供热 1200 万吉焦，形成 500 吨/时以上工业供气能力和 800 万平方米供暖能力，替代了十堰市热电厂 2.7 万千瓦小火电机组和 87 台燃煤小锅炉；同步建设了烟气脱硫、脱硝、中水回用和废水零排放等设施，利用城市中水 1200 万立方米，环保指标达到近零排放。

2021 年 7 月，京能十堰热电项目二期工程获得湖北省发展改革委核准，二期工程建设 1 台 35 万千瓦热电联产机组，总投资 15.6 亿元。2021 年底开工建设，同步建设烟气脱硫、脱硝设施。2023 年供热季正式投产。此时，京能十堰热电有限公司总装机容量将达到 105 万千瓦，年发电量可达 52.5 亿度，年供热量将增至 1800 万言焦，形成 750 吨/时工业供气能力和 1800 万平方米供暖能力。此外，京能集团还在丹江口建设 10 万千伏光伏发电项目。

方戎　摄　来源:《十堰日报》

十堰市委、市政府高度重视京能十堰大热电项目建设，将其作为十堰市重大的对口协作政治工程、热电联产的民生工程、承接东风汽车集团"三供一业"改革的支撑性工程、改善生态环境的环保工程，给予大力支持，保障了项目顺利建设。京能十堰大热电项目的建成投产，增加了城市集中供热能力，满足了城区居民冬季采暖需求，提高了城市生活品质和品位；满足了十堰市工业用气需要，吸引了一批轮胎、锂电池、生物制药等工业企业落户十堰，对带动地方就业、增加地方税收、助推地区经济发展发挥了重大作用；促进了节能减排，提高了能源利用效率，关闭了十堰城区的小火电和小锅炉，每年烟尘减排 400 吨、二氧化硫减排 2000 吨、氮氧化物减排 1900 吨，利用城市污水处理后的中水 1200 万立方米供热发电，有效保护了南水北调中线水源地丹江口水库的水质和生态环境。从此以后，每年冬季十堰城区居民们都能真切感受到来自北京的温暖。

第十章

丹江口水库大坝加高工程于 2005 年 9 月 26 日开工，2009 年 6 月 20 日混凝土坝坝顶全线贯通，2010 年 3 月 31 日大坝加高工程混凝土坝段最后一个坝段加高到 176.6 米设计高程。丹江口水库陶岔渠首枢纽工程于 2009 年 12 月开工建设，2014 年 11 月建成，渠首闸段设计流量为 350 立方米/秒，加大流量为 420 立方米/秒，到北京团城湖流量为 70 立方米/秒。从陶岔渠首到团城湖高度差 95 米，全程自流约 14 天到达北京。通水后，每年可向北方输送 95 亿立方米的水量，相当于 1/6 条黄河，缓解了北方严重缺水局面。

2011 年 9 月 23 日，北京市代表团赴河南南阳、湖北丹江口参观南水北调中线工程，北京市领导赋诗一首盛赞库区人民的牺牲和贡献："南水北送真辉煌，最动情是离故乡，清水滋润京城日，共赞堰宛好儿郎。"陪同参观的汉江集团贺平董事长介绍了与京能集团的合作，北京市领导表示："做得对，我知道。"按照中央要求，1992 年北京对口支援三峡库区湖北巴东县，1994 年对口支援西藏拉萨市，1996 年对口帮扶内蒙古，1997 年对口帮扶新疆和田地区，2008 年对口帮扶四川什邡市，2010 年对口支援青海玉树州，后来还有京津冀协同发展和对河南、湖北南水北调中线水源区对口帮扶。北京支援帮扶的外省区越来越多、规模越来越大，在促进受援区经济社会发展上发挥了巨大作用，为弘扬社会主义协作精神、缩小区域发展差距、实现共同富裕作出了巨大贡献。北京市领导对京能集团与汉江集团在南水北调中线水源区的合作是赞赏的。

2014 年 12 月 12 日 14 时 32 分，长 1432 公里（包括天津支线 156 公里）、历时 11 年建设、总投资 2086 亿元的南水北调中线工程总干渠正式通水。水源地丹江口水库的水质常年保持在国家地表水Ⅱ类标准以上，总干渠渠道全线封闭并与沿线河流立体交叉，确保沿途水质安全。清澈的汉江水从陶岔渠首出发，历时14天19小时28分钟后于12月27日上午10时流进终点——北京颐和园团城湖调节池。在这儿经过调蓄后通过环城管道输送到各个水厂，再经过水厂加工，送到城区千家万户。经检测，各水厂生产的自来水全部符合国家饮用水卫生标准。那些天，孟总太太发现，自来水没有水垢了，口感和味道更好了。孟总告诉她："南水北调中线通水了，我们现在喝的是汉江水，汉江水有来自竹山堵河的水。"孟总又喝到了汉江水，还是他小时候喝到的味道，还是那样的甘冽清爽。这些年他去过海内外许多地方，但感觉来自秦巴山的汉江水是最可口的。至2023年12月27日南水北调中线通水进京9周年时，北京累计接收汉江水93亿立方米，占城区供水量的70%，全市有1500万人受益，人均淡水资源由通水前的100立方米增加到150立方米。9年来，南水北调中线累计向北方调水606亿立方米，惠及1.08亿人口，成为沿线26座大中型城市和200多个县（市区）经济社会发展的生命线。

方戎　摄　来源:《十堰日报》

此后，每当孟总走京广高速或高铁进出北京、跨过永定河时都会看上一眼旁边的大宁水库。这是汉江水进入北京的第一站，此前干涸了很多年，现在蓄满了汉江水；汉江水到这里调蓄后再通过西四环 12.64 公里暗涵流入终点颐和园团城湖。再往后，孟总感到北京的植被更茂盛了，空气比过去清新湿润了，因为南水北调后，减少了地下水开采，多出的水放入水库、河流、湖泊里，地下水位开始止跌回升，全市平原区地下水位连续 8 年累计回升 10.64 米，增加储量 54.5 亿立方米。常年断流的河流、干涸的湖泊开始有水了，之前因地下水超采、水位下降而恶化的华北生态开始好转了。

永定河是北京的母亲河，"先有永定河，后有北京城"。20 世纪 90 年代，由于水资源过度开发和降水量减少，永定河京津段断流。经过近 10 年的综合治理和生态修复，2020 年春北京永定河段 170 公里全线通水；2021 年在断流 26 年后，永定河 865 公里河道重新全线通水，重现大河奔流入海的景象。20 多年来，从 400 公里外的万家寨引黄河水，从 1300 公里外的丹江口水库调来汉江水，加上大量补充城市再生水，近 5 年对永定河的生态补水超过 21 亿立方米。贯通后的永定河北京段形成水面 1800 公顷，湿地面积增加 1 倍。2022 年，永定河北京段首次观测到黑鹳、棉凫、大鸨等国家级保护鸟类，水质和生物多样性明显恢复。当年永定河干涸断流，河床上堆满垃圾、遍布挖沙留下的大坑，如今碧波荡漾、芳草萋萋，成为湿地公园、景观林带、滨水步道交织的绿色生态带。

密云水库是首都北京最大的饮用水源供应地，库容

40 亿立方米。为提高北京市水资源战略储备和城市供水率，北京市内配套南水北调中线工程建设了密云水库调蓄工程，在南方降水多的季节或年份多调水存入密云水库，在北方降水少的季节或年份从密云水库多放水进入城区自来水管网。2015 年 7 月密云水库调蓄工程投入运行，南水北调来水从团城湖出发，通过京密引水渠上的 9 级泵站提升 133 米，流程 103 公里，输送至密云水库，以增加密云水库蓄水量。此后，密云水库的蓄水量逐年攀升。至 2019 年 2 月已累计输水 9.19 亿立方米，除向密云、怀柔、顺义水源地回补地下水 3 亿立方米外，有 4.5 亿立方米存入密云水库，其余存入十三陵水库、怀柔水库。汉江水进京前，密云水库的水域面积为 74 平方公里，蓄水量不足 11 亿立方米。2021 年 10 月 1 日，密云水库蓄水量 35.79 亿立方米，水域面积已扩大至 160 平方公里，达到了历史最高值。

为了这一天，南水北调中线水源区人民作出了巨大牺牲和贡献。地处全国 14 个集中连片贫困地区之一的十堰市先后淹没 55.2 万亩耕地，搬迁重建 2 座县城、13 座集镇，关停 300 余家污染企业，拒批 160 个有污染风险的项目，每年减少税收 10 多亿元，6 万职工因此下岗，5 万库区渔民上岸另谋生路。动迁移民总数 18.2 万人，其中外迁 7.7 万人、内安 10.5 万人，在南水北调中线工程中移民人数最多、移民任务最重。其中，丹江口市又是湖北省淹没面积最大、搬迁人数最多的县市。丹江口水库 1967 年下闸蓄水后，淹没丹江口市面积 347 平方公里，动迁移民 16 万人。南水北调中线工程使水库面积扩大，丹江口市又动迁移民 9 万多人，有许多人还是二次移民。南水北调中线工程成败在水质，关键在移民。移民能否搬得出、稳得住、能发展、可致富，是确保工程顺利实施的前提。

2013 年 3 月 5 日，是学雷锋的日子。这一天，国务院批复了国家发展和改革委员会、国务院南水北调工程建设委员会办公室会同有关部门和地方政府制定的《丹江口库区及上游地区对口协作工作方案》（以下简称《方案》）。国务院批复指出：南水北调中线工程是优化我国水资源配置，解决北京、天津、河北、河南四省市水资源短缺，促进经济社会可持续发展的重大战略工程。南水北调中线水源区涉及湖北、河南、陕西 3 省 8 市 43

个县（市、区）和四川、重庆、甘肃 3 省市部分地区。河南、湖北、陕西三省水源区在移民安置和水质保护等方面作出了重大贡献。河南、湖北两省水源区共搬迁移民 34.7 万人，其中河南省移民 16.5 万人，湖北省移民 18.2 万人。河南、湖北两省先后搬迁关闭企业 1034 个，资产损失 135 亿元。为保丹江口水库水质达到 II 类标准以上，水源保护区经济发展受到严重制约。因此，国家决定采用对口协作帮扶的形式推动水源保护区经济转型发展。

《方案》要求：北京市、天津市、河南省、湖北省和陕西省政府从确保实现南水北调中线工程战略目标的大局出发，以保水质、强民生、促转型为主线，坚持对口支援与互利合作相结合、政府推动与多方参与相结合、对口协作与自力更生相结合，通过政策扶持和体制机制创新，持续改善区域生态环境，大力推动生态型特色产业发展，着力加强人力资源开发，稳步提高基层公共服务水平，不断深化经济技术交流合作，努力增强水源区自我发展能力，通过开展对口协作，构建南北共建、互利双赢的区域协调发展新格局。

《方案》提出：到 2020 年，水源区生态环境持续改善，调水水量水质稳定达标；资源节约集约利用水平显著提高，生态型特色产业形成优势；劳动力就业能力明显增强，收入水平进一步提高；公共服务能力得到加强，城乡面貌不断改观；把水源区建成生态环境良好、社会文明和谐、经济持续发展、人民安居乐业的生态文明地区。

《方案》明确：北京市 16 个区县对口协作河南、湖北两省水源区 16 个县市区，包括河南省南阳市的淅川县（渠首所在地）、西峡县、内乡县、邓州市，洛阳市栾川县，三门峡市卢氏县；湖北省十堰市的张湾区、茅箭区、郧阳区、丹江口市（水库大坝所在地）、郧西县、竹山县、竹溪县、房县、武当山特区和神农架林区。

看到消息，孟总很高兴，十堰市、竹山县领导肯定更高兴。孟总心想："国务院真会选日子，互利协作就是弘扬雷锋精神。当初，我们是自发、自愿地来到十堰援助水源保护区建设，今后在政府推动下，会有更多的北京国企来到水源保护区帮扶发展。"国家以行政法规形式赋予了南水北调中线受水区对水源区的对口支援义务，水源区与受水区是平等互利的合作关系。2011 年 1 月，竹山县委书记沈学强升任十堰市副市长，主抓南水北调库区移民安置、生态保护工作，负责十堰市与北京市开展对口协作。他常来北京参加对接、交流、签约活动，孟总在电视新闻上见过他。自从那个雨夜分别后，他没有再找过孟总。

北京市坚决贯彻落实国务院关于开展对口协作的工作要求。2013 年 8 月，北京市与湖北省签订战略合作协议，其中心内容是对口协作十堰市。北京市 10 个区分别与十堰市 9 个区县及湖北神农架林区结对子对口支援：海淀区—丹江口市，大兴区—茅箭区，东城区—郧阳区，丰台区—张湾区，房山区—房县，石景山区—竹山县，密云区—竹溪县，平谷区—郧西县，通州区—武当山旅游经济特区，门头沟区—神农架林区。2014 年 4 月，北京市编制了《南水北调对口协作工作实施方案》《北京市南水北调对口协作规划（2013—2015）》《北京市南水北调对口协作"十三五"规划（2016—2020）》。从 2014 年至 2020 年，北京市财政每年拿出 5 亿元用于对口协作计划，湖北、河南各 2.5 亿元。这笔钱看着不多，平均到十堰市每个区县才 2500 万元，但是它在带动北京市属国企和社会资金、促进交流与合作上发挥的作用很大。

2019 年 12 月 12 日，南水北调中线工程通水 5 周年新闻发布会召开。

5 年来，北京累计接收丹江口水库来水超过 52 亿立方米，水质始终稳定在地表水环境质量标准 Ⅱ 类以上，北京的人均水资源量由 100 立方米提高到 150 立方米。自 2014 年开展对口协作工作以来，北京 16 个区与豫、鄂两省水源区 16 个县市区扎实开展结对帮扶工作，北京市区两级安排资金 32 亿元，实施项目 900 多个。同时，推动引导 200 多家北京地区企业到水源区投资兴业，促进了当地经济社会发展。其中仅十堰市就引入签约项目近百个，投资总额近 300 亿元，为当地生态环境保护和经济社会发展注入了强大动力。

5 年来，在十堰市，北京累计安排资金 16 亿元，实施项目 508 个，互派挂职干部 187 人，培训教育、医疗、文旅、科技等各类人才 6000 余人次，40 多家北京企业落户十堰；支持实施 100 多个"生态家园""美丽乡村"

示范建设，协助 20 多个贫困村发展特色农产品，带动 2 万多贫困人口脱贫；十堰 84 家企业、330 多种优质农特产品进入北京市场。

5 年来，十堰市围绕南水北调中线水质安全，走出了一条生态优先、绿色崛起的发展新路径，大力发展木本油料经济林，大力发展林下菌菇产业和旅游经济，实现了从靠山吃山、靠水吃水到"绿水青山就是金山银山"的历史跨越。2019 年地区生产总值 2012.7 亿元，是 2012 年 2 倍多。森林覆盖率由 1975 年的 30.6% 提高到 2019 年的 66.7%，森林面积居湖北省首位。城市空气优良天气天数达到 312 天。十堰市先后被评为国家生态文明先行示范区、国家森林城市、国家园林城市和国家"两山"实践创新基地。

5 年来，十堰市境内汉江水质常年保持国家地表水 Ⅱ 类及以上标准，2015 年入选首批"中国好水"水源地。十堰市是南水北调中线工程核心水源区，汇入丹江口水库的 16 条主要支流有 12 条在十堰市境内。在中线通水之前，流经十堰市城区汇入丹江口水库的 5 条河流污染严重、水质劣 Ⅴ 类。2012 年十堰市筹集资金 30 多亿元，通过实施截污、控污、减污、清污、治污、管污措施，实现了水质全部达标入库，成为全国黑臭水体治理的典范。

治理后的神定河河道　来源：《十堰日报》

　　从 2012 年起国家开始脱贫攻坚，通过对口帮扶和自力更生，到 2020 年底全国 832 个贫困县全部摘帽、近 1 亿人实现了脱贫，迈入全面小康社会，提前 10 年完成《联合国 2030 年可持续发展议程》的减贫目标，取得全国脱贫攻坚决战的全面胜利。十堰地处秦巴山集中连片贫困区，是湖北省脱贫攻坚的主战场。2020 年底，全市 8 个贫困县市区全部摘帽，456 个贫困村出列，脱贫

83.02 万人，完成易地扶贫搬迁 35.5 万人，历史性消除了绝对贫困、区域整体贫困。

2021 年 5 月 13 日，习近平总书记来到南阳淅川陶岔视察南水北调中线渠首枢纽，翌日主持召开了推进南水北调后续工程高质量发展座谈会。2021 年 6 月 23 日，国家发展改革委、水利部联合发文，为贯彻落实习近平总书记在推进南水北调后续工程高质量发展座谈会上重要讲话精神和关于区域协调发展工作重要指示精神，为充分发挥南水北调畅通南北经济循环的战略性作用，根据南水北调中线工程运行和水源区可持续发展需要，丹江口库区及上游地区对口协作期限延长至 2035 年，《丹江口库区及上游地区对口协作工作方案》确定的对口协作关系和政策措施保持不变。北京市和豫、鄂两省水源区 16 个县市区的对口协作关系将延续到 2035 年，这个延长与党中央制定的 2035 年基本实现社会主义现代化目标相关。这意味着，南水北调中线受水区不仅要帮助水源区在 2020 年脱贫迈入小康社会，还要帮助他们在 2035 年基本实现社会主义现代化，实现共同富裕，还要从 2035 年到本世纪中叶，再奋斗 15 年，携手共同把我国建成富强、民主、文明、和谐、美丽的社会主义现代化强国。

南水北调通过南北方之间优化配置水资源，消减了南方水害，缓解了北方干旱，改善了人居生态环境，重塑了经济发展空间格局，密切了南北方经济合作，对华夏文明可持续发展、加快进入生态文明新阶段具有重要意义。人类文明要可持续就必须放弃掠夺自然、污染环境的发展模式，在保护环境前提下发展绿色经济、建设生态文明社会。生态文明社会是在人与自然和谐相处为前提下的人与人和谐相处的富裕发达社会主义社会。人是自然界的一部分，人与人关系本质上受人与自然关系的约束，人对自然的态度必然会反映到人对人的态度上，乐山者仁，乐水者智。当人与自然关系紧张时，人与人的关系必然紧张，需要用道德法律、科学技术缓解人与自然的紧张关系，进而缓解人与人的紧张关系。但人的欲望是无限的，根本在于提高人的文化道德修养，回归中华文化敬天爱人的传统，发展精神文明，约束人的物质欲望，放弃对物欲无止境的追求。

因为国家建设南水北调中线工程、对南水北调中线水源水质采取严格保护措施，中线水源区为一江清水北送付出了巨大牺牲，但换来了弯道超车转向生态文明发展的先机，整个水源区都成了国家级生态文明示范区，得到了中央政府大力支持和受水区政府对口支援。这里将先行进入生态文明时代，这儿人与自然的关系、人与人的关系将先行调整。因为国家对南水北调水源水质保护，使整个汉江流域森林覆盖率大幅提高以涵养水源，生产生活三废零排放以保护水质，建立了大片国家森林公园、湿地公园、自然保护区，生产生活全部绿色化、无害化，成功实现了经济转型，从国家级集中连片贫困区成为生态文明建设的示范区。这里的绿水青山成了金山银山。这里的人们在空气洁净、山清水秀、风景优美的环境里学习、工作、生活、游乐，保护环境、尊重他人，成为每个人的道德自觉。这里的人们健康、长寿而快乐。乐山者仁，乐水者智，仁者寿，智者乐，生态文明就是中国的未来，也是世界的未来。

北京与南水北调中线水源区因水结缘、因水结伴，南水北调中线水源区是华北的水源区，是北京的水源区。南水北调中线工程将汉江改道向北流向北京；君住丹江口，我住北京城，同饮汉江水，携手奔小康。自 2007 年

2 月 26 日京能集团来到十堰后，北京控股集团、北京排水集团、首创集团、首农集团、首旅集团、北京同仁堂集团、北京工美集团、北京一轻集团等北京市属国企也相继来到了十堰。当初孟总率五个北京人首次来到十堰，后来有成百上千的北京人来到十堰工作、挂职，开展对口协作、经济技术交流和人才培训，再后来有成千上万的北京人到十堰旅游观光、休闲度假。

自孟总第一次来鄂西北，他就被这个地方深深吸引。他去过许多地方，为什么这个地方会让他如此着迷？因为这里有以"汉"字命名的"汉江"，有与中华文明中以"汉"字关联的核心要素。源于"汉江"的"汉"字对他个人的意义，对汉民族的意义，对中华文明的意义非同一般。

从汉江名称来历看，"汉"有浩大、永恒的意思，"汉"在天指银河，在地则指汉水。汉水因为与银河夏季走向一致，从西北向东南，所以被誉为"地上的银河"，故得汉水之名。中国人敬天法祖，古人把天上的银河看作是天上的汉水，故有"天汉、河汉、星汉、霄汉"的说法。先秦时古人用天上的银河命名汉水，还因那时汉江水势浩大，在今日江汉平原上形成了一个巨型湖泊云梦泽，南与长江洞庭湖相连，面积与今日渤海相当。盛唐山水田园诗人孟浩然生动描述了当时云梦泽烟波浩渺的盛大景象："八月湖水平，涵虚混太清。气蒸云梦泽，波撼岳阳城。"后来由于汉江、长江夹带的泥沙沉积演化成平原湖沼地貌，在江汉平原上留下了成千上万个湖泊和数不清的河汊，今日的湖北省因此被称为"千湖之省"。孟总小时候居住的周边都是名称各异的湖，湖名就是地名，就是方位。

汉江全长 1570 公里，从南北方文化交流融合角度看，最重要的是汉水中游十堰到襄阳这一段，也就是与豫陕渝毗邻的鄂西北地区。鄂西北，斜倚于大巴山余脉，汉江自西向东贯穿其中，在丹江口汇入支流丹江后转向东南，呈 Y 字形在汉口汇入长江，自古就是"四省通衢"。考古发现，从新石器时代以来，鄂西北就是黄河流域与长江流域文明交汇区，较早的黄河流域仰韶文化向南伸展到鄂西北，较晚的汉江流域屈家岭文化向北伸展到豫西南，更晚的河南龙山文化又伸展到鄂西北，这个地区一直是南北文化相互交流影响的前沿。河南龙山文化孕育发展了华夏文明初期的青铜文化，长江中游大冶铜绿山出产的青铜，通过汉水输送到中原，被铸造成象征国家权力的祭祀礼器和兵器，华夏文明由此从新石器时代进入青铜器时代，出现了第一个王朝——夏朝。在随后的数千年里，鄂西北地区形成了融合中原文化、荆楚文化、秦文化、巴蜀文化多种文化基因的汉水文化。春秋战国时代，受北方强邻压迫，楚人从丹江沿汉水南下进入江汉平原和长江中下游地区，披荆斩棘，开发湖沼，形成了以凤为图腾的南方楚汉文化，与以龙为图腾的北方中原文化相杀相爱上千年，最终龙凤呈祥，融合成大一统的中华文明。

在鄂西北，孟总深切感受到这里的文化如其生物一样多样，多样性越高意味着包容性、共生性越强，这里就是一个微缩版的中国，天南地北的人到了这里都能愉快地生活。鄂西北的文化差异在县区之间，甚至在乡镇之间。因为这里地处鄂豫陕渝交界、汉江流域中游，历史上归属多变，有时属河南，有时属陕西，有时属湖北，有时属四川，有时又分属周边各省。这里的语言、文化、风俗、饮食深受周边省市和外来移民影响，每个县区都不相同。在丹江口、郧阳感觉像是在河南，当地人说的话像洛阳话，在丹江口吃的炝馍蘸蒜水就与洛阳的口味相同。郧西县受陕西影响大，竹溪、竹山南部受四川、重庆影响大，到了房县才觉得像是在湖北，而张湾区、茅箭区北方移民多，有些像东北。

中国地势从西到东、由高到低形成三级台阶，在华夏文明中心区从南到北有长江、汉江、淮河、黄河四条由西向东流的大河，并称"江淮河汉"。古代中华文明先后在黄淮流域和江汉流域发生和交融，而起到交融作用的主要是沟通黄河、淮河与长江流域的汉江。汉江自西向东流到丹江口折向东南在汉口汇入长江，在丹江口汇入起源西北方的丹江，在襄阳汇入起源东北方的唐白河，因而成为北方黄河文明和南方长江文明交流的通道。长江流域货物从汉江支流丹江经南阳荆紫关走商於古道可到西北长安，在襄阳从汉江支流唐白河到南阳上岸走宛洛古道到中原洛阳或到赊店上岸走陆路抵达北方。因为有汉江沟通黄河、长江流域，使其交融一起，才形成了中华文明。

在古代中国，维持大一统局面的不仅有孔孟之道、驿传、驰道，还有沟通南北方的汉江和京杭大运河的水上运输，它们像两根粗大的绳索将南北方捆绑在一起。在现代和未来中国，维系中华文明的不再是孔孟之道、驿传、驰道、汉江和京杭大运河的水上运输，而是中国特色社会主义、互联网、高速铁路公路网和南水北调。南水北调工程赋予了汉江和京杭大运河向北方输水的新功能，推动着中华文明可持续发展。汉江又一次在中华文明复兴中担当大任。

第十一章

2022 年 4 月，孟总退休了，他想先回老家洛阳陪老母亲一段时间，然后去丹江口、十堰、郧西、竹山看看。几年前，贺总突然给他打电话说："我们没有忘记你，方便的话，一定再来丹江口看看，堵河上的潘口、小漩、龙背湾电站都建成了，汉江上的孤山、白河水电站也开工了。"还说，他已经退休，胡军接任董事长，何晓东当总经理了，汉江集团总部已经迁到武汉，但他还是喜欢住在丹江口。这么多年过去了，孟总再次听到贺总的声音，格外亲切，他说："我一定去看您们，我退休后，第一个要去的地方就是丹江口。"

2023 年 1 月 8 日，孟总和表弟耀钦商量清明节前一起开车回老家洛阳扫墓。表弟在国家部委工作，将在 3 月底办理退休手续。他们一起长大，一起高考，表弟大学毕业来北京工作，他留学回国后也到了北京工作。

2023 年 4 月 1 日，他们开车离开北京，沿太行高速，前往河南安阳林县红旗渠参观。

红旗渠位于林县西部太行山麓，这里极度缺水。老百姓说，林县人一辈子只洗三次脸，生下来洗一次脸，娶亲时洗一次脸，死时最后洗一次脸。穷则思变，1960 年 2 月，10 万林县人民在县委"重新安排林县河山"的号召下，在极其艰难的条件下，发扬"自力更生、艰苦创业、团结协作、无私奉献"精神，克服重重困难，在太行山腰修建引漳（山西浊漳河）入林工程，取名"红旗渠"。林县人民苦干十年，在太行山腰劈山开石，架起 152 个渡槽，打通 211 个隧洞，建成宽 8 米、深 4.3 米、长 70.6 公里的总干渠，共挖砌土石 2225 万立方米。此后，又将浊漳河水一分为三，修筑了 3 条干渠，建成 59 条支渠、416 条斗渠，织起全长 1500 公里、遍布全县的水网，结束了林县"十年九旱、水贵如油"的苦难历史。

孟总记得小时候，在部队看纪录片"红旗渠"时，大家都被林县人民创造的奇迹所震撼、所感动。林县人民自带干粮、工具，吃着咸菜窝头，牺牲了数百人，硬是在太行绝壁坚硬的石英砂岩上一钎一镐凿出了红旗渠。来自河南的兵尤其感到自豪，有来自其他省的兵酸溜溜地说：就河南人傻，才会干这种傻事。傻干、苦干的林县人民早就靠自己脱掉了贫困帽子。

红旗渠被誉为"人工天河"，是林县人民在党的领导下创造的人间奇迹。当年一个穷县自力更生搞的调水工程，如今成为国家重点文物、5A 级景区、爱国主义教育基地。孟总早就知道红旗渠，当亲眼看到时，还是感到了从未有过的震撼和敬佩。周恩来总理曾经自豪地对国际友人说："新中国有两大奇迹，一个是南京长江大桥，另一个是林县红旗渠。"两者不同的是，建南京长江大桥，倾全国之力；而修红旗渠，全靠林县人民自己。2022 年 10 月 28 日，习近平总书记考察红旗渠时盛赞道："红旗渠就是纪念碑，记载了林县人不认命、不服输、敢于战天斗地的英雄气概。要用红旗渠精神教育人民特别是广大青少年，社会主义是拼出来、干出来、拿命换来的，不仅过去如此，新时代也是如此。"

他们来到修武县云台山参观红石峡，在峡谷上游看见一个水库，这是当地人在 20 世纪 70 年代学习林县红旗渠搞的引水工程，在红石峡崖壁上能见到开凿的引水渠。走在水库大坝上，孟总对表弟说："我熟悉这东西，十多年前我也干过这个，我所在的京能集团到湖北十堰和汉江集团合作，在南水北调中线水源区修大坝、建电站。"表弟问："那你认识汉江集团董事长胡军吗？"孟总说："当然认识，当时成立了一个合资公司，他是总经理，我是副董事长。你怎么知道他？"表弟说："我们是中央党校的同学。"表弟立刻拨通了胡军的电话，胡总一听是孟总，吃惊地问道："哎哟，孟总，怎么是你呀？"这么多年了胡总还记得他的口音，他激动地说道："耀钦是我表弟，我们现在退休了，回洛阳老家，现在焦作云台山旅游，见到一个水库，我就说起和你当年在十堰汉江上建水电站的事，他说你们认识，真是太巧了。"胡总高兴地说："世界太小，真是有缘呀！好多年没见了，五一节前过来吧，我和贺总那段时间在丹江口，我们都退休了。"他兴奋地回道："那就说定了，五一节前我一定过去见见当年的老朋友们，现在从洛阳到丹江口通高速公路了，开车3个半小时就能到达丹江口。"

2023年4月18日早上，孟总开车离开洛阳，走洛栾高速公路过伊川到栾川。洛阳市栾川县是丹江支流老鹳河源头，也属于南水北调中线水源保护区，是北京市昌平区的对口支援县。车到栾川，走栾西高速公路到伏牛山南麓的南阳市西峡县，在西峡县城往南上十淅高速公路，再往前过淅川县城就是丹江口库区了。从这里往西南继续走十淅高速公路，可以从丹江口水库西岸到达丹江口，他选择下十淅高速公路走S335公路，沿着水库北岸朝东南开，先去九重镇陶岔参观南水北调中线渠首闸，然后再走G241公路从水库东岸南下到丹江口水库大坝。

孟总欣喜地看到由于十淅高速公路通车，弥补了丹江口库区南北向交通的短板，将环丹江库区和环汉江库区库岸公路接通形成两条环状公路，对发展库区旅游和生态经济非常有利。以丹江口大坝为中心，一环是S337、十淅高速、S335、G241公路构成的顺时针方向环丹江库区（丹阳湖）公路，另一环是S337、呼北高速、

十淅高速公路丹江口水库特大桥　来源：中交二航局

福银高速（或 G316）、十淅高速公路构成的逆时针方向环汉江库区公路。十淅高速公路起于丹江口市丁家营镇，止于栾西高速公路与沪陕高速公路交叉枢纽，全长 220 公里，双向四车道，设计时速 120 公里。作为纵贯南北的鄂豫省际快速通道，十淅高速公路建成通车后，将三峡库区、神农架、武当山、丹江口库区、古都洛阳龙门等世界级景观连接起来，实现了鄂西与豫西的快速直达，将大大推动沿线区域生态文化旅游产业发展和山区人民脱贫致富。十淅高速公路与呼北高速、福银高速、十天高速、沪陕高速、南邓高速等公路相通，对于完善国家和区域高速公路网布局有重要作用，对十堰、南阳、襄阳、安康、商洛建设鄂豫陕区域中心城市、增强区位优势、加强环状多中心经济合作和文化交流具有重要意义。

孟总在陶岔迷了路，陶岔完全变了样。当年的荒破脏乱的小村庄如今已成为漂亮的景区旅游风情小镇，附近汤山上建了观景台，可以俯瞰整个渠首景区。水库周边山岗上林木茂盛、郁郁葱葱，山下库岸公路形成了林带，库岸边建了 2000 亩国家湿地公园，周边曾经的菜地、农田都变成了果园，种了很多石榴树。

中线通水后，为保护水质，在北京市朝阳区对口协作下，淅川县积极推进产业转型，大力发展软籽石榴等适应本地气候、能够保持水土、不施用化肥农药的林果产业，种了 6 万亩软籽石榴，为当地百姓带来了可观收入。2022 年全县林果产值 6 亿元，涌现亿元乡镇 2 个，千万元村庄 8 个，有 10 万人依靠林果脱贫致富。这些年，淅川县为构筑保护水源的绿色屏障，每年造林 10 万亩，森林覆盖率已达 61.7%，还计划建设 300 多公里长环库公路生态隔离林带。京淅对口协作在帮助淅川县加强生态保护、改善民生、促进转型发展上发挥了巨大作用。10 年来，北京在淅川县落户 60 多个对口协作项目，共投资 12 亿元，其中对口协作资金达到 5.26 亿元。

在陶岔，孟总看到原先用于灌溉的老渠首闸已被新渠首闸取代，新闸上还建了 5 万千瓦水电站。此时已是正午，他站在渠首大桥上，一侧是高大宽敞的渠首闸，这就是华北 1 亿多人民的水龙头，清亮的汉江水在发过电后从闸下翻滚着冒出；另一侧是笔直宽阔的南水北调中线大渠，就像从天上甩下的一条蓝色绸带，把柔美湿润的南方与刚健干燥的北方牵在一起。在阳光照射下，蔚蓝色的汉江水波光粼粼，在两岸林草隔离带护佑下，雍容华贵、舒缓从容地流向北方。孟总怔怔地看着汉江水，他见过无数的江河水，唯有汉江水的蓝是如此纯净、摄人心魄。一看就知道，水源区的人民把水质保护得很好。他望着汉江水，汉江水也望着他，他们很早就认识，他小时候喝着汉江水，如今在遥远的北京还喝着汉江水。

参观完南水北调中线渠首景区，孟总离开陶岔，沿着 G241 丹陶公路去丹江口。2019 年 11 月 2 日，G241 丹陶公路全线通车，全长 24 公里，路基宽 12 米，二级公路标准，设计时速 60 公里/小时。陶岔到丹江口直线距

来源：淅川县文旅

离不到 30 公里，过去从陶岔到丹江口要绕行 100 多公里，花费 2 个多小时，现在只需半个钟头。丹陶公路将京津冀"大水缸"丹江口水库的大坝与中线渠首"水龙头"连接起来，对于服务南水北调中线工程调度运行，带动南阳、十堰两地旅游联动，强化丹淅两地互联互通，促进中线水源区共同发展都具有重大意义。

在行政主导的资源分配模式下，各省都以省会城市为中心建设向心型交通网，强化省内经济联系，把全省资源聚集到省会，做大做强省会。省内地市发展水平高低通常取决于距离省会的远近，像十堰、南阳、安康都是距离本省省会最远的地市，处于本省交通网络的末端，公路少而且等级低，跨省际的道路除了国道外都是各修各的，常常是断头路，省际间经济联系弱，因此成为偏远落后贫困地区。

进入新时期，国家下决心消灭贫困，习近平总书记亲自挂帅脱贫攻坚，制定了 2020 年实现全面脱贫的目标，其关键措施就是在集中连片贫困区加大交通、能源、通信等基础设施投资力度，为经济发展创造先决条件。在省际相邻区域大规模建设高速公路、高速铁路，既拉近了与省会距离，也密切了省间经济联系，过去的省内边远地市变成了如今的省间区域中心城市。受益于国家脱贫攻坚战略实施，从出洛阳到南阳、再到十堰，孟总一路走的都是高速公路，曾经的省道改成了国道，修通了断头路，串起了一座座漂亮的城镇、村庄；曾经交通不便、贫穷落后的鄂豫陕交界秦巴山区如今高速公路、高速铁路纵横交错、四通八达，今非昔比，面貌一新。

而在市场主导的资源分配模式下，交通便利的省间交界地区城市具有更有利的发展条件和更大的发展潜力。相比省会核心区域，这里是低度开发区域、价值洼地，这里不再偏远，而是省际间的中心城市；相邻且分属不同省区的各地市可以平等合作，更能发挥市场的力量，利用各自优势，建立协作分工的多中心环状城市圈。这里生态环境更好，生产生活成本更低，文化更多样，市场化程度更高，招商引资政策更灵活，更能吸引外来投资，完全可以后来居上、边缘崛起，成为国家经济发展新的增长极。随着省会城市规模越来越大，强省会战略的边际效益越来越小。推行与强省会战略并行的强边区战略，重视省际边区基础设施互联互通建设，加强省际边区城市间经济合作，大力发展省际边区经济，使其成为今后数十年保持国家经济持续增长、应对国际冲突的重要战略。如此，地处鄂豫陕南水北调中线水源区的十堰、南阳、安康未来可期。

新建的 G241 丹陶公路是库区观光旅游公路，贴着水库岸线，建在半山腰上，不再是当年坑坑洼洼的土石路，全程都是平坦的沥青混凝土路面。G241 丹陶公路沿线建有许多观景台，每个观景台前立着一块石碑，上面记载着一个为南水北调工程迁走的村庄名。村子在山坡下库岸边或者淹没在水下了，建观景亭是为了方便那些移民回来怀念故土，也是为了方便游客休息、欣赏湖光山色。观景亭周边遍植一人高的树月季，这种树状月季是利用根系发达、生命力强的蔷薇树干嫁接、修剪、整形培植而来的，气质高雅华贵，最早流行于欧洲维多利亚时代宫廷花园，现在丹江口库区周边的南阳和十堰广泛栽种，这里的土壤气候特别适宜月季花的生长，花开得又大又鲜艳。月季原产中国，南阳是"中国月季之乡"，自古就有栽培月季的传统，现有中国最大的月季苗木繁育基地。月季是南阳市花，也是十堰市花，月季花语是"希望""幸福"和"荣光"，库区人民用月季装点他们的生活，表达了对幸福、荣光的期待。巧了，北京市花也是月季花，满城遍植月季。孟总没想到在丹江口库区又见到这么多月季，真是千里有缘呀！共同的花语和祈盼让北京人民和库区人民心连心、手拉手，共建美好幸福的生活，共享民族复兴的荣光。

孟总来到丹江口大坝，见到了贺总、胡总，他们激动地拥抱在一起，14 年没见了。贺总 1952 年 10 月生人，那年那月毛主席提出"南方水多，北方水少，借点水来也是可以的"。他 18 岁来到丹江口工地，一直守着这盆

漂浮在丹江口水库里的郧阳城　来源：《十堰日报》

水，从工人干到厂长、丹江口水利枢纽管理局局长、汉江集团总经理、董事长兼中线水源公司董事长，将一辈子献给了国家水利水电事业、南水北调中线工程，是北方上亿人口饮用水的大管家。胡总接任贺总担任总经理、董事长，完成了南水北调中线水源工程、汉江干流孤山及堵河潘口、小漩、龙背湾水电站建设。他大学毕业从富饶的浙江来到贫困的鄂西北工作了 40 年，为汉江流域开发和鄂西北经济发展作出了卓越贡献。贺总说："董事长何晓东去北京学习了，姚总退休在外地，一些同志在武汉总部上班，在丹江口的有陈家华、刘铁军，还有一

337

些同志在十堰、郧西、竹山等你。"贺总和胡总陪孟总参观了丹江口大坝和库区、工程展览馆。

加高后的大坝更加巍峨壮观，已经建成面积 10 平方公里的景区，以大坝为轴线，打造了左岸观叶、右岸观花、上游观库、下游观城的景观布局，建设了疏林草坪、银杏百谷、樱香染黛、花海栈道、柳岸闻莺、千石禅园、记忆公园、松岸观澜等八大景观，是国内少有的城中看坝、坝上观城的水利风景区。白天坝下沧浪洲水域有水上飞人表演，这里已举办多届全国和亚洲水上摩托艇大赛，"中国水都"正在变成"中国水上运动之都"。夜晚有灯光秀，霓虹灯照在大坝上，流光溢彩，从坝上看满城灯火璀璨如银河落下。大坝边上当年大坝加高工程施工队伍居住的楼群改建成了养老社区。

乘船再一次来到库里，库岸周边居民都搬走了，岸边的坡田全部退耕还林。"小太平洋"水面更大，水质更好了，不见了养鱼的网箱，没有了捕鱼的船只，野生鱼得到休养生息，时常见到成群的大鱼遨游，库里的野生鱼能够清除杂草虫藻、净化水体。国家为恢复长江生态、保护水生动物，宣布从 2021 年 1 月 1 日零时起，长

汉江集团刘铁军　摄

胡文波　摄　来源：丹江口市

339

江流域重点水域开始实行十年禁渔。中线水源区也遵照执行。过去十年水源区的生态恢复已初见成效，再有十年一定会大见成效。

走进丹江口工程展览馆，重温在历任党和国家领导人关怀下、在几代丹江口人艰苦奋斗下，建设丹江口水利枢纽工程、南水北调中线水源工程的光荣历史，其中贯穿着汉江集团做大做强的发展历程和为汉江中下游防洪、向北方供水及为鄂西北经济发展作出的重要贡献，完美诠释了国有企业的责任、使命和担当。孟总为当年京能集团能和这样优秀的国有企业牵手参与南水北调中线水源保护区建设感到荣幸，因为汉江集团有贺总、胡总、何总连续几任领导不忘初心、传承优良作风、坚持一张蓝图干到底，久久为功。他问贺总是怎么做到的？贺总说："汉江集团偏居丹江口这个小地方，远离上级领导机关，领导都是本企业成长起来的，老企业是个小社会，大家相互之间都比较熟悉，都关心企业，企业是大家的共同依靠，好处是群众监督和领导自律都比较强。"

丹江口大坝景区及工程展览馆已成为全国爱国主义

教育示范基地、全国中小学生研学实践教育基地、国家水利风景区、国家水情教育基地、南水北调干部学院现场教学基地等。越来越多的人，尤其是中小学生，来到这里参观学习。那里的许多珍贵照片是刘铁军拍摄的，他记录下了许多精彩瞬间，包括京能集团与汉江集团合作的重要活动。前人的光辉事业和优良传统靠下一代传承，下一代有责任把自己做过的、前辈做过的事情告诉后人，这是中华大国文明自信、自豪、自强和永续的根基。

翌日，孟总和贺总、胡总去十堰市区见当年的老伙伴们。一下车见到了王仕民，他现在是汉江集团副总经理，一直坚持在水电开发建设的第一线。在他们这群人中，他吃苦最多，还是那样乐呵呵的，双眼还是那样有神。他提前来到十堰联络当年的老伙伴们。他说："当年你熟悉的竹山县领导现在都是厅级领导了。董永祥书记现在是湖北省工会主席，在北京出差，来不了，他交待竹山县接待你，还说下次来，他一定陪你去竹山看看；沈学强县长刚从市委常委任上退休，现在是'十堰市驻北京亲善大使'，在来的路上；接老沈担任竹山县委书记的佘立柱县长在任上完成了潘口、小漩、龙背湾水电站建设，后来担任十堰市人大常委会副主任，退休在外地；沈明云现在是十堰市政协副主席，也会来；夏树应现任十堰国家级经济技术开发区管委会主任，开会来不了；唐泽斌后来担任竹山县政协主席、二级巡视员，现在也退休了，明天在竹山能见到他；陈市长后来担任省政协副主席，退休在武汉；市发改委李君琦主任后来担任市政协副主席，退休在外地；李新祥副市长早已退休，他先到了。"

孟总走进客厅，一眼见到李副市长，赶紧迎了上去。14年没见了，他身体健康，头发乌黑，看着就像五十出头，几乎没有什么变化。当年心急火燎、焦头烂额的事不少，怎么就没有使他白头？后来听说他退休后担任十堰市关心下一代工作委员会主任，整天和孩子们在一起，难怪他越活越年轻。李副市长性格沉稳、有定力，面对复杂棘手的问题，小车不倒只管往前推。当初他作为十堰市政府负责水电热电开发的领导，大家都在他的领导、协调、调度下工作。他负责电力能源开发建设时间最久，功劳最大。他对孟总说："多亏你们雪中送炭，京能集团进来后，不仅推动了水电开发，还搞了大热电。有了充足电力，十堰的城市和乡村建设有了强大动力，政府财政收入增加，各种社会事业都发展起来了，现在的十堰变化可大了。多待几天，不光看那几个水电，也看看大热电，现在冬天不受冻了，很舒服，生活品质提高了，带暖气的房子也好卖。"孟总说："我还是感到很遗憾，本来形成了水电火电交融发展的局面，结果弄成了水火不容，退出了龙背湾水电项目，搞得你们很被动，还失去介入推动南水北调大宁河引江济汉补水方案的机会。大热电，就不去看了，我知道王永亮、冀立、胥成增他们干得很好，现在成了京堰对口协作的明星项目。"

老沈和沈明云一起走进来了，他俩在竹山共事时间很长，沈明云主要分工跑潘口水电项目核准。老沈听说孟总来，专程从北京赶回，这两年他一直在北京负责对口协作。他发福了，心宽体胖嘛，一见面就对孟总说："你是我们十堰、竹山的恩人，当初你带着5个人从北京来，是雪中送炭呀，我们没有忘记你。"听到他说自己是恩人，孟总不知所措，忙不迭地说："承受不起，承受不起呀！这是我应该做的，是我愿意做的，我是代表京能集团、代表李董事长来的，你们才是我的恩人，吃水不忘挖井人，滴水之恩、涌泉相报，我欠水源区人民的，也欠国家的，你们让我还掉了一个天大的人情，我得感谢你们。"孟总没告诉老沈，当年他通过一场考试当了厅官，他欠国家和人民一个恩情，一直想着报效国家和人民。老沈说："这么多年为啥不联系？"他说："退出龙背湾，让你们挺被动，觉得对不住你们。那你为什么不再联系我呢？"老沈说："觉得给你添了太多麻烦，不能再找你了。"他说："一切都过去了，一切都变好了，老天是公平的，天道酬勤亦酬善，大家都是好人，好人就该得到好报。"

孟总有幸结识了一群有家国情怀、不忘初心、廉洁奉公、敢于担当、品格高尚的领导干部，他们忠实地履行了国家赋予的一江清水北送的政治责任，也把南水北调作为产业转型、摆脱贫困的机会，通过开发水电资源，保护生态，带动经济社会发展，履行了对当地人民的承诺。十堰有这样一群优秀领导干部，是当地百姓之福。大家惺惺相惜。孟总回顾以往，那两年多在十堰干得真是痛快。他真切体会到，做成一件大事首先要有情怀，敢担当，而且天时、地利、人和缺一不可。他对大家说："来十堰参加南水北调中线水源区建设是我这一生中最自豪的事，能把事做成，是因为我们大家都是有情怀、敢担当的人，是因为李董事长、我和京能集团同事们在最恰当的时间、在最合适的地点遇上了一群最有情怀、最优秀的人，我们一起合作干成了一件最有意义的事。"

大家问道："李董事长怎么没来？他怎么样了？他为十堰作出了这么大的贡献，应该来看看。"孟总答道："李董事长是个超脱的人，过去的一切他早就放下了，不像我，嘴上说放下，心里其实放不下。他退休后和清华大学电机系的教授们搞技术创新和推广服务，还成立了一个慈善基金资助边远贫困地区农村孩子上学，他常去外地，两三年前我去看过他。"他们说："你回北京后一定要去见李董事长，叫他一定来看看当年他决策的项目给十堰、竹山带来的巨大变化。我们一直记着他，现在十堰建了机场，通了高铁，从北京到十堰可以直达，很方便的。"大家要孟总当场给李董事长拨个电话，他拨通了李董事长电话，大家争着问好。李董事长在电话中说，他正在去海南的路上，他一定会来丹江口、十堰、竹山看大家的，祝大家平安健康、万事如意！

会面后，孟总没有在十堰城区过夜，他和贺总、胡总直接去了孤山水电站。他们从十堰走十天（十堰—天水）高速公路，很快就到了郧西县涧池乡孤山村。时隔16年，他再一次来到这里。汉江水电开发公司孤山分公司总经理苏新华等一众高管接待了他们。苏总及井增虎、张明钢、占学道、陈连平等参加过潘口水电站建设，建完潘口水电站后，又转战到孤山水电站建设工地。当晚他们留宿在孤山水电站，孟总头一次住在自己企业投资的水电站职工宿舍里，有到家的感觉。职工宿舍建在半山腰，可以俯瞰大坝和孤山的美景。

贺总、胡总和苏总陪孟总到孤山水库坝上和发电厂房参观。现在孤山水电站已建成发电，水库已经蓄水，坝上正在做清理收尾工作。这次孟总是站在高高的大坝上看孤山。孤山傲立江中，她还是那么俏，她该惊讶，一座大坝横在眼前，大坝隔水墙延伸到她脚下，游人可走近观赏。他想如果在孤山上建一个巨大的汉女嬉水石雕，更切合《诗经·周南·汉广》的意境。孤山村村民

俯瞰汉江孤山水电站和孤山　来源：郧西县

弃船上岸，不再靠打鱼、跑船为生，建了工厂、开了茶园和果园，做起了"孤山船说"乡村游。这一带正在大力发展油茶、油桐产业，将来漫山遍野的油茶花、油桐花会将江里的孤山衬托得更美丽。

苏总介绍，孤山水电工程建设非常重视生态环保，为此建设了生态泄水闸，保证最低 120 立方米/秒流量下泄，安装了有利于鱼类洄游通过的"亲鱼型水轮机"，投资 1.2 亿元兴建了鱼类增殖放流站和鱼道，为汉江干流鱼类洄游产卵提供便利。鱼道全长 1.2 公里，由进鱼口、过鱼池、鱼道出口等组成，是供鱼类洄游的人工水道。由于水电站水位落差达 20 米，考虑到鱼类洄游而上的难度，特意将鱼道设计为 Z 字形梯道，大大降低坡度，可以让鱼儿轻松跃过。孟总看到坝后进鱼口有大群体长二尺多、黄嘴白肚、金鳞褐背、深红鳍尾的大鲤鱼正排着队进入鱼道。与金黄色嘴和鳍尾的黄河鲤鱼不同，深红色嘴和鳍尾的汉江鲤鱼在当地称红鱼，逢年过节办喜事都要吃红鱼，以示喜庆。每年春夏之交鱼类产卵季到孤山水电站看汉江鲤鱼排队过鱼道、跳鱼梯，胜过去杭州西湖花港观鱼。

为便利孤山水电站左右岸施工交通配套建设的施工桥于 2009 年 8 月开工，2012 年 12 月改建为永久性的孤山公路大桥，桥面宽 10 米，一跨 80 米，2013 年 1 月通车，大大方便了周边郧阳区、郧西县十多个村万余村民出行，为当地脱贫致富作出了贡献。当地百姓过去要绕行几十里才能过江，孤山水电站建的大桥成了他们的致富桥。他们从孤山公路大桥返回到汉江右岸，前往上游白河水电站。胡总说："中广核现在有意转让股权，我们去看看。"

汉江孤山水电站配建的公路大桥　来源：郧西县

现在汉江上游 7 个梯级水电站除白河水电站外全是陕西省属企业投资，汉江中游以丹江口水电站为核心的上下游及支流主要水电站都是汉江集团和合作方开发管理的，只有中广核独自投资建设的一个白河水电站孤零零地卡在汉江上游陕、鄂两省之间分界处。

根据 2015 年国家发布的《丹江口库区及上游地区对口协作工作方案》，安排天津市对口支援陕西省南水北调水源保护区的汉中、安康、商洛、宝鸡、西安市的 31 个县区。自 2014 年 12 月底南水北调中线一期工程通水以来，到 2022 年底，累计向天津供水 83 亿立方米，超过了北京。现在天津市 1200 万市民喝的用的全是汉江水。孟总在天津大学教书那会儿，喝的用的全是地下抽上来的苦咸水。天津因为抽采地下水导致海水入侵，树长到一定高度会因为根系扎到咸水层而死掉，在天津城区难见高大的树木。后来国家搞了引滦入津工程，后因华北干旱，滦河水也不够用了，又去调汉江水，这才保证了天津用水需要。天津的综合实力比北京弱，但对口支援的县区数量比北京多一倍。安康市和白河县的发展肯定比十堰市和郧西县、郧阳区慢。在南水北调中线水源保护区，安康的发展条件是最差的，2.35 万平方公里面积的 90% 是高山，整个地形就是海拔 2000 多米的秦岭和大巴山夹着一条汉江，200 多万人口主要分布在汉江峡谷里的一串带状小盆地里从事农业，几乎没有现代工业。山里矿藏丰富，后来为保护水源地，采矿也受到限制。无论如何，当初没有获得白河水电站项目是个遗憾，但愿这次能成。

路过郧阳区胡家营镇将军河村时，胡总叫大家停了下来观看一棵从河边移植上来的千年重阳木。重阳木是中国特有树种，树姿优美，冠如华盖，花叶美丽，极具观赏价值。因为重阳节之后，其叶片会变成淡红色逐渐飘落，故得名重阳木。这棵古树有 1100 多岁，树围 6.45 米、直径 2.5 米、高 20 余米，是国家一级保护古树。重阳木全身是宝，枝叶可入药治疗多种常见病，种子可榨油食用，果肉可酿酒，被百姓视为风水宝树，在树身上缠上红布，在树下烧香许愿。苏总介绍道："因建设孤山电站，这棵长在河边的千年古木会被库水淹死。为保护这棵古木，花了 300 万元，用两台 300 吨级起重机同时起吊，将其移栽到离过去位置 30 米的高处。如今快 3 年了，这棵千年古树发出了新枝新叶，生长正常。当地林管所定期派人监测古树生长情况、除草、施肥，还计划围护起来，做环境美化，搞成乡村游的打卡胜地。"看见这棵千年重阳木，孟总想起了田家坝的千年丹桂。他问胡总："田家坝那棵千年丹桂怎么样了？"胡总说："很可惜，死了。"孟总心里一沉，他想着到竹山一定要问问是怎么回事。

前往白河水电站的 G316 公路已经抬高复建加宽，其中有一段路架在汉江边坡和江面支撑柱上，一直到白河县城。城里有许多高楼底下的基础桩扎在汉江里，形似吊脚楼，因为这里是孤山水电站库区水面，不会有山洪冲击，所以敢这样傍水建楼，成就江上高楼的景观，远观像海市蜃楼。前行至白河县麻虎镇就到了白河水电站。中广核的同志陪他们参观了大坝和厂房。他们和中广核争了好久，最终还是由中广核建成了，中广核为当地发展作出了贡献。

汉江白河（夹河关）水电站和夹河镇全景　来源：郧西县

走到大坝另一侧，就是三山夹两河、有小汉口之称的郧西县夹河镇。坝前修了石阶小路通向金銮山上的盘龙观，这里已经成了道教文化旅游区。周边背风向阳的山坡梯田里种上了大片油橄榄，地中海的油橄榄在这里长势良好，这里正在建设湖北省油橄榄万亩种植示范基地。1964 年春，周恩来总理从阿尔巴里亚带回一万株油橄榄树苗，其中一部分栽在丹江口库区试种。孟总在甘肃省挂职时，在陇南白龙江谷地见过大片油橄榄林，面积 60 多万亩，是国内最大的油橄榄产区，也是当年周总理带回的树苗发展起来的。他没想到在十堰汉江谷地也可以种植油橄榄，而且还培育出了本地高产品种。

南水北调中线工程开工后，十堰市为保护水质、保持水土，也为了库区百姓脱贫致富，减少化肥农药用量大的粮食作物生产，大力发展木本油料产业，其中丹江口、郧阳、郧西规划建设 20 万亩橄榄林基地。橄榄油是最健康、最具营养的食用油，有液体黄金之称。油橄榄易种易管，产量高，价格高，丰产期长达百年，已成当地农民脱贫致富的摇钱树。未来，南水北调中线水源区有望成为中国最大的橄榄油产区，今后，大家吃的橄榄油很可能就来自这里。

第十二章

　　孟总再次来到了魂牵梦萦的竹山。现在竹山有十巫、麻安两条高速公路通过，从十堰城区走十巫高速公路到竹山两个小时，从丹江口走麻安高速公路到竹山两个半小时。十堰武当山机场已经通航，竹山县女娲山通用机场即将建成，今后可以从北京乘飞机到十堰武当山机场转飞竹山。正在规划的洛十万铁路从洛阳经十堰、竹山至重庆万州，届时他从洛阳两个半小时就可到竹山。他们离开白河水电站走十天高速公路到郧阳区鲍峡转十巫高速公路，两小时就到了竹山县城。

　　孟总见到了当年的县长助理兼水电办主任唐泽斌，

他后来担任县政协主席、二级巡视员，又从副厅级退休，说明上级认可他为竹山水电开发建设的贡献。他负责水电项目服务保障工作，事无巨细，任劳任怨，着急上火的事多，孟总见过他因上火嘴上出泡、牙痛得说不出话的样子。他是本地人，生于斯，长于斯，退休后不愿离开家乡。他爱这里的山水草木，他要留在家乡享受亲手创造的幸福生活，时常写篇文章介绍竹山的历史典故、美丽风景和生活变迁。

竹山县城已扩张到堵河南岸，沿河向东西延伸，堵河穿城而过，原本V字形半岛状县城扩展为W字形"两岸（堵河、霍河左右两岸）四地（老城、南山、莲花、潘口4个片区）"，建成区由5平方公里扩大到15平方公里，县城面积扩大了3倍。堵河南岸有大片高层住宅、写字楼，有医院、学校，还有五星级饭店，汉江集团的员工宿舍办公楼也坐落于此。南岸还建有大片养老、康养社区，显然不只是为本地人准备的，也为了吸引外地人到竹山康养旅游。

堵河两岸建成了带状滨河公园，街道两旁商店、超市、餐厅、服装店、酒吧、歌厅一家挨着一家。夜晚满城灯光，桥上霓虹闪烁，五彩缤纷，河滨小道散步的，岸边广场跳舞的，步行街上逛街的，吃夜宵的人摩肩接踵，穿着时尚的年轻人招摇过市，颇有些大都市的热闹繁华景象。南山已成森林公园，山后是工业园区，入驻了许多做绿松石加工、卫浴建材、汽配电子、农产品加工、服装的企业，带动了大批就业。自潘口、小漩、龙背湾电站开工后，许多外出打工的人回来了，到这经商、工作、旅游的外地人也多起来了。竹山县城不再是房屋低矮老旧、街道坑坑洼洼、夜晚灯光稀疏、生活单调乏味的山区小城，堵河梯级水电站发出的充足电力使竹山赶上了时代潮流，带来了蓬勃经济发展和丰富多彩的城市生活。

竹山县委书记陈建平、县长王丽媛介绍道：10 多年来，为保护生态、涵养水源，竹山县通过停止天然林砍伐、退耕还林、绿化荒山、加强管护，将森林覆盖率提高到了 70%，聘用了 5000 多个贫困户巡山护林，先后创成湖北省森林城市、湖北省生态文明建设示范县、湖北省绿化模范县和湖北省园林城市。竹山县生态环境优、森林面积大、生物物种丰富、文化底蕴深厚、气候温和、

2007 年初夏的竹山县城　胡军　摄　来源：竹山县

2022 年初夏的竹山县城　王华　摄　来源：竹山县

宜居宜业、宜游宜养，具备发展生态旅游和森林康养产业的优越条件。这些年来，竹山县以打造百亿文旅康养产业为目标，依托国家森林公园、国家湿地公园，大做生态旅游和森林康养、乡村振兴融合发展文章，大力推进生态旅游和森林康养产业发展。2022年，竹山县被评为国家级全域森林康养试点建设县，潘口库又里的上庸镇、官渡镇被评为国家级全域森林康养试点建设乡镇。竹山县通过发展森林康养旅居产品、美食疗养特色产品、文化康养体验产品、森林娱乐体验产品、森林运动康体产品，促进当地就业和农林产品销售，增加农户收入，让"绿水青山"变成"金山银山"，使全县人民享受到生态发展红利。竹山县在保护生态的前提下，充分发挥林木资源丰富优势，大力发展油茶、核桃等木本油料经济林木，以及茶叶、烟草和菌菇、种苗、花卉、中药材、竹山郧阳大鸡等林下经济产业，推广"企业+合作社+基地+贫困户"模式，通过分红、劳务等方式，带动群众增收致富。

从县城到小漩、潘口、上庸镇开通了一级四车道快速路。王仕民陪贺总、孟总前往小漩、潘口水电站参观，汉江水电开发公司总经理王洪正等高管在小漩水电站坝前迎接。小漩水电站坝区已经和县城连成一片，成为城中的水库，为县城供水，调节县城气候，还保护县城不受洪水冲击。孟总还记得第一次来孤山考察时，王洪正为他打伞遮雨。2005 年 10 月汉江集团收购潘口、小漩、龙背湾水电项目时王洪正来到竹山，至今已 18 年。他为堵河水电开发作出了突出贡献，荣获十堰市劳动模范。副总经理王春喜也是孟总第一次到竹山时见到的老员工。和孟总第一次同行来这里的冀立一直担任汉江水电开发公司董事，还有监事侯凯，他们代表京能集团为堵河水电开发提供了有力支持。还有许多来自汉江集团的干部员工和本地招聘员工，正是他们的长期坚持和艰苦努力，把当年绘出的蓝图一步步变成了现实。

孟总来到了潘口水电站，走进了高大宽敞、洁净明亮的发电厂房，两台 25 万千瓦发电机组正在运转发电。走上 100 多米高的大坝，高峡平湖尽收眼底。坝前水面没有漂浮物，库区水质保护得很好，库里的水不仅发过电后流向丹江口水库、流向北京，而且还将作为饮用水流向十堰主城区。十堰市域水资源丰富，没想到十堰主

小漩水电站全景　来源：竹山县

潘口水电站全景　来源：竹山县

城区会严重缺水。当年建设二汽出于安全需要建在了远离江河水源的山沟里，生活用水从 20 多公里远的堵河黄龙滩水库敷设管道输入，现已不堪使用。为解决十堰主城区百万人口饮用水需要，2020 年 9 月开工建设引水工程，开凿 68 公里引水涵洞，总投资 26 亿元，年引水总量 1.66 亿立方米。工程建成后，还将通过置换城区现有水库水量给城区河道补充生态用水，助力十堰"山水园林城市"建设。

孟总来到坝下右岸参观抽水蓄能电站施工现场。潘口抽水蓄能电站于 2022 年 12 月 24 日开工，汉江集团新任董事长何晓东主持了开工典礼，拉开了堵河二次水电开发的序幕。汉江集团在何董事长带领下抓住国家实施"碳达峰、碳中和"战略、大力发展与光伏发电、风力发电配套的抽水蓄能电站的新机遇，迈上新台阶，再创新辉煌。潘口抽水蓄能电站是利用已建成的潘口、小漩梯级水电站建设的混合抽水蓄能电站。它以潘口水库为上水库，小漩水库为下水库，从小漩水库山坡上打一个 1200 米长的引水洞，抽水到潘口水库蓄能，需要发电的时候，用潘口水库的水进行发电。

潘口抽水蓄能电站项目是国家抽水蓄能中长期发展规划项目和湖北省抽水蓄能"十四五"规划重点实施项目。项目总投资 27 亿元，装机容量 30 万千瓦，预计年发电量 3.5 亿度，实现税收 3850 万元。实施该项目将有利于增强十堰市电力调峰能力，提升风电、光伏发电消纳水平，提高电网运行安全可靠性，对发展风电、光伏发电，构建新型能源体系，加快建设绿色低碳发展示范区具有重要意义。利用堵河已建的上下梯级水电站建设混合抽水蓄能电站，孟总称之为提升堵河梯级水电站投资效益的"二次水电开发"。

孟总来到了上庸镇，即原来的田家坝镇。镇前是潘口库区最大的一处水面，取名圣水湖，周边库塘建立了国家湿地公园；镇后是九女峰国家森林公园；镇里有从田家坝搬迁上来的黄州会馆、上庸书院、三盛院等古建筑和民俗文化博物馆，这里成了省市重点建设的上庸文化旅游区，是湖北旅游名镇。从县城到这儿专门建了 16 公里长的一级公路，不到一刻钟就到了。竹山县为移民新建的村镇都是依山傍水的徽派民居风格，青山绿水配白墙黑瓦，格外好看。G242 公路从县城南凸，沿堵河上游将山、水、沭、田、徽派民居村镇串联起来，开车走G242公路如同在画廊里巡游一般。

上庸镇古建筑群（迁建的黄州会馆、三盛院）　来源：竹山县

孟总走进了黄州会馆，来到当年移植千年丹桂的地方，念念不忘的千年丹桂在移植后不久就死了，后来补种了一棵碗口粗的丹桂。孟总给贺总他们说起，当年移植千年丹桂时夏副县长给武大周老教授发誓的事。孟总说："千年丹桂死了，周老教授知道了一定会生气的。这次来我没见着老夏，我想当面问问他。"贺总说："古树移植风险很大，死了对县里是个损失。如果千年丹桂没

死，一定会招徕很多游客，这是棵摇钱树。这事怪不到老夏头上，老夏移民工作做得好，还升官了。修水库、建水电站损害最大的是古大珍稀植物，离开了原来环境难以成活。"如果说建设潘口水电站有什么遗憾的话，孟总会说见证千年历史的丹桂死了。在黄州会馆，孟总品尝了当地茶园生产的"圣水毛尖茶"。圣水泡毛尖，清爽赛龙井，很好喝！由于堵河流域水电大开发形成大片水域，使竹山空气更加湿润，气候更加温和，云雾更多，茶叶品质更好，竹山乘势发展了30万亩茶园。

竹山茶园郁郁葱葱　陶德斌　摄　来源：竹山县

孟总从上庸镇出来，经官渡镇来到了龙背湾。一路上都是新建的二级公路沥青路面，沿路景点都建有观景台和停车坪。龙背湾龙头前建起了拦河高坝，巨龙低头喝水的景致不再，龙背上开凿了溢洪道如同挂上马鞍，紧挨着溢洪道的是引水洞和龙背下的发电厂房。走到坝上，一望无际的水面接到天上，高海拔的湖面看着格外的蓝。周边的坡田都已退耕还林，森林植被茂密、郁郁葱葱。附近的村民都已迁到新集镇，许多人成了森林管护员。从这里到神农架大九湖作为堵河源保护区已经升格为国家级自然保护区，这里的降雨量和来水量在逐年增加，证明他们当初的判断是正确的。当年孟总第一次到竹山时见到的县长助理刘集华后来一直担任堵河源国家级自然保护区管委会主任，负责堵河流域生态保护和水源涵养工作。

　　来自水利部小浪底水利枢纽管理局的龙背湾水电公司张海蛟总经理对孟总说："感谢当年京能集团所做的前期工作，为我们接手后很快开工建设创造了很好条件。"孟总问他："效益如何？"他回道："头两年亏损，这几年效益不错，高于设计指标，2020年至2021年连续两年

龙背湾水电站全景（正面）　袁斌　摄　来源：竹山县

龙背湾水电站全景（侧面）　袁斌　摄　来源：竹山县

盈利 1.2 亿元，而且我们收购了下游松树岭水电站 40%股权，正在利用龙背湾和松树岭上下库优势，规划建设120 万千瓦混合抽水蓄能电站。"孟总对他说："看到龙背湾水电站在你们手里建设经营得这么好，我很高兴，感谢你们。"孟总拍了照片当即发给了李董事长，他可以释怀了。他们都已退休，等了 14 年再到这里，对错已不重要，重要的是建成了，这里的百姓过上了小康生活。这是南水北调中线水源地最高处的一盆水，以它为核心的堵河源国家级自然保护区在涵养水源、保护生态上发挥了重要作用。

中午在职工食堂，张总请贺总、孟总吃龙背湾水库里的野生大鲤鱼，味道很鲜美，还有他们在坝下菜园里种的蔬菜。他们还种了果树，养了鸡鸭。他们就住在龙背湾，他们在这里建了网球场、俱乐部、图书室，过上了田园牧歌式的生活。其实，他们的家庭付出了巨大代价，许多人过着两地甚至三地分居生活。张总到这里已经 10 年了，和老婆、孩子分居三处。孟总在想："我们当初为什么要到这里？他们为什么也要来到这里？京能集团、汉江集团、黄河小浪底集团都是国有企业，我们和他们都是国企员工，不是国家要我们和他们来的，最初是企业盈利扩张的本能驱动我们和他们来到这偏远山野。但我们和他们来到这里，不只是为企业创造经济效益、为自己挣钱，还在寻找国企存在的价值和高尚的人生意义。那就是担起国企的社会责任，不仅使自己生活好起来，还要使他人生活因我们而变得更好，也就是李董事长说的'温暖皆如我，天下无寒人'。看到这里的百姓过上了幸福生活，看到这广袤青山涵养的一江清水滋润北方大地，我们和他们在这里找到了人生意义，实现了国企的存在价值。我现在可以给老沈那个说不清楚的答案了。"

一路上，孟总和贺总聊起了国有企业如何履行社会责任和经济责任问题，尤其是两者发生冲突时。这是国企领导不能回避的问题，也是京能集团与汉江集团合作开发十堰水电资源过程中遇到的问题。中国是社会主义国家，国有企业属于国家，国家代表人民，国有企业存在的依据是服务公众利益，这是社会主义国家赋予国有企业的社会责任。企业的本质是盈利，但是国有企业不仅要创造经济效益，还要创造社会效益，还担负着重大社会责任，还要以天下为己任，还要有家国情怀。如何在主动履行好社会责任前提下争取盈利是对国企领导思想境界、业务素质与经营能力的巨大挑战。也就是说，国有企业领导在经营中要创造多赢局面，避免零和状态。

在这里，孟总听说，这些年京能集团有个退休的领导来过竹山几回了，每次都是悄悄来、悄悄走，既不到丹江口，也不去十堰城区，只到竹山来。他们没说是谁，孟总也不问。孟总很吃惊，心里想，是谁对竹山这么挂念、一往情深？最可能来的两个人，一个不会惦记来，一个不好意思来；最不可能来的两个人，一个不愿来，一个不能来。难道是他？孟总想他肯定不是来游山逛水的，他曾多次跋山涉水来过这里，他有饮水思源、知恩图报的情怀，他希望看到因为京能集团和汉江集团合作开发堵河水能资源使竹山百姓过上好生活。他能来，而且多次来，说明他牵挂这里。

尽管修了二级公路，开车从竹山县城到龙背湾还是要两个小时，弯弯曲曲的山道能使你看到很多好景致。前往大九湖的二级公路刚开工，孟总一直挂念的龙背湾至大九湖旅游公路还要再等两年才能开通。届时，设想的双"8"字环山、环水大旅游廊道就全部打通了，自驾游从丹江口到竹山，逆堵河上神农架大九湖，下房县，再上武当山，再回到丹江口。还可以走更大的环线，从龙背湾走 G242 公路经十八里长峡，翻越大巴山阴条岭到巫溪、巫山，入长江三峡，逆江而上重庆，走襄渝高速公路入陕南汉江谷地至郧西、郧阳去丹江口；或顺江而下过三峡大坝到宜昌，经巴东、兴山上大九湖、神农架，前往武当山、丹江口。无论怎样走，竹山都不再会是旅游死角，而是必经的环线节点。而且旅游线路成环之后，从四面八方进入环线每一个节点，都可以绕环一圈游览全部景点后返回，不须走回头路，这对于团队游和新兴的自驾游极具吸引力。

中国正在进入老年社会，巨大的养老金领取人群体将形成最大的自驾游、团队游群体。在国民经济进入日益依赖国内消费拉动的阶段，吸引老年退休群体的旅游康养消费很重要。鄂西北因为南水北调中线工程涵养水源、保护水质所做的生态建设和环保措施，山更绿、水更蓝、空气更清新、气候更宜人、风景更美丽。这里是北京的后花园，华北的后花园，全国的后花园。大家从北京、从华北、从四面八方到丹江口来、到武当山来、到十堰来、到竹山来、到龙背湾堵河源来、到大九湖来、到神农架来，来到这里绕"8"字形转两圈，饱览众多世界级自然、人文、工程景观。

因为龙背湾至神农架大九湖的二级公路还没修好，孟总只得走麻安高速绕道房县上神农架大九湖。之前，老沈问他的行程安排。他说："除了到十堰、竹山会会老朋友，我还想上神农架到大九湖看看堵河源，然后去三峡大坝参观。"老沈说："我给神农架林区领导打电话，请他们接待。"他说："不妥，不必，我是自驾游。"老沈说："那不行，这么多年没见，你为我们作了这么大贡献，一定要给我们机会表示谢意。"他看老沈如此坚持，就说："这样吧，接待就免了，能否带我去野外看看金丝猴?"老沈说："没问题，神农架林区也属于南水北调中线水源区，由北京市门头沟区对口协作，常有客人去。不过在野外能不能见到金丝猴要看你的运气了。"

从房县到神农架、大九湖的 G209 公路路面已经加宽、铺了柏油、装有护栏，虽然仍是坡陡弯急，但比之前安全多了，车速也更快了。进入神农架后，一路上大雾弥漫，自鸭子口进入神农顶景区。这些年，神农架林区在生态恢复、动植物保护和景观设施建设上取得了巨大进展，相继成为国家地质公园、国家森林公园、国家湿地公园、国家自然保护区、国家 5A 级旅游景区、世界地质公园、世界生物圈保护网成员。2016 年 7 月，神农架自然保护区被列入世界自然遗产名录，成为中国第一个同时列入联合国教科文组织人与生物圈自然保护区、世界地质公园、世界自然遗产名录的"三冠王"。

孟总来到大龙潭金丝猴保护站。下着雨，天很冷，巡护员说金丝猴通常不会在这个季节、这种天气出来。他走进密林深处，喊叫了几声，过了好一会，都没有动静。正在孟总感到失望之际，他看见远处山上林梢开始像海浪般摇动，一群金丝猴在林梢间跳跃呼啸而下，来到小溪旁围成一圈打量他。孟总有些疑惑："到底是我看金丝猴，还是金丝猴看我，以前可不是这样。应该是金丝猴看我，它们才是这儿的主人，我只是过客。"时隔16 年，他在野外再次看到了金丝猴，高兴地拍起照来，猴们很配合，在合影时知趣地站在两侧当陪衬。猴王在孟总面前坐下，唧唧地叫着，像是和他唠家常。巡护员告诉孟总，自神农架自然保护区设立以来，得益于严格保护，40 年来金丝猴群数量增加了 3 倍，20 世纪 80 年代只有 2 群、501 只，2019 年增加到 9 群、1471 只，分布面积扩大到 130 平方公里。

在这个季节、这种天气能在野外看到金丝猴，真是好运气，兴许是因为老沈提前给金丝猴们打了招呼，知道孟总要来看它们。孟总依依不舍地告别金丝猴群，前往大九湖。路上雨过天晴，路边崖壁上挂出了许多小瀑布，一树树被风吹雨打蔫了的杜鹃花又支棱起来。晚上孟总住在了大九湖镇政府所在地——坪阡古镇，这里是进入大九湖国家湿地公园的游客换乘中心。为了保护大九湖湿地，大九湖里的村民都搬出来，集中居住在镇上从事旅游餐饮业，开了数百家民宿客栈和餐馆。一到夏季，来这里观光、避暑的游客很多。

后半夜，雷鸣电闪下起了大雨，孟总起身走到窗前，看见一道道闪电像一条条火龙在对面山脊上来回奔跑，像是雷公在做舞龙表演，煞是好看。第二天一早，漫山遍野全是银装素裹的树挂，压弯了树枝，太漂亮了。这里四月底、五月初花开时节，常常会有雨夹雪天气，一瞬间就从春天回到冬天，气温骤降到零下会形成漂亮的树挂。这种天气，人们不愿外出，孟总顶着风雪走进大

孟丽娜　摄

九湖，红色的花朵、翠绿的芽叶、褐色的树枝被冰包裹，晶莹剔透。

　　雪花飞舞的天空、碧波荡漾的湖水、黄色的茅丛、白色的山林，恶劣的天气使孟总在春暖花开时节见到了最魔幻、最美丽的雪国景色。他在雪雾弥漫的旷野中独自前行，他大声呼喊着 16 年前来到这里的每一个人的名字，告诉他们："我又来了。"他走到最深处的 7 号、8 号、9 号湖寻访落水孔。由于退耕还林恢复山上植被、退田还湖恢复沼泽湿地，水源得到涵养。此前小池塘般的湖面如今水势浩大、肆意漫流，最后从落水孔哗哗地流入地下，流到堵河，流到汉江，最终流到北京。当他再次来到堵河源头时，已经过去了 16 年，当年乱垦滥伐、几乎干涸的大九湖已经成了国家湿地公园，与神农架一起被列入世界自然遗产名录，大九湖再一次回到"亘古洪荒"。

在大九湖景区开大巴的师傅来自竹山，他自豪地对孟总说："大九湖的水是通向堵河、通向汉江、通向北京的，十几年前从北京来了一群人，在堵河上修水库、建电站、保护水源和森林，这里成了国家湿地公园、国家森林公园、国家自然保护区、世界自然遗产。以前我们生活贫困，跑到沿海打工，现在我们很多都回到家乡做起了旅游，生活比过去好多了。我们很感激他们，领头的是一位名字叫李小琳的女士。"孟总对他说："我就是十几年前来到这里的北京人，领头的叫李凤玲，是京能集团董事长，是个爷们，是京能集团和汉江集团、黄河小浪底集团一起合作建设了堵河梯级水电站。"师傅愣了："大家都是这么说的。"孟总说："没关系，知道是北京来的就行了。"孟总想，这是一个美丽的误会。其实，这两位李董事长还真有关系，他们是清华同系校友，且有师生之谊。

从神农架大九湖下来，孟总直奔宜昌参观三峡大坝。此前他和李董事长、贺总考察大宁河补水路线时路过三峡大坝，但没去参观，因为他们和汉江集团合作策划从三峡水库引水到大宁河、堵河，有"偷水"之嫌，不想惊动三峡集团领导。孟总早就想来了，当年他回国在中信集团工作，跟着林总筹备国内第一家金融控股公司。林总是浙江大学电机系毕业的高才生，还去英国学过金融。不久后林总到三峡集团担任副总经理，孟总也参加公选到北京市属企业工作。他挺羡慕林总能够参加世界级的伟大工程，一直和林总保持联系，说要去三峡大坝工地看林总。六年后，他跟着林总的足迹来到十堰南水北调中线水源区和汉江集团合作开发汉江堵河水电，和林总隔着巫山，想着等引江济汉的大宁河补水工程方案定了再去三峡大坝见林总。他一直憧憬着在三峡大坝上与林总会师握手。没想到，大宁河补水工程方案迟迟定不下来，他先离开了十堰，林总后来也退休回北京了，那时整个长江上游干流梯级水电站已全部建成。

他联系林总，林总让三峡工程展览馆的同志带他参观。他站在雄伟的大坝上，看着坝下喷涌出的数十道巨流；看着坝后数百平方公里宽阔平静的水面；看着两岸崇山峻岭上的沿江高速公路，曾经的激流险滩不再，天险变通途；看着坝体内一字摆放的数十台巨型涡轮发电机组将桀骜不驯、祸害人间的洪水驯服，转换成发展经济、造福民众的强大电能，变水患为水利。此刻，山河的气势、中国的气势、人类的气势一览无余。最能直观展现人类伟力的是大坝左岸 3000 吨级垂直升船机和依山而建的双线 5 级船闸，升船机如同巨大电梯，能在 8 分钟里将 3000 吨船舶提升 113 米；五级船闸如同楼梯台阶，每级船闸的 2 个舱室每个能容纳 2 艘万吨船舶，爬 5 级台阶翻越山脊进入上游三峡库区，只用 40 分钟。大坝对面一水相隔的是迁建的秭归屈原祠，如果屈夫子看见，生性浪漫的他会怎么说？

孟总庆幸留学回国经历了中国经济腾飞的过程，参与了南水北调工程中线水源区经济建设，为保一江清水北送、为鄂西北贫困山区百姓过上幸福生活作出了自己

378

三峡郎　摄

的努力。抚今追昔，他心潮澎湃，备感荣耀。在回程的高速公路上，奔驰在崇山峻岭之间，他心情极度轻松，眼中的一切都是那样的美好。他从没有想到他的父辈、祖辈、祖祖辈辈们期盼的盛世荣华会在他的有生之年降临，曾经的家国痛楚、哀怨、苦闷、彷徨、惆怅、不甘全部化作今日的喜悦，现代化浪潮由沿海到内地、由都市到乡村、由平原到山地席卷整个中国，即使最贫困、落后、偏僻的深山区也赶上了现代化，古老华夏打破魔咒迈入了文明新纪元，这是几代人奋斗牺牲换来的。因为对故土的眷念，因为要报答所有的恩情，他回来了。

感谢祖国给了他机会，感谢一路同行的人们，他报了家国恩情，他可以笑着老去。

2023 年 9 月 30 日初稿于北京
2023 年 11 月 30 日改稿于丹江口
2024 年 1 月 30 日改稿于十堰
2024 年 4 月 30 日改稿于竹山
2024 年 7 月 30 日定稿于北京